HÜLYA ÖZKAN | Istanbul sehen und sterben

Kommissar Özakıns zweiter Fall

Das Buch

Als in der berühmten unterirdischen Zisterne Yerebatan Sarayı eine Wasserleiche gefunden wird, steht Kommissar Özakın vor einer neuen Herausforderung. Wie kam der fein säuberlich zu einem Paket verschnürte Frauenkörper an diesen jahrhundertealten Ort, den täglich Touristen aus aller Welt besuchen? Und wer ist die Tote? Özakın und sein Assistent Mustafa wissen bald, dass es sich um Tanja Sonntag handelt, eine Deutsche, die bereits etliche Jahre in der Türkei lebte. Özakıns Chef will um jeden Preis vermeiden, dass die deutschen Behörden sich einschalten oder die Presse den Fall ins Rampenlicht zerrt. Zumal eine deutsche Journalistin, die hinter diesem Mord einen frauenfeindlichen Akt vermutet, sich bereits an Özakıns Fersen geheftet hat und ihm mit ihren Fragen ordentlich zusetzt. Da ist auch noch Junus, Özakıns Freund aus Studententagen, der die Tote besser kannte, als er zugeben will. Hat er etwas mit dem kaltblütigen Mord zu tun? Die Ermittlungen führen in den beliebten Badeort Alanya. Mustafa träumt von ein paar Tagen am Strand, und auch Özakın ist froh, Istanbul verlassen zu können. Seit seine Frau Sevim ihrer unglücklichen Freundin Nur Asyl gewährt, hat es Özakın zu Hause nicht ganz leicht. Nicht einmal seinen Lieblingsort, die Küche, hat er noch für sich allein. Doch eines muss er Nur lassen: Kochen kann sie, ihre Rezepte sprühen vor Fantasie.

Die Autorin

Hülya Özkan kam als Kind mit ihren Eltern nach Deutschland. In München studierte sie Politische Wissenschaften und Journalistik. Nach Abschluss ihres Studiums machte sie ein Volontariat beim ZDF und arbeitet seitdem als Redakteurin und Moderatorin beim Fernsehen. Nach zahlreichen Beiträgen und Reportagen im In- und Ausland moderiert sie zurzeit ein Europa-Magazin im ZDF. Sie wohnt in Mainz und Istanbul.

Lieferbare Titel

»Mord am Bosporus« (3-453-35101-0)

HÜLYA ÖZKAN

Istanbul sehen und sterben

Kommissar Özakıns zweiter Fall

Roman

Diana Verlag

Mix
Produktgruppe aus vorbildlich
bewirtschafteten Wäldern und
anderen kontrollierten Herkünften

Zert.-Nr. SGS-COC-1940
www.fsc.org
© 1996 Forest Stewardship Council

Verlagsgruppe Random House FSC-DEU-0100
Das für dieses Buch verwendete
FSC-zertifizierte Papier *München Super*
liefert Mochenwangen Papier.

2. Auflage
Originalausgabe 04/2007
Copyright © 2007 by Diana Verlag, München,
in der Verlagsgruppe Random House GmbH
Umschlagmotiv | © Robert Raderschatt
Umschlaggestaltung | Hauptmann & Kompanie Werbeagentur,
München – Zürich, Teresa Mutzenbach
Herstellung | Helga Schörnig
Satz | Leingärtner, Nabburg
Druck und Bindung | GGP Media GmbH, Pößneck
Printed in Germany 2007
ISBN: 978-3-453-35145-5

http://www.diana-verlag.de

I ... Özakın strich mit der Hand über den feinen Brokatstoff des Sessels und nickte anerkennend mit dem Kopf. »Für einen Revoluzzer hast du's ganz schön weit gebracht«, sagte er.

Sein Gegenüber nahm genüsslich einen tiefen Schluck von seinem Gin Tonic und lächelte zufrieden in sich hinein. »Weißt du, wie lange das schon her ist? Da waren wir noch halbe Kinder. Da schwärmt man schon mal von der Weltrevolution.«

»Nichts mehr mit Che Guevara am Hut?«, fragte Özakın spitzfindig.

Junus stand auf, schlenderte am Kamin vorbei und trat auf die herrschaftliche Terrasse hinaus. »Das Poster hab ich noch irgendwo, aber sonst ...«

Özakın folgte ihm mit seinem Glas in der Hand. Beide blickten eine Weile über das Häusermeer auf das Wasser des Bosporus, das türkisblau schimmerte. Am Ufer, fast zum Greifen nahe, hatte ein riesiges Kreuzfahrtschiff angelegt, und gegenüber, auf der asiatischen Seite, war der Stadtteil Üsküdar zu erkennen. Wenn man genau hinschaute, konnte man sogar den Mädchenturm entdecken, der inmitten des regen Schiffsverkehrs, Fähren, Fischer und russische Tanker vom Schwarzen Meer kommend, etwas verloren wirkte.

»Die Demos, die Auseinandersetzungen mit der Polizei«, fing der Gastgeber wieder an, »wenn ich daran denke, wie leichtsinnig wir damals waren. Wir hätten leicht im Knast landen können.«

Özakın lächelte ein wenig ironisch, als ginge ihn das nichts an.

»Und du bist zu den Bullen gegangen, wolltest Verbrecher jagen«, stellte Junus fest und nach einem kurzen Zögern: »Ich hätte damals der Geheimpolizei durchaus etwas über dich erzählen können, als du zur Polizeiakademie gegangen bist und einen blütenreinen Lebenslauf gebraucht hast.«

Kaum zu fassen, wie hinterhältig er war, dachte Özakın, während er darüber grübelte, ob er ihm nicht doch wegen irgendeiner Kleinigkeit zu Dank verpflichtet sein könnte, etwas, was er vielleicht vergessen hatte. Zur Zeit der Studentenproteste, vor dem Militärputsch 1980, war es leicht, in die Mühlen der Justiz zu geraten. »Hab mir nichts vorzuwerfen«, meinte er schließlich trotzig. »Ich hab damals weder die Ordnungshüter mit Steinen beworfen noch zum Umsturz aufgerufen.«

»Das denkst du«, sagte sein Gastgeber nun jovial und wandte sich ab. »Es hätte sich leicht etwas finden lassen können. Aber ist schon gut. Ich jedenfalls war jung, hatte Ideale und wollte die Welt verbessern«, dozierte er wild gestikulierend, als würde er vor linken Gesinnungsgenossen in der Aula der Universität eine Rede halten.

»Zumindest sah das so aus«, sagte Özakın zynisch und musterte den Freund aus alten studentenbewegten Zeiten von der Seite. Die grau melierten Haare waren für seine Begriffe ein bisschen zu lang für sein Alter. Sie reichten ihm bis auf die Schultern, und der Dreitagebart verlieh ihm immer noch etwas Rebellisches – wäre das teure Seidentuch um seinen Hals nicht gewesen. Die hehren Ideale sind längst futsch, das sieht doch ein Blinder, dachte er. Sein Blick blieb an dem schweren Lüster an der Decke hängen, der mit Dutzenden Kristallsteinchen überladen war und so aussah, als könne Özakın jeden Augenblick darunter begraben werden. Überhaupt war hier alles piekfein, hier im vornehmen Cihangir, dem Domizil reicher Türken, ausländischer Geschäftsleute, Künstler und Journalisten, die die alten Jugendstilhäuser renovierten und fast täglich neue Cafés oder irgendwelche Galerien eröffneten.

Vor Kurzem hatte sich Özakın mal den Spaß erlaubt und die Wohnungsanzeigen durchgelesen und festgestellt, dass eine Wohnung in dieser Gegend nicht unter 600 000 USD zu haben war. Der Parkettboden, die Marmorkonsolen, die dicken Sessel, die mit diesem geschmacklosen Brokatzeugs bezogen waren – er fand das alles eine Spur übertrieben. Ein Parvenu war dieser Junus, weiter nichts. Er spürte eine leichte Verachtung in sich aufsteigen, versuchte aber sein Unbehagen zu verdrängen, weil er sein Gast war. »Die Sache mit der Weltrevolution … Hast du jemals daran geglaubt?«, fragte er beiläufig.

Junus schlenderte wieder ins Wohnzimmer zurück, um sich einen weiteren Drink zu holen. An einem verschnörkelten Wägelchen voller Flaschen machte er halt, ließ Eiswürfel in sein Glas fallen und goss Gin und Tonicwater hinterher. »Ich war eben ein unverbesserlicher Träumer«, antwortete er leicht geziert. »Schau dich doch um, was aus unseren Idealen geworden ist. Selbst in den letzten Bastionen des Sozialismus regiert der schnöde Mammon. So ist es doch.«

»Dann war alles nur ein Spiel?«, fragte Özakın und ließ sich auf das Sofa fallen, das im Louis XIV-Stil gehalten war. »Dir ging es nur darum, deine Grenzen auszutesten wie in einem sportlichen Wettkampf.«

»Wahrscheinlich ... Jetzt ist sie aber vorbei, die wilde, ungestüme Studentenzeit. Der Ernst des Lebens hat begonnen, mein Lieber«, erklärte er mit müder Stimme. »Schließlich hab ich eine Familie, trage Verantwortung.« Er schwenkte gedankenverloren den Inhalt des Glases, bevor er sich einen weiteren Schluck gönnte und das Thema wechselte. »Immerhin hatten wir unseren Spaß. Denk an die vielen Miezen, die wir abschleppen konnten. Wer konnte da schon Nein sagen zu einem Revolutionär! Die hingen nur so an unseren Lippen.«

»Nicht an meinen«, sagte Özakın bescheiden. »*Du* warst doch immer der große Sprücheklopfer, dem die *Miezen* zu Füßen lagen, weil sie dachten, du würdest es ernst meinen mit deiner komischen Mao-Bibel.«

Junus lächelte verschmitzt, während er sich aus einem Holzkästchen ein Zigarillo herausfischte. »Ja, ja, die Frauen. Sie lieben eben heldenhafte Gestalten, ob sie nun Che oder Robin Hood heißen, und ich hatte schon immer ein Herz für die Schwachen und Armen in der Gesellschaft.«

Das kann doch nicht sein Ernst sein, dachte Özakın und betrachtete ihn amüsiert. Er war schon immer großartig im Produzieren von heißer Luft gewesen. Wie war er wohl als Geschäftsführer in der Firma seines Schwiegervaters, der große Junus, *der* mit der revolutionären Vergangenheit? Und wie ging er wohl mit seinen Arbeitern um? Dass sich Junus als Samariter gab, konnte er sich beim besten Willen nicht vorstellen. Er hatte längst die Seiten gewechselt. War nun ein Kapitalist – einer von der Sorte, die er früher verachtet hatte.

Die Frau des Hauses machte sich jetzt bemerkbar und wollte wissen, ob Özakın nicht doch zum Abendessen bleiben wolle. Man habe sich ja eine Ewigkeit nicht gesehen.

Özakın bedankte sich höflich mit dem Hinweis, dass er Sevim, seine Frau, mit dem Essen nicht warten lassen wolle. Eine kleine Notlüge, schließlich war *er* es, der immer kochte, und er hatte sich schon etwas Leckeres ausgedacht. Wenn möglich, wollte er sich diesen Plan nicht durchkreuzen lassen.

»Kenn ich sie?«, fragte er, als sie wieder allein waren.

Junus schüttelte den Kopf. »Die Tochter meines früheren Geschäftspartners. Ich bin für sie der Inbegriff des rauen Burschen aus Anatolien, hart aber herzlich, einer, der sie nicht mit guten Manieren langweilt«, erklärte er ironisch lächelnd.

»Wie praktisch«, meinte Özakın, der sich schon so etwas Ähnliches gedacht hatte. »Also ein Sechser im Lotto.« Nicht nur die Firma hat er vom Schwiegervater bekommen, auch die Wohnung ist wahrscheinlich mit dessen Geld gekauft, dachte er. Junus selbst hatte nichts besessen. War arm wie ein Moscheewärter gewesen. Er erinnerte sich vage an eine Geschichte, mit der Junus hausieren gegangen war, weil damals Proleten vom Land eine Sonderstellung hatten: Dass er mit nur ein paar Schuhen und einem Anzug, den ihm ein Onkel geschenkt hatte, nach Istanbul gekommen war.

»Macht einen netten Eindruck, deine Frau«, sagte nun Özakın, weil es die Höflichkeit erforderte.

»Nett ist sie, aber vor allem eifersüchtig«, flüsterte Junus und grinste dabei.

Wahrscheinlich kennt sie ihre Pappenheimer, überlegte Özakın, während er möglichst unbemerkt auf seine Armbanduhr blickte.

»Du wolltest mir doch etwas von einer verschwundenen Nachbarin erzählen.«

Junus räusperte sich ein wenig verlegen, trat auf die Terrasse und kniff die Augen zusammen, als würde ihn die Sonne blenden. »Da drüben.« Er deutete auf ein Gebäude unterhalb des Hügels.

»Was soll da sein?« Özakın sah nur eine Dachterrasse mit ein paar vergammelten Blumenstöcken.

»Da drüben wohnt die Deutsche. Jetzt ist sie weg. Sonst winkt sie mir immer zu, wenn sie ihre Blumen gießt oder ihre Katze füttert.«

»So, so«, wunderte sich Özakın, »seit wann interessierst du dich für deine Mitmenschen? Ich frag mich überhaupt, was dich diese Frau angeht. Die kann dir doch egal sein.« Junus' Anteilnahme kam ihm irgendwie verdächtig vor.

»Du wirst es vielleicht nicht glauben, aber es ist wirklich nur Fürsorge. Schließlich ist sie mutterseelenallein in einem fremden Land. Da muss man sich doch kümmern, ein Auge darauf haben, wenn da etwas nicht stimmt.«

»Und was soll da nicht stimmen?«

»Schau dir doch die Wohnung an. Seit Tagen sind die Jalousien heruntergelassen.«

Özakın musterte erneut die gegenüberliegende Maisonette-Wohnung. »Vielleicht ist sie ja auch nur verreist.«

»Daran hab ich auch schon gedacht. Aber ihre Van-Katze würde sie nie alleine lassen. Ich schlage vor, wir gehen rüber und schauen nach dem Rechten«, sagte Junus forsch.

»Und warum hast du das nicht schon längst getan, wenn du sie so gut kennst?«, wollte Özakın wissen.

Junus zuckte ratlos die Schultern. »Gut kennen? Das ist wohl ein bisschen übertrieben.«

»Und was ist, wenn sie in der Badewanne planscht und sich zu Tode erschrickt, wenn wir da aufkreuzen?«, konterte Özakın. »Dann haben wir die ausländische Presse am Hals. Du weißt, wie sensibel die zurzeit ist und wie man uns mit Argusaugen beobachtet. Nach dem Motto: Deutsche Frau von Türken in ihrer Wohnung belästigt. Ich kann schon

die Headline sehen«, malte er sich das Schreckens-
szenario aus.

»Meinst du wirklich?«, fragte Junus, der trotzdem
nicht ganz überzeugt zu sein schien. Er stieß einen
tiefen Seufzer aus. »*Allahım,* du bist auch nicht
mehr der, der du mal warst. Wo bleibt deine Spon-
taneität, oder musst du erst deinen Vorgesetzten fragen, du Memme?«

Özakın hatte beschlossen, sich nicht reizen zu
lassen. »Wir warten erst einmal ab«, sagte er ganz
in sich ruhend, obwohl er ihm gerne entgegnet hätte, dass er als Polizist anderen Regeln unterworfen
war und dass Junus sich die erwünschten Freund-
schaftsdienste abschminken könne. »Ohne Vermiss-
tenanzeige von einem Angehörigen geht sowieso
nichts«, fügte er noch hinzu, als er den enttäuschten
Gesichtsausdruck seines Gegenübers sah.

»Wie du meinst«, murmelte Junus abwesend und,
wie Özakın fand, etwas angespannt. Mit einem Male war auch der jugendliche Schalk aus seinen Augen
verschwunden. Vor ihm stand ein Mann, der zwar
wie die Made im Speck lebte, aber aus irgendwelchen Gründen nicht mit sich im Reinen war. Aber
welcher Mann ist das schon heutzutage, dachte
Özakın, als er sich mit einem »Man sieht sich« von
einem gedankenverlorenen Junus verabschiedete.

2... Ein komischer Vogel, dieser Junus, dachte Özakın, als er über die Bosporusbrücke fuhr. Er war zwar nicht nachtragend, aber er hatte nicht vergessen, wie er ihn früher behandelt hatte.

Überall, wo sie sich getroffen hatten, in den Studentencafés von Beşiktaş und Beyoğlu oder an der Universität, war Junus stets der Hahn im Korb gewesen. Andere Männer störten da nur. Dieser Che für Arme verteidigte sein Revier bis aufs Messer. Wie hatte er ihn verabscheut! Und jetzt tat er so, als wären sie die besten Freunde gewesen. Ja, sie hatten einen wichtigen Teil ihres Lebens miteinander verbracht, aber mit so einem Kotzbrocken wollte er nichts mehr zu tun haben. Sie gehörten in verschiedene Welten. Und jetzt hatte ihn wohl die Midlife-Crisis erwischt. Gut so, dachte Özakın. Warum sollte es Junus da besser ergehen als ihm selbst.

Wieso er allerdings nach so vielen Jahren seine Gesellschaft suchte, war ihm schleierhaft. Was führt er bloß im Schilde?, fragte er sich, während er vor seiner Wohnung einen Parkplatz suchte.

Er schloss die Tür auf und posaunte ein »Sevim« heraus. »*Alo?*«, fragte er, als könne er es kaum erwarten, seine Frau wiederzusehen.

»Ich bin auch gerade gekommen«, rief sie ihm aus dem Schlafzimmer zu.

»Wie war's bei deinem Freund?«

»Hast du Freund gesagt? In meinem Job hast du so gut wie keine Freunde. Das solltest du allmählich gemerkt haben. Alle wollen sie etwas von dir – einen kleinen Gefallen oder irgendwelche Tipps. Wahrscheinlich, um ihre krummen Dinger drehen zu können. Das heißt dann Freundschaftsdienst. Und wenn du da nicht mitmachst, dann sind sie enttäuscht. Die haben einfach nicht begriffen, dass ich Polizist bin«, sagte er atemlos und zog sich die Schuhe aus.

Sevim stand vor ihm und schaute ihn mitleidig an. »Ist es denn wirklich so schlimm? Und was ist mit Mustafa? Bist du etwa nicht mit ihm befreundet?«

»Ich bin der Ältere, sein Chef«, meinte er. »Da muss man äußerst vorsichtig sein mit kameradschaftlichen Gefühlen.«

»Und Ali? Immerhin habt ihr ein paar Gemeinsamkeiten. Die Vorliebe für gutes Essen und so.«

»Ja, der«, unterbrach sie Özakın. »Ein richtiger Freund.« Es klang ironisch. »Wenn ich nicht aufpasse, dann zieht er mich in irgendwelche dummen Geschichten hinein, und ich kann's ausbaden. Denk an die ukrainische Bedienung in seinem Restaurant. Die hat bestimmt keine Papiere. Ich weiß nicht, ob da nicht eines Tages ein dickes Ding auf ihn zukommt«, sagte er und zog sich seine Sporthose an.

»Jetzt siehst du aber alles schwarz. Ist denn da wirklich niemand, der dich so nimmt, wie du bist, und der nicht von dir profitieren will?«

Er überlegte. Ein bisschen zu lang, wie Sevim fand, bis sie ihm tadelnd ins Gesicht schaute.

»Du natürlich«, sagte Özakın blitzschnell.

Sevim lachte auf. »Da hast du aber noch mal die Kurve gekriegt.«

Özakın war inzwischen ins Schlafzimmer gegangen und drosch auf einen Boxsack ein, den er sich zum Aggressionsabbau an der Decke befestigt hatte. Kurz darauf war eine Reihe archaischer Laute zu hören.

»Das ganze Haus wackelt«, rief seine Frau zu ihm hinüber. »Der Nachbar hat sich schon beschwert. Angeblich hat sich bei ihm ein Riss in der Wand gebildet. Warum gehst du nicht wie andere Männer ins Fitnessstudio?«

Jetzt stand er breitbeinig vor ihr, die roten Boxhandschuhe vors Gesicht gehalten, wie Rocky zu seinen besten Zeiten, und fragte außer Atem: »Wer hat sich beschwert, der Nachbar? Wenn sich jemand mit mir anlegt, wird er überrascht sein. Stell dir vor, er kommt auf mich zu. Dann mach ich eine Links-rechts-Kombination, und er liegt unten. Und keiner rechnet damit.«

Sevim schüttelte belustigt den Kopf.

»Du lachst, aber es ist so«, sagte Özakın, bevor er auf die Waage stieg. »Sechsundsiebzig Kilo, wow!«, freute er sich. »Und alles Muskeln. Na ja, fast alles.«

»Jetzt scheint es dir ja wieder besser zu gehen«, bemerkte Sevim, die es sich auf dem Sofa bequem gemacht hatte.

»Ich soll mich mehr bewegen und bewusster essen. Der Arzt hat bei mir erhöhte Cholesterinwerte festgestellt. Aber vor allem soll ich eins meiden: Stress!«, erklärte Özakın schwer atmend.

»Ich weiß«, sagte sie und reichte ihm ein Handtuch, damit er sich den Schweiß abwischen konnte. Sie druckste ein bisschen herum, bevor sie loslegte: »Ich muss etwas mit dir besprechen.«

Özakın zuckte zusammen, denn immer, wenn sie so anfing, wurde es ein Problemgespräch.

»Übertreib jetzt nicht«, sagte sie besänftigend, als sie seine vor Schreck geweiteten Augen sah. »Ich war doch vorhin mit meinen Freundinnen beim Nachmittagstee im Tarabya Hotel«, begann sie.

»Zum Tratschen natürlich, was sonst«, warf Özakın ein.

»Ja, und stell dir vor, der Vermieter von Nur hat ihr wegen Eigenbedarf gekündigt«, fuhr sie fort.

»Nur? Ist das nicht die Mathematiklehrerin bei dir in der Schule?«

Sevim nickte. »Wie findest du das? Ist das nicht eine Sauerei?«

Özakın gab ihr recht. »Will sie wahrscheinlich raus haben und die Wohnung teurer vermieten. Die Spielchen kenn ich. Da kann man leider nichts dagegen machen.«

»Der geht es ganz schlecht. Sie steht praktisch auf der Straße und fragt, ob wir sie aufnehmen können«, erklärte sie nach kurzem Zögern, weil sie Özakıns Reaktion fürchtete. »Nur für ein paar Tage selbstverständlich«, schickte sie hinterher, als sie seinen skeptischen Gesichtsausdruck sah.

»Die Ruhe ist dann dahin, das weißt du«, erklärte er.

»Wozu hat man Freunde?«

»Hat sie denn keine Familie?«

»Sie ist doch ledig. Letztes Jahr hat sie die Verlobung aufgelöst. Seitdem führt sie ein ziemlich tristes Dasein.«

»Und was ist mit ihren Eltern?«

»Die wohnen in Ankara.«

»*Allahım*«, seufzte Özakın. »Ich hab Stress genug im Job. Wenn ich nach Hause komme, dann will ich mich entspannen und kann nicht noch Seelsorger für wildfremde Frauen spielen.« Er kratzte sich nachdenklich an der Schläfe und meinte dann resigniert: »Aber nur für ein paar Tage. Und kochen kann ich dann auch für drei, stimmt's?«

Sevim nickte zaghaft und kniff ihm neckisch in die Backe. »Und was essen wir zwei Hübschen heute?«, fragte sie.

Jetzt war Özakın wieder in seinem Element. Ihm schwebte etwas Einfaches und Leichtes vor. Teigtaschen mit pikanter Kartoffelfüllung. Wenn der Platzhirsch aus Cihangir ihn nicht aufgehalten hätte, dann wäre es sicherlich ein Fünf-Gänge-Menü geworden, dachte er und marschierte in die Küche.

Er setzte die Kartoffeln auf und holte weitere Zutaten aus den Schränken. Aus einem Kilogramm Mehl, einer Prise Salz und etwas Wasser knetete er schnell einen Teig, deckte ihn mit einem Tuch ab und ließ ihn etwas ruhen. Inzwischen würfelte er die Zwiebel klein, dünstete sie in Margarine und verfeinerte das Ganze mit einem Teelöffel Paprikamark. Dann wurden die gekochten Kartoffeln gerieben. Mit dem fein gehackten Dill kamen sie zu den Zwiebeln in die Pfanne. Alles wurde mit Salz und Pfeffer gewürzt und einige Minuten unter Rühren gegart. Er nahm die Pfanne vom Herd und ließ die Füllung etwas abkühlen, während er sich nun dem Teig widmete und ihn zu einem dünnen Fladen ausrollte. Den Teigfladen schnitt er in mehrere kleine Rechtecke und belegte sie mit einem Löffel von der Kartoffelfüllung, bevor er mit einem flinken Pinselstrich eine Ei-Fett-Mischung auf die Ränder auftrug und die Teigtaschen zu kleinen Dreiecken faltete. Jetzt mussten die türkischen Ravioli nur noch von beiden Seiten in Öl angebraten werden, dann ließ man sie für ein paar Minuten in heißem Wasser ziehen.

»Hast du Joghurt gekauft?«, rief er seiner Frau zu, während er die fertigen Teigtaschen auf einem großen Teller anrichtete.

»Bin doch kein Totalausfall«, kam die Antwort.

Er kostete und war mehr als zufrieden. Nun fehlten nur noch die Knoblauch-Joghurt-Soße und die in Butter angebratene rote Paprika, der *pul biber*, die er über die Kartoffel-Teigtaschen träufeln wollte.

3 ... Am nächsten Morgen, als Özakın in sein Büro kam, saß Mustafa mit eingefallenem Gesicht an seinem Schreibtisch und brütete vor sich hin. Er blickte nur kurz auf und warf ihm ein müdes »*Günaydın*« zu.

»Ist was passiert, oder warum bläst du heute Trübsal?«, wunderte sich Özakın.

Mustafa ließ einen langen Seufzer los, als stünde die Welt vor ihrem Untergang.

Entweder wurde ihm sein Auto gestohlen, er hat sein ganzes Geld durch eine Spekulation verloren, oder seiner Mutter ist etwas zugestoßen. Özakın war gespannt auf Mustafas Antwort.

»Mein kleiner Bruder ...«

»Turgut? Was ist mit ihm?«, fragte Özakın entsetzt. »Ist er unheilbar krank?«

»Da hast du den Nagel auf den Kopf getroffen. Er ist ein durchgedrehter Nichtsnutz, ein Versager, der die ganze Familie in den Abgrund reißen wird«, antwortete Mustafa resigniert.

»Lass mich raten. Hat er wieder ein paar krumme Dinger gedreht?«

An Mustafas Gesichtsausdruck konnte Özakın erkennen, dass er richtig lag. »Und jetzt sollst du ihn da wieder herausboxen?«

»Keine Angst, er hat keinen umgebracht. Noch nicht, muss man vielleicht sagen, aber ich rechne jeden Tag mit dem Schlimmsten. Kannst dir vorstellen, wie sehr unsere Mutter leidet.« Er stand auf und spazierte ratlos durch den Raum. »Die ist ja auch nicht mehr die Jüngste«, stellte er fest.

Özakın schlug die Hände über dem Kopf zusammen. Er wusste, was das zu bedeuten hatte. Schon einmal hatte er bei Mustafas Bruder helfend eingreifen müssen, einen befreundeten Staatsanwalt bequatscht, noch mal Gnade vor Recht walten zu lassen. »Was hat er denn diesmal verbrochen?«

»Zechprellerei«, antwortete Mustafa ohne Umschweife.

Özakın atmete auf. »Na, so schlimm ist das ja nicht.«

»Im Wert von fünfhundert Euro«, fügte Mustafa noch hinzu und presste die Lippen zusammen.

»Was, so viel? Was war's denn? Beluga-Kaviar und Champagner Moët & Chandon?«, rief Özakın entsetzt aus.

»So ungefähr. Und wie soll er das jetzt zurückzahlen? Er hat doch nichts! Die Zwangsvollstreckung konnte ich gerade noch verhindern«, sagte Mustafa apathisch.

»Und du hast sicherlich auch nichts auf der hohen Kante«, bemerkte Özakın, weil er wusste, dass Mustafa bereits für sein neues Auto die letzte Lira zusammengekratzt hatte.

»Wer so einen Bruder hat, der braucht keinen Feind«, meinte nun Mustafa.

»Das schwarze Schaf der Familie«, stellte Özakın fest und nahm eine Zigarette aus der Schachtel in seinem Schreibtisch, obwohl er eigentlich mit dem Rauchen aufhören wollte.

»Der bringt einfach nichts auf die Reihe. Es ist so, wie wenn sich einer mit einem lahmen Bein noch ins andere Knie schießt«, erklärte Mustafa mit müder Stimme.

Soviel Özakın wusste, hatte Turgut zurzeit keinen Job, nachdem er es vergeblich als Imbissbudenbetreiber, als Taxifahrer und als Souvenirhändler versucht hatte. Entweder hatte er Pleite gemacht oder sich mit seinen Chefs überworfen. Die lange Leidensgeschichte des Turgut T. kannte er in- und auswendig. Mustafa hielt ihn stets auf dem Laufenden.

»Wie kommt eigentlich ein Habenichts wie dein Bruder auf die Idee, so großkotzig aufzutreten?«, fragte er.

Mustafa drehte weiter seine Runden im Zimmer. »Ein verhängnisvoller Zufall«, meinte er. »Er wollte eigentlich nur ein Bierchen trinken und wurde verwechselt.«

»Jetzt versteh ich gar nichts mehr!«

»Du kennst doch diesen jungen, gut aussehenden Schauspieler aus der Seifenoper ›Alles aus Liebe‹.«

Özakın hob ahnungslos die Schultern und schaute ein bisschen angeödet, weil Seifenopern das Letzte waren, was ihn im Fernsehen interessierte.

»Mittwochs um halb acht. Ali Can, das ist der, der den Draufgänger spielt. Die in der Bar dachten, er sei's und waren geschmeichelt, dass er ihnen die Ehre erweist. Die haben Turgut einen Promitisch zugewiesen und ihn umgarnt und bewirtet, als sei er der Sultan von Brunei. Der Besitzer kam und ließ sich mit ihm für seine Promi-Galerie fotografieren. Unsereins schmückt sich ja gern mit fremden Federn. Dann schickte er noch ein paar Bunnys vorbei – natürlich alles auf Kosten des Hauses. Was sollte Turgut denn machen?« Mustafa grinste, als könne er sich die Orgie bildhaft vorstellen.

Dieser Kindskopf scheint seine helle Freude an der Geschichte zu haben, dachte Özakın. Sein Bruder im Kreise der Schönen und Reichen. Auch Mustafa hätte das sicherlich gut gefallen.

»Turgut, dieser Bengel, sieht ja auch verdammt gut aus. Mit Ali Can kann er es allemal aufnehmen«, bemerkte Mustafa jetzt gut gelaunt. Die anfängliche Depression schien er plötzlich überwunden zu haben.

»Wer ist er schon, dieser Ali Can?«, entrüstete sich nun Özakın, dem Mustafas ambivalente Haltung ein bisschen auf die Nerven ging. »Ein berühmter Schauspieler, dass ich nicht lache! Ein Idiot ist er«, erregte er sich weiter. »So viel Ehre für einen kleinen, überbezahlten Heini. Meinen Nachbarn, den Bäcker, kennen zwar weniger Menschen, aber er tut mehr für die Gesellschaft als dieser feine Pinkel! Weißt du was? Dieser Barbesitzer ist selbst schuld, wenn er in seinem Promiwahn auf deinen Bruder reinfällt. Geschieht ihm ganz recht!«

»Das hilft meinem Bruder jetzt auch nicht weiter«,

meinte Mustafa leicht gereizt. »Jetzt hat er Schulden und 'ne Anzeige am Hals.«

»Wie ist das Ganze überhaupt aufgeflogen?«, erkundigte sich Özakın.

»Ein Journalist hat das Missverständnis aufgeklärt. Der meinte, mein Bruder könne gar nicht Ali Can sein. Der sei nämlich nicht in Istanbul, sondern auf Promotiontour.«

»Muss doch ziemlich peinlich gewesen sein, die Geschichte. Ich meine für den Barbesitzer, dass er sich so geirrt hat.«

Mustafa winkte ab. »Das gönn ich ihm. Aber solche Leute fallen ja immer mit der Butterseite nach oben. Schau dir doch den Laden an, da stecken Milliarden drin. Schon diese Attraktion, das riesige Aquarium für die Piranhas, kostet sicherlich ein Vermögen.«

»Der Laden ist sowieso nichts für uns. Ich für meinen Teil hab meine Fische lieber auf dem Teller, gebraten und mit Dill und Zitrone garniert.«

»Da kommst du sowieso nicht rein. Im Fulya herrscht strikte Klassentrennung«, sagte Mustafa ein bisschen geknickt.

»Hab ich gerade den Namen Fulya gehört?«, fragte Durmuş, der in diesem Augenblick hereingekommen war. »Was ist damit?«

»Ach, nichts«, sagte Mustafa, dem es fernlag, die Geschichte seines nichtsnutzigen Bruders breitzutreten, weil ihn der bourgeoise Durmuş sowieso nicht verstehen würde.

»Komm, setz dich«, sagte Özakın, der den jungen Kommissar-Assistenten inzwischen wie einen jüngeren Bruder ansah. Schon deswegen, weil er bei ihrem letzten Einsatz knapp dem Tode entronnen war, als eine wild gewordene Feministin und falsche Krankenschwester ihn mit einer selbst gebastelten Infusion vergiften wollte. Seitdem fühlte er sich für ihn verantwortlich. Auch, weil er ihm gegenüber ein schlechtes Gewissen hatte. Schließlich hatte er ihn nicht gerade freundlich behandelt. Im Nachhinein war ihm auch klar, warum. Durmuş stammte aus der Oberschicht, war sozusagen mit dem goldenen Löffel im Mund auf die Welt gekommen. Er selbst hatte sich alles hart erarbeiten müssen.

Durmuş' Vater, der Gouverneur, hatte seinem Sohn den Job im Polizeipräsidium verschafft. Diese Ungerechtigkeit hatte Özakın rasend gemacht, und er war auch wahnsinnig eifersüchtig gewesen auf den Neuen, dem man Aufgaben übertragen hatte, denen er letztendlich gar nicht gewachsen war. Und so kam es, dass sich Durmuş unvorsichtigerweise in Gefahr begeben hatte. Nur in letzter Sekunde hatten sie diesen Anfänger befreien und ins Krankenhaus einliefern können.

Özakın hätte schwören können, dass ihr Kollege nach dieser Pleite das Handtuch werfen würde, um sich fortan seinem Hobby als Sänger zu widmen. Als er dann aber seinen Job doch nicht quittierte, war Özakın erleichtert und musste schließlich zugeben, dass ihm dieser komische Kauz ans Herz gewachsen war.

»Mustafas Bruder wurde im Fulya mit diesem türkischen Brad Pitt, diesem Ali Can, verwechselt und ausgiebig bewirtet. Jetzt soll er für diesen Irrtum bluten«, erklärte Özakın die Situation, während Mustafa angespannt aus dem Fenster starrte.

»Im Fulya? So ein komischer Zufall, aber ich soll dort singen. Turkish Pop«, bemerkte Durmuş stolz. »Obwohl mir ja die Königsklasse der türkischen Musik, die Klassische, besser liegt«, geriet er ins Schwärmen und erzählte, wie er sich in diesem In-Schuppen einen Auftritt ergattert hatte. Dabei war ihm selbstverständlich sein Vater etwas behilflich gewesen, wie immer, wenn es um die Karriere seines Sprösslings ging.

»Wenn Mustafa es will, dann kann ich die Sache dort zur Sprache bringen«, bemerkte Durmuş beiläufig.

»Und was soll das bringen?«, fragte Mustafa.

»Kannst es ja mal probieren. Als Sohn des Gouverneurs wird man dir wohl kaum eine Bitte abschlagen«, schlug Özakın vor, als er sah, dass sich Mustafa zierte, die Hilfe anzunehmen.

Doch kurz darauf hatte Mustafa seinen gekränkten Stolz überwunden und war einverstanden. Er wusste zu gut, dass man in diesem Land ohne eine helfende Hand oder einflussreiche Freunde aufgeschmissen war. Er wollte gerade zu einer weiteren Klage ausholen, da wurde er vom Klingeln des Telefons unterbrochen.

Özakın nahm ab und hörte eine Weile zu, bevor er fragte: »Und wo?« Wieder lauschte er aufmerksam und wollte wissen, ob der Kollege von der Rechtsmedizin schon vor Ort sei. Er legte auf und man konnte sehen, dass es in ihm arbeitete. »Das war Herr Yilmaz«, sagte er zu Mustafa. »Sie haben eine Wasserleiche gefunden.«

4 . . .   Alles war so schnell gegangen, dass sie keine Vorstellung davon hatte, was passiert war. Sie riss, wie von einem entsetzlichen Albtraum geschüttelt, die Augen auf und sah etwas Metallisches aufblitzen, bevor ein unsäglicher Schmerz immer und immer wieder ihren Körper durchzuckte. Sie fasste sich an die Brust und spürte, wie ihr das warme Blut durch die Finger rann.

»Warum?«, fragte sie verwundert und nahm nur noch am Rande ein selbstgefälliges Lachen wahr, ein Grinsen, fast schon teuflisch, aus einem sie verhöhnenden Gesicht, während sie ins Wasser taumelte. Ein letztes Aufbäumen, immer noch kämpferisch mit einem Funken Zuversicht, ihr Überlebenswille könne den drohenden Tod besiegen, dann tauchte sie unter. Sie hielt den Atem an, rang aber bald krampfhaft nach Luft und spürte, wie sich erst ihre Atemwege und dann die Lungen zum Bersten voll mit Wasser füllten. Jetzt dämmerte ihr langsam, dass es kein Entrinnen mehr gab, und sie klammerte sich an die Hoffnung, es möge schnell gehen, bis Luftblasen über ihr aufstiegen und die Wogen sich glätteten, weil das Wasser allmählich ihren Körper verschlänge.

Danach legte sich eine gespenstische Stille über

die Landschaft aus Säulen, Stegen und Wasser – eine Stille, die nur ab und zu von einem leisen Plätschern oder vom sanften Laut eines herabfallenden Wassertropfens unterbrochen wurde.

5 ... Vor ungefähr fünf Jahren war Özakın das letzte Mal hier unten gewesen und auch nur deswegen, weil er im Auftrag von Herrn Yilmez, seinem Vorgesetzten, für ein paar Kripo-Kollegen aus dem Ausland den Reiseleiter spielen musste. Diese Aufgabe war ihm zugefallen, weil er noch das beste Englisch von allen sprach und Herr Yilmaz, feige wie er war, einen wichtigen Geschäftstermin vorgetäuscht hatte.

Nach einer Reihe von touristischen Highlights hatte sie ihr Weg auch hierher geführt. Ins Yerebatan Sarayı, eine römische Zisterne aus dem sechsten Jahrhundert, wo früher das Trinkwasser für die ganze Stadt gesammelt wurde. Ein Wasserreservoir, das eher einem Schloss ähnelte mit exakt 336 Säulen – eine Zahl, die ihm im Gedächtnis haften geblieben war.

Aber er konnte sich auch an die Szenen des James-Bond-Klassikers »Liebesgrüße aus Moskau« erinnern, die hier gedreht worden waren. Mit Sean Connery als 007 im Dienste Ihrer Majestät. In seinen Augen war er der Beste unter den James-Bond-Darstellern. Unter einem Vorwand war dieser nach Istanbul gelockt worden. Natürlich hatte Bond, James Bond, diesen perfiden Plan durchschaut, den Spieß umgedreht und die Verbrecher das Fürchten gelehrt. Vor langer Zeit hatte Özakın den Film im Fernsehen gesehen. Und jetzt war dieser pittoreske Ort erneut zum Schauplatz eines Verbrechens geworden.

Eine leichte, schwüle Brise schlug ihnen entgegen, als sie über die steinerne Treppe in das unterirdische Reich hinabstiegen. Sie liefen in Richtung Hauptsteg, der über das grün-bläuliche Wasser führte, worin sich Säulen mit korinthischen und ionischen Kapitellen spiegelten.

»Wir haben es mit einem kaltschnäuzigen Verbrecher zu tun«, rief ihnen Dr. Sabancı vom Fundort zu, als er Özakın und Mustafa kommen sah. Er lupfte vorsichtig die Folie, unter der sich die Leiche verbarg.

Angewidert rümpften beide die Nase angesichts der ballonförmig aufgedunsenen Frauenleiche, die aussah wie eine pralle Made.

»Ich weiß, der Anblick von Wasserleichen ist gewöhnungsbedürftig«, sagte der Rechtsmediziner. »Mit fortschreitender Fäulnis entsteht in den Eingeweiden ein beträchtliches Gasvolumen.« Er beugte sich übers Wasser und tauchte den Finger hinein. »Zwanzig Grad, schätz ich mal«, meinte er, bevor er erklärte: »Bei warmen Wassertemperaturen ist die Gasbildung höher, da bläht sich die Leiche schneller auf und steigt auch dementsprechend schneller auf.«

Es kostete Özakın und Mustafa Überwindung, sich die blau-grün verfärbte Leiche anzuschauen. Auf dem ganzen Körper, vor allem an den Unterarmen und Füßen, hatten sich Totenflecke gebildet.

Das Gesicht war stark entstellt, und an einigen Stellen des Kopfes hatten sich bereits die dunkelblonden Haare abgelöst.

»Sie ist ertrunken, nachdem man sie mehrfach mit einem Messer traktiert und ins Wasser geworfen hat. Das Wasser ist zwar nicht sehr tief, aber das hat ja bekanntlich nichts zu bedeuten«, erklärte Dr. Sabancı. »Wenn man Pech hat, dann reicht schon 'ne Pfütze zum Ertrinken. Besonders, wenn man schon angeschlagen ist, wie diese Dame hier mit ihrem enormen Blutverlust.«

»Übel«, sagte Özakın und nahm nochmals die Tote in Augenschein. »Die Tat gleicht ja einer Hinrichtung.«

Dr. Sabancı nickte. »Soviel ich weiß, hat sie eine Touristin gefunden. Die wartet schon auf euch.«

Mustafa setzte sich in Bewegung, und der Mediziner deutete nun auf einen Leinensack, den die Polizisten aus dem Wasser gefischt hatten, und meinte: »Da war sie drin, zu einem Päckchen verschnürt und mit Steinen beschwert. Wer immer es war, eins hat dieser Schlaumeier nicht bedacht. Dass die Leiche irgendwann einmal an die Wasseroberfläche treiben würde.«

»Wie lange lag sie wohl im Wasser?«, wollte nun Özakın wissen.

Der Mediziner schlug erneut die Folie zurück und zeigte auf Hand- und Fußrücken der Leiche. »Nach der Waschhaut zu urteilen, knapp eine Woche. Hier, die Epidermis hat sich schon an einigen Stellen abgelöst.«

Özakın begutachtete die seltsam in Fetzen hängende Haut, als sich Oktay von der Spurensicherung zu ihnen gesellte.

Er schüttelte resigniert den Kopf. »Wir haben leider nichts gefunden, was auf die Identität der Toten hinweist«, sagte er und machte mit dem Kopf eine Bewegung in Richtung Wasser, wo zwei Kollegen von der Schutzpolizei im Wasser stocherten.

»Keine Handtasche oder dergleichen?«, fragte Özakın enttäuscht.

»Nichts! Die haben schon alles abgesucht. Vielleicht hat der Täter die Papiere mitgenommen.«

»Auch keine Tatwaffe?«

»Leider nein, aber dafür Blutspuren am Hauptsteg. Hab schon 'ne Analyse angeleiert. Der Täter muss ihr wohl dort aufgelauert haben.«

»Da muss er sich aber ganz sicher und unbeobachtet gefühlt haben«, stellte Özakın fest und drehte sich zu dem Mediziner um. »Wie alt war wohl die Frau?«

»Schwer zu sagen, aber taufrisch war die bestimmt nicht mehr. So um die vierzig, würde ich meinen«, antwortete er, schränkte jedoch ein, dass man das noch nicht mit Gewissheit sagen könne, weil das Gesicht bereits sehr entstellt sei.

»Und irgendwelche besonderen Merkmale?«

Dr. Sabancı schüttelte den Kopf. »Leider nein, aber wie ihr sehen könnt, ist sie dunkelblond, hat blaue Augen und ist exakt einen Meter zweiundsiebzig groß.«

Da bleibt nur die Öffentlichkeitsfahndung oder

ein Presseaufruf, um die Tote zu identifizieren, dachte Özakın. Aber so wie die Leiche aussah, war es nicht wahrscheinlich, dass jemand die Person erkannte.

»Übrigens, kennt ihr den neuesten Ärztewitz?«, fragte nun Dr. Sabancı und schmunzelte, während er die Leiche zum Abtransport fertig machte.

»Sagt der Doktor zu seiner Patientin: Ich habe eine schlechte und eine gute Nachricht für Sie. Welche wollen Sie zuerst hören? Sagt die Patientin: Die gute. Also, Sie haben noch zwei Tage zu leben. Die Patientin schluckt. Und die schlechte? Ich versuch Sie schon seit vorgestern zu erreichen. Köstlich, nicht?«

Özakın und Oktay grinsten, mehr aus Höflichkeit, denn sie hatten schon weitaus bessere Witze von ihm gehört, während Sabancı sich vor Lachen den Bauch hielt.

»Die Japanerin, die die Leiche gefunden hat, wartet oben im Tickethäuschen auf dich«, berichtete nun Mustafa, der von seinen Recherchen zurückgekommen war. »Leider hab ich nur die Hälfte verstanden. Ich muss unbedingt mein Japanisch wieder auffrischen. Ach ja, bis auf einen, der vor Kurzem gekündigt hat und jetzt in der Blauen Moschee arbeitet, hab ich mit allen vom Personal gesprochen. Es wird dich sicherlich nicht überraschen, aber keiner will etwas gesehen oder gehört haben.«

Özakın überlegte, ob die Kündigung des einen Mitarbeiters etwas mit dem Fall zu tun haben könnte, verwarf aber diesen Gedanken, bevor er nüchtern feststellte: »Die Spielchen kennen wir ja. Aber einer von denen muss doch die Frau gesehen haben, als sie hier ankam.«

»Und wahrscheinlich auch den Täter«, bemerkte Mustafa. »Übrigens, der letzte Besucher wird um halb sechs eingelassen, und so um zehn vor sechs schließt die Zisterne.«

»Du meinst, der Täter hat sich hier einschließen lassen?«

»Das ist doch klar, oder?«, meinte Mustafa. »Der Mörder ist sicherlich verrückt, aber nicht dumm.«

6… Ein paar Haken auf den Boxsack und dann ein warmes, entspannendes Bad – das wär's, dachte Özakın, als er die Tür zu seiner Wohnung aufschloss. Sevim schien nicht da zu sein, also streifte er sich seine Sportsachen über und begann mit seinen Boxhandschuhen den Sandsack zu bearbeiten. *Bam, bam, bam.* Die dumpfen Schläge ließen das Haus erzittern, während er seinen Aggressionen freien Lauf ließ. Einen für Herrn Yilmaz, der es immer vorzüglich verstand, ihn auszunutzen, und einen für den Mörder, den er schon noch kriegen würde. »Die Rechte in die Magengrube und die Linke aufs Maul. Da seid ihr perplex«, feuerte er sich an, als plötzlich die Schlafzimmertür aufging und ihm eine völlig fremde Person in kurzen Pyjamahosen gegenüberstand. Ihr Oberteil war mit einem neckischen Mickymausgesicht verziert, die beiden Ohren direkt über den Brüsten.

»Wer sind Sie denn?«, fragte Özakın verblüfft und kam sich ein bisschen albern vor in seiner Aufmachung, vor allem, weil sie ihn bei seinen aggressiven Selbstgesprächen belauscht hatte.

»Ich bin Nur, Sevims Freundin«, meinte sie mit einem Lächeln auf den Lippen, während sie im Türrahmen mit den Hüften hin und her wippte.

Das Ganze wirkte auf Özakın wie eine Szene aus einem alten Doris-Day-Film, wobei er sicherlich nicht Cary Grant war, aber sie Doris Day verdammt ähnlich sah.

»Wo ist denn Sevim?«, fragte er verunsichert.

»Sie wollte noch ein paar Besorgungen machen. Müsste aber bald zurück sein«, sagte Nur schläfrig und reckte sich ausgiebig. »Das hab ich gebraucht. Sie können sich nicht vorstellen, was ich in letzter Zeit durchgemacht habe. Ich bin Ihnen ja so dankbar, dass ich hier ein paar Tage bleiben darf.«

Özakın kratzte sich verlegen am Kopf und bemerkte, dass er noch die Boxhandschuhe anhatte. »Das ist doch selbstverständlich. Gastfreundschaft steht doch bei uns an erster Stelle«, beeilte er sich zu sagen. »Hat Ihnen ...«

»Sie können mich ruhig duzen«, unterbrach sie ihn. »Und darf ich Mehmet sagen?«

»Ja, gewiss«, stammelte Özakın. »Aber hat Ihnen, ich meine, hat dir meine Frau schon dein Zimmer gezeigt?«

»Ja, ja, das Gästezimmer. Entschuldige, dass ich heute in eurem Ehebett lag. Ich war so fertig, musst du wissen«, jammerte sie, und ihre Augen füllten sich wie auf Kommando mit Tränen.

Türkische Frauen können überall und jederzeit heulen, wenn sie wollen, dachte Özakın. Es war wie ein pawlowscher Reflex. Ob es nun die Wiedersehensfreude war oder der Abschiedsschmerz. Beim Anblick eines Vogels, der mit gebrochenem Flügel daniederlag, oder wegen des Schicksalsschlags irgendeines Menschen. Selbst bei seiner Frau, die ja sonst so nüchtern daherkam, hatte er das schon beobachtet. Die Mitleidsmasche funktionierte immer. Erst kürzlich, als sie meinte, ihre Ehe sei gefährdet, weil sie nichts mehr gemeinsam unternehmen würden, und ihn unter Einsatz von viel Tränenflüssigkeit zum Tangotanzen überredet hatte. Zwar hatte dies den dienstlichen Vorteil gehabt, dass er dort einen vermissten Engländer aufspüren konnte, aber sonst war alles ein Desaster gewesen. Beim Pirouettendrehen hatte er sich einen Hexenschuss geholt, weswegen er das Kapitel Tanzen abhaken musste, was ihm dann den Vorwurf eingebracht hatte, er habe sich absichtlich so dumm angestellt, und dabei waren seiner Frau Tränen der Wut in die Augen geschossen. Er fragte sich, ob das bei Frauen angeboren oder antrainiert war, oder ob am Ende etwas mit ihren Tränendrüsen nicht stimmte.

»Kein Dach über dem Kopf, heimatlos, ohne Mann, keine Kinder, kein Job. Was gibt es Schlimmeres?«, schluchzte nun Sevims Freundin drauflos. »Was hab ich noch zu verlieren?«

»Um Gottes willen«, rief Özakın entsetzt aus. »Es gibt doch für alles eine Lösung. Und wieso keinen Job? Ich dachte, Sie sind …, du bist Mathelehrerin.«

»Das war einmal. Musste mich krankschreiben lassen. Angeblich psychische Probleme, untragbar für die Schule. Vorübergehend, hieß es, bis ich mich wieder gefangen habe.«

Oje, dachte Özakın und wusste sich keinen anderen Rat, als sie tröstend in den Arm zu nehmen und ihr mit den Boxhandschuhen den Kopf zu tätscheln.

»Wie ich sehe, habt ihr euch schon bekannt gemacht«, hörte er plötzlich hinter sich die Stimme seiner Frau, die gerade vom Einkaufen zurückgekommen war.

»Ich glaube, du solltest dich mal um deine Freundin kümmern. Ihr geht es wirklich nicht gut«, stotterte er und löste sich aus der Umklammerung. »Komm, ich helfe dir«, versuchte er die peinliche Situation zu überspielen und deutete auf die Einkaufstüten im Flur.

»Nett von dir. Entledige dich vorher aber der roten Monster an den Händen«, sagte Sevim mit ruhiger Stimme, während sie ihre Freundin betrachtete, die einen ziemlich deprimierten Eindruck machte.

Özakın schnappte sich die Tüten und stürmte aus dem Zimmer.

»Was hast du nur für ein verständnisvolles Exemplar von Mann«, meinte Nur.

Sevim nickte. »Zufallstreffer.«

»Hauptgewinn«, sagte sie bewundernd und tippelte in ihrem Pyjama ins Schlafzimmer, um sich umzuziehen.

»Was hast du den ganzen Tag gemacht?«, rief ihr Sevim hinterher.

»Was schon, mir die Augen ausgeweint und stumpfsinnig herumgezappt.«

»Du darfst dich nicht so gehen lassen«, tadelte sie Sevim. »Mach was aus deiner Freizeit.«

»Freizeit? Du meinst wohl Zwangspause. Weißt

du, wie ich mich fühle? Wie ein Versager, der auf die Brosamen anderer angewiesen ist. Aber keine Angst, ich will mich hier nicht einnisten«, sagte sie und trat mit neuem Outfit, einer engen Hüftjeans und einem bauchfreien Top, aus dem Zimmer.

Für ihr Alter ganz schön gewagt, dachte Sevim und war erstaunt über diese jugendliche Aufmachung. So hatte sie ihre Freundin ja noch nie gesehen! Wenn sie ausgingen, war sie immer eher in Mausgrau unterwegs und nicht in diesen Fummeln, in denen sie aussah wie eine dicke Wurst.

»Keine Angst«, wiederholte Nur, »die Wohnungsanzeigen sind zurzeit meine Lieblingslektüre. Ich werd schon etwas finden. Ich fall euch nicht zur Last.«

»Wie redest du? Jetzt bist du erst einmal hier«, beeilte sich Sevim zu sagen, weil sie auf keinen Fall den Eindruck vermitteln wollte, sie wolle ihre Freundin loswerden. In der Türkei biss man sich als Gastgeber eher auf die Zunge, als den Gast vor den Kopf zu stoßen. »Mehmet«, rief sie in Richtung Küche, »sind die Schwertfischfilets, die ich mitgebracht habe, auch nach deinem Geschmack?«

»Machen einen frischen Eindruck«, meinte Özakın, der gerade die Lebensmittel in den Kühlschrank sortierte.

Nur saß da, den Kopf in die Hände gestützt, und meinte mit schleppender Stimme: »Eigentlich hab ich gar keinen Appetit. Das Ganze ist mir auf den Magen geschlagen. Was gibt es überhaupt? Und kann ich helfen? Bin 'ne ausgezeichnete Köchin, musst du wissen.« Jetzt funkelten ihre Augen voller Stolz.

»Lass lieber«, bremste Sevim ihren Eifer. »Mehmet hat es nicht gern, wenn man ihm da reinpfuscht.«

»Ach, so ist das. Dein Mehmet ist ein Hobbykoch? Mein Verlobter, mein Ex-Verlobter«, korrigierte sie sich, »konnte auch prima kochen. Er sagte aber, wenn er verheiratet ist, dann kocht nur noch die Ehefrau!« Sie schwieg.

»Sei froh, dass du ihn los bist«, tröstete sie Sevim und drückte sie an sich. »Hey, wir verpassen unsere Serie.«

»Hat sie etwa schon angefangen?«, fragte Nur, während Sevim die Fernbedienung betätigte und bald darauf eine kitschige Melodie den Beginn von »Alle lieben Hatice« ankündigte.

»Den Drehbuchautor kann man nur beglückwünschen«, bemerkte Nur.

»Wie herzensgut diese Hatice ist, aber was hat sie davon? Wird nur ausgenutzt! Ihre beste Freundin, diese böse Hexe Naciye, hat ihr den Mann ausgespannt, und der lässt nichts unversucht, ihr die Kinder wegzunehmen.«

»Klar«, sagte Sevim, »weil die Verlassene jetzt wieder arbeiten gehen muss und nicht mehr so viel Zeit bleibt für die Kleinen. Jetzt ist sie die Rabenmutter!«

»Ein gefundenes Fressen für ihre Schwiegereltern, die ihrem Sohn auch noch dabei helfen, der leiblichen Mutter das Sorgerecht zu entziehen. Ein Drama, sag ich dir.«

»Da ist ja das, was du durchgemacht hast, eine Lappalie«, meinte Sevim amüsiert und stellte den Ton lauter. »Welch ein Glück, dass wenigstens die Nachbarschaft zu ihr steht«, sinnierte sie. »Wirst sehen, am Ende siegt die Gerechtigkeit, und sie lebt bis an ihr Lebensende glücklich und zufrieden in den Armen eines Mannes, der sie wirklich liebt.«

»*Amin*«, sagte Nur. »Dein Wort in Gottes Ohr.«

Hoffentlich hatte Sevim die kleine Umarmung ihrer Freundin nicht falsch verstanden, überlegte Özakın, als er für seine Fischpfanne die Tomaten häutete und sie klein schnitt. Gott sei Dank ist Sevim eine emanzipierte Frau. Sie denkt nicht in den üblichen Mustern, dass Mann und Frau nur das eine im Sinn haben, dachte er. Also brauchte er sich keine Gedanken mehr zu machen und entsteinte mehrere schwarze Oliven. Er würfelte eine große Zwiebel und hackte reichlich Knoblauch. Dann kamen die Kräuter an die Reihe. Petersilie wurde fein gehackt, Minze in Streifen geschnitten. Die Schwertfischfilets wurden gewaschen, trocken getupft und mit Salz und Pfeffer gewürzt. Dann nahm er eine feuerfeste Form, bestrich den Boden mit Öl und streute einen Teil der Kräutermischung darauf. Die Tomaten, die Zwiebel, die klein gehackten Oliven und der Knoblauch wurden vermischt, mit Zitronensaft und ein wenig Essig verfeinert und die Hälfte in die Form verteilt. Darauf kam der Fisch, bevor er die restliche Gemüsemischung hinzugab und mit der Kräutermischung abschloss. Er beträufelte das Ganze mit ein bisschen Olivenöl und rundete es mit etwas Wein ab. Nun schob er die Gemüse-Fischpfanne in den vorgeheizten Backofen und ließ sie so lange garen, bis sich eine bräunliche Kruste darauf gebildet hatte.

»Diese Werbung, ständig«, seufzte Sevim.

»Was erwartest du? Privatfernsehen, eben. Die haben wenigstens bessere Filme und Serien als das staatliche Fernsehen«, sagte Nur.

Sevim schien nicht ganz überzeugt. »Puh, ich werd noch kirre. Kein Wunder, dass wir Türken ständig unter Strom stehen und nie zur Ruhe kommen.«

»Jetzt hast du den Coup verpasst«, sagte Nur. »Immer, wenn es gerade spannend wird, ist es schon zu Ende.«

Sevim gab ihr recht und machte sie darauf aufmerksam, dass sie den Tisch decken sollten.

»Ich mach das schon«, sagte Nur und sprang auf. »Ruh dich ein bisschen aus. Bin ja nicht hier, um mich von euch bedienen zu lassen.«

»Das riecht ja verführerisch«, flötete sie Özakın in der Küche zu.

»Aber sag mal, du als Vier-Sterne-Koch, brauchst du nicht besseres Handwerkszeug?« Dabei öffnete sie einige Schranktüren, wo sie ein Sammelsurium von Töpfen und Pfannen vorfand, die ihr nicht zusagten. Sie ließ ihren Blick durch die Küche schweifen und fragte verwundert: »Die Zwiebeln, hackst du die noch mit der Hand?«

Und als Özakın ratlos die Schulter zuckte: »Da

gibt es doch diese kleinen, praktischen Zwiebel-
hacker. Zweimal draufgedrückt und ruckzuck ist
alles klein.«

»Ach ja?«, fragte Özakın etwas ironisch, weil er es
auf den Tod nicht leiden konnte, wenn man ihm
beim Essenkochen gute Ratschläge gab. »Bei mir
wird aber alles von Hand gemacht.« An ihrem Blick
konnte er erkennen, dass sie ein bisschen beleidigt
war, und nun fiel ihm auch auf, in welches Outfit sie
sich hineingezwängt hatte. Aber er tat so, als habe
er nichts bemerkt. Sie meinte es sicherlich gut, aber
es wurmte ihn, dass Doris Day in seiner Küche herumspionierte.

Sie beugte sich über die Fischpfanne, die vor sich
hindampfte und ein wunderbar pikant-säuerliches
Aroma verströmte, und wedelte sich den Duft in die
Nase. »Mmm, dieser Knoblauchgeruch! Ich nehme
immer reichlich davon und mindestens eine halbe
Tasse Zitronensaft. Und statt Petersilie und Minze
kann man auch Dill nehmen. Du kannst ja wunderbar kochen, Mehmet«, lobte sie und strahlte ihn an.

»Das freut mich. Lass es dir schmecken«, sagte er
milde gestimmt. »Wein?«

»Ist er trocken?«

»Staubtrocken«, meinte Özakın und brachte auch
seiner Frau ein Glas vorbei, damit sie sich nicht ver-
nachlässigt fühlte.

Sie korrigierte gerade die Schulhefte ihrer Schüler
und hatte deswegen ihre Brille aufgesetzt, mit der
sie fast schon wie die Karikatur einer Lehrerin aussah. In ihrem Fach Geschichte war sie ein Ass, da

konnte ihr keiner so schnell etwas vormachen, dafür leider aber im Kochen eine Niete.

»Hier, du sollst nicht leben wie ein türkischer Hund«, witzelte er gut gelaunt. »Kartoffeln oder Reis zum Fisch?«, fragte er.

»Bloß nicht. Bin schon schwer wie ein Lastkahn«, erwiderte sie und tätschelte ihren Bauch.

»Was gab's an Katastrophen bei der Arbeit?«, erkundigte sie sich, als sie am Esstisch saßen, jeder mit einer Portion des wunderbaren Fischgerichts vor sich.

Özakın tunkte ein Stück Weißbrot in die säuerlich-pikante Sauce und meinte: »Ein Vater, der seine ganze Familie ausgelöscht hat, ein Banküberfall mit zwei toten Kassierern und ein Taxifahrer, der von Jugendlichen erschossen wurde. Vermutlich wegen eines Handys. Das Übliche eben.«

»Ach nur? Da bin ich aber froh«, meinte sie trocken. »Und was macht dein aktueller Fall?«

»Was schon? Es ist so, als würden wir mit einer dünnen Nadel einen Brunnen aushöhlen wollen.«

»Nicht weitergekommen im Kampf gegen die bösen Mächte der Finsternis?«

»Dieser Fall entspricht nicht dem normalen Raster«, sagte Özakın nachdenklich.

»Wer musste denn dran glauben?«, fragte Nur, die bis jetzt schweigsam zugehört hatte.

»Eine Frau. Eine japanische Touristin hat sie im Wasser des Yerebatan gefunden.«

»Ach du meine Güte«, rief Nur entsetzt aus.

»Erspart mir die Details. Ihr könnt euch sicherlich vorstellen, wie eine Leiche nach ungefähr einer

44

Woche im Wasser aussieht«, sagte Özakın schnell, als er sah, wie Sevim ihr Gesicht verzog.

»Wie denn?«, fragte Nur schmatzend, fast schon mit wissenschaftlichem Interesse.

»Nicht jetzt beim Essen«, stoppte Sevim ihre Neugier. »Mehmet wird es uns sicherlich später erzählen.«

Nur ließ aber nicht locker: »Selbstmord?«

»Ein bestialischer Mord. Und wir wissen nicht einmal, wer die Tote ist«, antwortete er.

7... Ein Flaschensammler hatte sie auf einem Müllhaufen gefunden, eine Tasche, so klein wie ein Brustbeutel. Darin ein Pass, ein Handy und ein paar Lira-Scheine. Die ehrliche Haut, ein dreizehnjähriger Junge, eine der wenigen, die es anscheinend noch gab, hatte es nicht vorgezogen, das Fundstück mit Inhalt gleich zu verscherbeln, um sich dann mit dem Geld ein paar Stunden mit Computerspielen im Internetcafé zu gönnen. Stattdessen hatte er die Tasche im nächsten Polizeirevier, nahe dem großen Bazar, abgegeben. Unter den ungläubigen Augen der Kollegen, versteht sich, wussten sie doch, dass so ein deutscher Pass auf dem Schwarzmarkt ein Vermögen wert war.

Als man dann im Polizeipräsidium anrief, war Özakın unterwegs gewesen. Mustafa hatte sich der Sache angenommen und über die deutschen Behörden einen Abgleich gemacht. Nirgends, weder dort noch bei den türkischen Behörden, war eine Verlustanzeige eingegangen. Mustafa aber hatte ein diffuses Gefühl, dass etwas nicht stimmen konnte. Er musterte interessiert das Passfoto, worauf eine Frau mittleren Alters mit freundlichen Gesichtszügen zu erkennen war – Tanja Sonntag, siebenundvierzig Jahre alt, unverheiratet, Geburtsort Bremen, Augenfarbe blau, Größe ein Meter zweiundsiebzig.

Er blätterte in den Unterlagen der Gerichtsmedizin und verglich die Daten mit denen im Reisepass und stutzte. Er versuchte den Aufenthaltsort des Passinhabers herauszufinden und stieß auf eine Istanbuler Adresse. Verblüfft rief er Özakın an, um ihm von seiner Entdeckung zu berichten. Dann machten er und Oktay sich in die Wohnung der Deutschen im Stadtteil Cihangir auf und stellten fest, dass es sich tatsächlich um die Tote aus der Zisterne handelte.

Am nächsten Tag war das Team rund um die Uhr im Einsatz. Özakın war klar, dass sie einen Volltreffer gelandet hatten, nachdem weder die Öffentlichkeitsfahndung noch der Presseaufruf zur Identifizierung der Toten erfolgreich gewesen waren. Es waren zwar über fünfzig Hinweise eingegangen, die meisten aber unsinnig.

Özakın kreisten die Gedanken wie eine Endlosspirale im Kopf herum. Verdammt! Dieser türkische Don Juan namens Junus hatte doch recht gehabt mit seiner Vermutung, seiner Bekannten könnte etwas zugestoßen sein. Hatte er am Ende damit zu tun?

Der Fall Sonntag hatte nun äußerste Priorität, zumal sich eine deutsche Journalistin bei ihrem Vorgesetzten gemeldet hatte. Sie wollte unbedingt einen Kripobeamten sprechen, um sich über den Stand der Ermittlungen zu erkundigen, und Herr Yilmaz hatte sie auf ihn verwiesen, wie so oft, wenn es brenzlig wurde.

Özakın bereitete sich schon mal innerlich auf diese Begegnung vor, obwohl er der Journalistin zu diesem Zeitpunkt gar nicht viel erzählen konnte.

Der Mörder war präzise wie ein Uhrwerk vorgegangen, sodass sie ihm bisher keinen Tick näher gekommen waren.

Mustafa und Oktay hatten die Wohnung der Ermordeten auf den Kopf gestellt und wussten jetzt immerhin, dass sich Tanja Sonntag ab und zu eine Prise Koks genehmigt hatte.

Mustafa hatte noch vor Ort versucht, Zugang zu ihrem Computer zu bekommen, nach ein paar vergeblichen Versuchen aber aufgegeben. Schließlich hatte er ihren Laptop wie auch ihre Kontoauszüge, die sie noch auswerten mussten, mit ins Büro genommen.

Auch am Tatort war die Spurenlage dünn gewesen. Das Blut am Steg stammte von der Toten. Nichts also, was auf den Täter hinwies. Tatwaffe, Fingerabdrücke, Faserrückstände – alles Fehlanzeige.

Der Tathergang blieb unklar. Wie es aussah, war Tanja Sonntag überstürzt zum Yerebatan Sarayı geeilt, wo sie wenige Zeit später umgebracht wurde. Die Waschmaschine in ihrer Wohnung hatte das Ende des Waschgangs angezeigt. Könnte ihr Mörder sie angerufen und sie an die Zisterne bestellt haben, fragte sich Özakın. Um das herauszufinden, brauchten sie dringend eine Auflistung ihrer Telefonverbindungen.

Sieben Tage hatte die Leiche im Wasser gelegen – das hatte die Gerichtsmedizin bestätigt, bevor die japanische Touristin sie gefunden hatte. Ein fürchterlicher Schock für die Frau. Denn wer reist schon tausende Kilometer von Japan in die Türkei, um dann mit solch einem bestialischen Mord konfrontiert zu werden. Sie war wohl gerade dabei, eine der Attraktionen, den in Reiseführern viel zitierten Medusenkopf, zu filmen, als sie die im Wasser schwimmenden Flipflops wahrnahm, sich aber nichts dabei dachte. Dann erst entdeckte sie die Leiche und musste zu ihrer Überraschung feststellen, dass der antike, steinerne Medusenkopf besser erhalten war als der entsetzlich entstellte Kopf der Toten.

»Alles sehr mysteriös«, murmelte Özakın. Auch die Sache mit den vielen Mitteilungen auf ihrem Anrufbeantworter. Die meisten Anrufer bezogen sich auf eine Anzeige in der Zeitung, die Tanja Sonntag aufgegeben hatte, um ihre Wohnung zu vermieten. Komisch, wollte sie umziehen oder etwa wieder zurück nach Deutschland?

Hatte aber diese Mietanzeige überhaupt etwas mit ihrem Tod zu tun, überlegte er und konzentrierte sich erneut auf die Motivlage. Warum bringt jemand eine Deutsche um? Eifersucht, Habgier, Rache? Im Geiste ging er alle Beweggründe durch, aber so oft er auch darüber nachdachte, er kam einfach nicht weiter. Kein Wunder, sie wussten ja viel zu wenig über die Person.

Nur dass das alte Ehepaar im Parterre ihres Wohnhauses die Van-Katze in Pflege genommen hatte.

Er wollte gerade sein Büro verlassen, als überflüssigerweise Herr Yilmaz zur Tür hereingeschneit kam.

»Üble Sache, das mit der Deutschen«, sagte er ohne Umschweife und wirkte etwas nachdenklich, fast schon mitfühlend.

Im Laufe der Jahre hatte Özakın jedoch erkannt, dass dies nichts zu bedeuten hatte und dass sein Vorgesetzter gerne sein Mienenspiel so einsetzte, wie es ihm gerade passte. Und diesmal hieß der Gesichtsausdruck: Ich rieche Ärger, und das können wir auf keinen Fall gebrauchen!

»Schon ein Durchbruch in Sicht?«, fragte er und setzte sich auf Mustafas Stuhl, gegenüber von Özakın, sodass diesen sein aufdringliches Rasierwasser in der Nase kitzelte.

»Leider nein«, antwortete Özakın. »Wir gehen allen Spuren nach, zumindest den wenigen, die wir haben.«

»Ich hoffe, Sie brauchen keine Amtshilfe aus Deutschland. Wäre doch blamabel für uns, wenn wir es nicht alleine schaffen würden.«

»Da muss ich Ihnen recht geben«, sagte Özakın.

»Die Frau scheint nicht gerade ein Unschuldslamm gewesen zu sein. Würde mich nicht wundern, wenn sie Kontakte zum Drogenmilieu unterhalten hätte. Denken Sie nur an ihren Kokainkonsum«, stellte Herr Yilmaz fest, während Özakın ungerührt etwas Ordnung in seine Unterlagen brachte.

»Aber selbst wenn sie in irgendwelche schmutzigen Sachen verwickelt gewesen sein sollte, dürfen wir auf keinen Fall den Anschein erwecken, wir würden die Sache auf die leichte Schulter nehmen. Schließlich ist die Tote deutsche Staatsbürgerin. Sie wissen, dass sich eine Deutsche bei mir gemeldet hat. Redakteurin der ... Der Name ist mir jetzt entfallen. Jedenfalls eine deutsche Zeitung, deren Istanbul-Korrespondentin sie ist. Ich hab Sie ja bereits vorgewarnt. Die Dame bereitet gerade so etwas wie ein Feministisches Manifest vor.« Er lächelte ironisch und schien darauf zu warten, ob seine spitzfindige Bemerkung auch gut angekommen war.

»Ja, ich weiß«, sagte Özakın nach kurzem Zögern.

»Nicht dass die Journalistin aus einem banalen Mordfall einen frauenfeindlichen beziehungsweise ausländerfeindlichen Akt macht«, ergänzte Herr Yilmaz. »Und damit alles zurechtgerückt wird, sollten Sie sich einmal mit der Dame unterhalten. Möglichst bald. Hauen Sie ruhig auf die Sahne, erzählen Sie ihr, dass wir im Polizeipräsidium schon gar nichts anderes mehr täten, als uns um den Mord an Tanja Sonntag zu kümmern.« Er zwinkerte schelmisch mit einem Auge. »Und sagen Sie ihr, wir Türken achten alle Frauen, ob tot oder lebendig, ob Einheimische oder Ausländerin. Sagen Sie ihr das, dieser kleinen Schreibmaus. Dann werden hoffentlich all ihre Vorurteile über die angeblich männerdominierte Gesellschaft in der Türkei wie ein Kartenhaus in sich zusammenfallen.«

Özakın schwieg eine Weile und fragte dann: »Kann sie Türkisch?«

»Besser als Sie und ich, mein lieber Özakın.« Er presste die Lippen zu einem bewundernden Pfiff zusammen. »Also, ich weiß nicht. Wie machen das diese Ausländer bloß? Fleiß und Disziplin waren schon immer deutsche Tugenden. Obwohl, penetrant sind sie ja schon. Wenn sie sich etwas in den Kopf gesetzt haben, dann ziehen sie es auch durch.«

Özakın nickte zustimmend, aber eher, damit sein Chef dieses Thema endlich abschloss, doch weit gefehlt.

»Da können wir uns 'ne Scheibe davon abschneiden. Disziplin, mein Lieber, das fehlt uns in der Tat. Ich hab ja meinen Sohn zum Sprachstudium ins Ausland geschickt. Das hat mich Tausende von Dollar gekostet. Wie ich den verwöhnten Bengel kenne, hat er die ganze Zeit in den Kneipen verplempert, statt ordentlich Englisch zu lernen«, sagte Herr Yilmaz mit sorgenvoller Stimme. Doch schon bald wechselte er das Thema. »Übrigens, ich habe eine Firma beauftragt, die die Effektivität in unserem Bereich überprüfen und neue Konzepte zur Optimierung unserer Arbeitsweisen ausarbeiten soll. Ich hoffe, Sie unterstützen dieses Projekt.«

»Tamam«, sagte Özakın schnell und fragte sich dennoch, wer ihm diese Flausen in den Kopf gesetzt hatte. Um den angeblich faulen Säcken im Polizeipräsidium auf die Schliche zu kommen, mussten also neuerdings Spitzel eingesetzt werden. Er selbst hatte so viele Überstunden, dass er, wenn er sie nehmen würde, fast ein ganzes Jahr zu Hause bleiben konnte. Doch es war nicht der richtige Moment für diese Abrechnung. Er dachte an den Spruch eines griechischen Denkers, den er irgendwann einmal in der Zeitung gelesen hatte: *Der Weise ist gegen jegliches Unrecht unempfindlich. Doch ist es bedeutungslos, wie viele Pfeile man gegen ihn schleudert, denn keiner wird ihn verwunden.*

Er blickte auf seine Uhr, als Zeichen, dass er es eilig hatte. Eine Geste, die sein Vorgesetzter endlich verstand, vom Stuhl vor ihm aufsprang, um sich mit einem »Viel Erfolg bei den Ermittlungen« zu verabschieden.

8 ... Das Magic Hotel, ein Wolkenkratzer mit verspiegelten Fensterscheiben, lag auf einer Anhöhe über dem Taxim Platz, inmitten einer grünen Oase. Und obwohl draußen der Verkehr wie immer ohrenbetäubend lärmte, die stinkenden Abgase einem die Sinne benebelten, spürte man hier oben wenig davon.

Mustafa, der sich inzwischen einen Peugeot zugelegt hatte, fuhr auf den Hotelparkplatz und stellte seinen Wagen ab. »Schau dir diesen Auftrieb an«, sagte er zu seinem Kollegen und zeigte auf ein Dutzend Reisebusse, die in Reih und Glied auf dem Schottergrund geparkt waren. »Die ganze Türkei ist voll von Touristen. Engländer und Holländer an der Ägäis. Deutsche und Russen an der türkischen Riviera.«

»Das kann uns nur nützen«, entgegnete Özakın.

»Der Iwan vor allem. Der schmeißt mit Dollarscheinen nur so um sich. Ich frag mich, wo hat der Russe bloß das viele Geld her?«

»Es gibt auch arme Schlucker«, unterbrach ihn Özakın. »Denk an die vielen Nataschas, die aus Not ihren Körper verkaufen.«

»Aber hast du die dicken Bonzen gesehen? Was für Frauen die mit sich herumschleppen? Die sehen nicht aus wie irgendwelche Babuschkas oder Rotarmisten aus alten Spionagefilmen. Nein, mein Lieber, es sind junge Dinger mit Modelmaßen. Die laufen am Strand in Stöckelschuhen rum und sind ausstaffiert, als wären sie nicht im Badeurlaub, sondern auf dem Laufsteg. Da kann man nur neidisch werden.«

»In Kemer haben sie die Deutschen längst verdrängt. Die sollen sauer sein, hab ich gelesen, weil jetzt überall Russisch statt Deutsch gesprochen wird. Den Kampf um das Handtuch auf der Liege haben die längst verloren.«

»Diese Russen«, sinnierte Mustafa. »Lassen ihre Kinder in den Pool pinkeln, saufen und grölen den ganzen Tag. Schlimmer als die Engländer auf Mallorca!«

»Die Russen mögen zwar ruppig sein, aber geben anscheinend mehr Trinkgeld. Und wer zahlt, hat das Sagen«, meinte Özakın.

»Und was sind das für welche, die hier absteigen?«, fragte Mustafa, als sie sich dem Hoteleingang näherten.

»Mehr Deutsche – Bildungsbürger, soviel ich weiß, die sich für Städtereisen interessieren und sich zum krönenden Abschluss noch einen Bauchtanz gönnen – das sagte jedenfalls Amira, unsere Bauchakrobatin.«

»Und du denkst, die kann uns weiterhelfen?«

»Immerhin hat sie Tanja Sonntag gekannt.«

»Und was ist mit deinem alten Freund Junus?«

Özakın reagierte ein bisschen gereizt und verdrehte die Augen.

»Er hat doch schon Tage vorher gewusst, dass die Deutsche tot ist. Ich frag mich, warum«, fuhr Mustafa fort.

»Er hat es nicht gewusst, sondern hat sich Sorgen gemacht, dass etwas passiert sein könnte. Das ist ein Riesenunterschied«, sagte Özakın, und es klang wie eine unfreiwillige Verteidigungsrede. »Glaubst du etwa, dass er sie auf dem Gewissen hat? Du weißt, ich mag diesen Kerl nicht, aber wenn er schuldig wäre, warum sollte er einen Kommissar zu sich nach Hause einladen und ihn auf seine Nachbarin aufmerksam machen? Ergibt das einen Sinn?«

Mustafa winkte ab. »Wenn alles einen Sinn ergeben würde, hätten wir nichts mehr zu tun«, sagte er nur. »Vielleicht denkt er ja, dass du ihm zu Dank verpflichtet bist. Du weißt schon, wegen damals, als ihr gemeinsam an dem Zwergenaufstand der Studenten beteiligt wart.« Er lachte höhnisch, was Özakın ein bisschen kränkte.

Dann platzte es aus Özakın heraus: »Du denkst doch nicht, dass ich diesen Scheißkerl bevorzuge, bloß weil wir früher einmal in irgendwelchen Studentencafés abgehangen haben? Glaub mir, wenn er etwas zu verbergen hat, ich find es heraus«, erklärte er, als sie, vorbei an einem künstlichen Wasserfall, Richtung Rezeption schlenderten, wo sie eine junge Hotelangestellte erwartete, um sie in Amiras Garderobe zu begleiten.

Dort begrüßte sie eine Frau mit langen schwarzen Haaren, deren Körper ganz in goldbesticktes Rot gehüllt war.

»Wir hatten telefoniert«, sagte Özakın freundlich und streckte ihr die Hand entgegen.

Mustafa begnügte sich damit, den Kopf zu einem zaghaften Gruß zu neigen.

»Sie haben wohl gleich einen Auftritt, da wollen wir Sie nicht lange stören«, begann Özakın die Konversation.

Sie zog ihr rotes Glitzeroberteil zurecht, aus dem die Brust verführerisch hervorquoll, und meinte: »Stimmt, in einer Viertelstunde.«

»Treten Sie immer hier auf?«, fragte Özakın.

Sie nickte. »Wirklich gute Künstler sind rar gesät, und im Magic Hotel weiß man wenigstens meinen Wert zu schätzen«, erwiderte sie knapp, während Mustafa sich im Zimmer umsah, dessen Wände mit einer Reihe von Zeitungsartikeln versehen waren, die Amiras Bauchkünste rühmten.

»Bin jetzt seit zwanzig Jahren im Job«, erklärte sie, als sie das bemerkte, »da kommen schon einige Auftritte zusammen.«

»Das sieht man ihnen gar nicht an«, platzte Mustafa heraus, der seinen Blick über ihr kleines, aber durchtrainiertes Bäuchlein schweifen ließ und dafür einen giftigen Blick von Özakın erntete.

»Bauchtanz hält jung«, meinte sie, als habe sie diesen ungalanten Hinweis auf ihr Alter überhört. »Wichtig ist die Körperbeherrschung, die Beweglichkeit und das rhythmische Gespür. Oft denken die Leute, man wackle nur mit dem Hintern und lasse die Fettzellen im Bauch vibrieren.«

Sie lächelte ironisch. »Aber Bauchtanz ist eine

Kunst, eine traditionelle Tanzform, die man ernsthaft erlernen muss.«

Sie setzten sich, und als Amira die Beine übereinanderschlug, blitzten unter dem seidigen Stoff ein paar wohlgeformte Beine auf, was es Mustafa durchaus schwer machte, sich zu konzentrieren.

»Wir haben Ihre Visitenkarte in Tanja Sonntags Wohnung gefunden. Außerdem hatten Sie ihr auf den Anrufbeantworter gesprochen. Wie gut kannten Sie eigentlich die Tote?«, fragte nun Özakın, um endlich zum Thema zu kommen, weil sie genug Zeit verschwendet hatten mit Dingen, die ihn nicht interessierten. Und das auch nur wegen Mustafa, der, unsensibel wie er war, in jedes Fettnäpfchen treten musste.

»Wegen mir ist ja Tanja in der Türkei hängen geblieben«, antwortete Amira. »Wir haben uns in einem Hotel in Bodrum kennengelernt, als sie mit ihrer Reisegruppe in meine Tanzshow kam. Sie war damals Reisebegleiterin auf einem Ausflugschiff. Das war vor ungefähr dreieinhalb Jahren, bevor sie nach Istanbul umzog. Und da begann sie sich auch für den Bauchtanz zu interessieren. Sie kennen ja die Ausländer. Sie sind leicht für neue, exotische Dinge zu begeistern. Sie wollte, dass ich ihr das Tanzen beibringe.«

Özakın hörte zu und ließ sie weiterreden. Denn das Deutsche Auswärtige Amt hatte ihnen nur wenige Informationen zukommen lassen. Sie wussten lediglich, dass sie alleinstehend war und in Deutschland keine Angehörigen mehr hatte. Ihre

Eltern waren, kurz bevor sie in die Türkei gekommen war, bei einem Autounfall tödlich verunglückt.

Amira seufzte und schloss dabei gerührt die Augen. »Sie fragte immer: Wie macht ihr Türken das nur, dass ihr so ausgeglichen wirkt und wir so angespannt? Ist es, weil ihr vielleicht einen Gegenpol habt, wodurch ihr eure Seele spürt?«

Mustafa verdrehte die Augen, weil ihm das Ganze zu schmalzig vorkam.

»Die Arme, sie hatte es auch nicht leicht in ihrem Leben«, sprach Amira weiter.

»Wie meinen Sie das?«, fragte Özakın.

»Solange ich sie kannte, war sie auf der Suche nach der großen Liebe. Vielleicht findet sie ja jetzt ihre Ruhe«, schluchzte sie und tupfte sich eine Träne aus dem Augenwinkel, aber ganz vorsichtig, um ihr Augen-Make-up nicht zu verwischen.

»Wann haben Sie Frau Sonntag zuletzt gesehen?«, wollte Mustafa wissen.

»In letzter Zeit hatten wir uns aus den Augen verloren. Ich wollte sie immer wieder treffen, aber sie hatte wohl Besseres zu tun.«

War da etwa ein verbitterter Unterton herauszuhören, fragte sich Özakın. »Wovon hat sie überhaupt gelebt?«

»Sie hat mal dies und mal jenes gemacht. Bauchtanz oder für deutsche Zeitungen Artikel geschrieben. Geldsorgen hatte sie, soviel ich weiß, keine. Tanja hatte wohl geerbt und auch etwas gespart.«

»Ach ja?«, fragte Mustafa interessiert. »War Ihre

Freundin in letzter Zeit irgendwie anders? War sie irgendwie beunruhigt?«

»Die horrenden Preise in Istanbul haben sie beunruhigt«, scherzte Amira und stand auf, um vor dem Spiegel ihr Make-up zu kontrollieren.

»Ich meine natürlich, ob sie vor etwas Angst hatte«, sagte Mustafa amüsiert.

Amiras Stirn legte sich in Falten. »Da war vielleicht etwas …«

Özakın und Mustafa horchten neugierig auf.

»… Das mit dem Kapitän, einem äußerst unangenehmen Gesellen, versoffen wie die Nacht.«

»Der Kapitän des Schiffes, auf dem sie arbeitete?«, fragte Özakın verdutzt.

Sie bejahte. »Mit ihm hatte sie wohl eine kleine Auseinandersetzung. Da muss er durchgedreht sein. Anscheinend, so hat sie es mir erzählt, weil ihr Freund auf mysteriöse Weise umgekommen ist«, fuhr sie nach einer kurzen Pause fort. »Angeblich ertrunken nach einer Geburtstagsfeier an Bord. Doch Tanja meinte, der Kapitän habe ihn nach einem Streit von Bord gestoßen.«

Özakın hob ratlos die Schultern. Was waren das denn für Räuberpistolen? Er betrachtete neugierig Amiras Gesten, um ihre Worte besser einschätzen zu können. »Warum ist sie dann damals nicht zur Polizei gegangen?«

»Was weiß ich, vielleicht dachte sie, dass man ihr als Ausländerin sowieso nicht glauben würde.«

»Was ist da genau passiert?«

»So genau weiß ich das auch nicht. Sie erzählte,

der Kapitän habe illegale Flüchtlinge mitgenommen und sie später in griechischen Hoheitsgewässern wieder ausgesetzt. Und ihr Freund sei ihm wohl auf die Schliche gekommen.«

Mustafa warf Özakın einen überraschten Blick zu und fragte: »Der hat sich als Schlepper betätigt?«

»Sie kennen sich da besser aus«, meinte Amira und hielt plötzlich inne. »Mist!«, schrie sie entsetzt auf. »Jetzt hab ich mich wohl in die Nesseln gesetzt. Könnte es nicht sein, dass ich mich mit dieser Aussage gefährde? Nicht, dass dieser Kapitän auch noch mich um die Ecke bringt.«

»Wie kommen Sie denn darauf? Warum soll einer nach Jahren eine Frau umbringen, die auf seinem Schiff gearbeitet hat?«, fragte Özakın.

»Vielleicht, weil sie auspacken wollte, weil sie zu viel wusste?«

»Hat sie sich von ihm bedroht gefühlt?«, fragte Özakın.

»Sie hatte wohl Angst vor ihm. Schließlich war er kein unbeschriebenes Blatt«, erklärte sie lapidar.

»Also, ich weiß nicht! Aber wir werden der Sache natürlich nachgehen«, sagte Özakın und sah, wie sich Amiras Augen vor Schreck weiteten.

»Keine Angst«, beruhigte er sie. »Wir werden natürlich niemandem auf die Nase binden, dass wir die Informationen von Ihnen haben.«

Amira war die Erleichterung anzusehen. »Eigentlich will ich nichts mit der Sache zu tun haben, und die Geschichte interessiert mich auch nicht sonderlich. Tanja kam irgendwann drauf, weil sie sich wieder so elend fühlte und jemanden zum Zuhören brauchte«, erzählte sie und blickte beiläufig auf die große Uhr über der Tür. »Oh, mein Auftritt.« Sie sprang von ihrem Stuhl auf, schnappte sich einen Chiffonschal, den sie sich geschickt um die Schultern drapierte, und schwebte hinaus wie eine orientalische Prinzessin.

»Wollte Tanja ihre Wohnung vermieten und womöglich nach Deutschland zurückkehren?«, rief ihr Özakın hinterher, weil es ihm gerade eingefallen war.

»Im Gegenteil. Sie wollte heiraten und hierbleiben«, tönte es aus der Lobby, während sie davoneilte und eine süßliche Parfümwolke hinterließ.

Özakın legte ihr noch seine Visitenkarte auf den Schminktisch und schüttelte irritiert den Kopf. »Das mit dem versoffenen Kapitän, war das nun Seemannsgarn, oder ist da tatsächlich etwas dran?«

»Das passt irgendwie nicht ins Bild«, meinte auch Mustafa ratlos. »Andererseits, wenn sie im Tourismussektor gearbeitet hat, dann könnte sie durchaus Zeuge von irgendwelchen dreckigen Geschäften geworden sein.«

»Dreck hoch drei, meinst du wohl – Menschenschmuggel! Übrigens ein einträglicher Nebenverdienst. Komm, wir gehen«, sagte Özakın und schob Mustafa zur Tür hinaus.

9... »Da will dich eine rotblonde Sahne-schnitte sprechen«, verkündete Ünal *abi* am Telefon, und seine Stimme klang so, als wolle er Özakın seinen Respekt als Aufreißer zollen.

Der hatte den ganzen Morgen über den Akten gegrübelt und flüsterte ins Telefon: »Du meinst sicherlich die deutsche Journalistin. Ich an deiner Stelle würde mich mit diesen sexistischen Bemerkungen zurückhalten. Erstens soll sie perfekt unsere Sprache sprechen, und zweitens müssen wir uns nicht schon am Empfang als Macho-Türken entlarven.«

»Wenn das so ist, schick ich sie sofort nach oben«, gehorchte Ünal *abi* kurz angebunden.

Özakın überflog kurz die Berichte der Spurensicherung und der Gerichtsmedizin, ging im Geiste die Ermittlungslage durch und klappte dann die Akte zu, als ein Klopfen an der Tür den Besuch ankündigte. Ein Polizist führte die Journalistin herein und verabschiedete sich diskret, während Özakın der großen, schlanken Frau mit Pferdeschwanz, grünen Augen und kecken Sommersprossen auf der Nase schüchtern die Hand entgegenstreckte, was sonst so gar nicht seine Art war. Es lag wohl daran, dass er nicht so recht wusste, was ihn erwartete. Schließlich bot er ihr einen Stuhl an.

»Sie sprechen gut Türkisch, habe ich gehört«, sagte er, um die Atmosphäre aufzulockern.

»Es könnte besser sein«, erwiderte Monika Adelheidt bescheiden.

»Wo haben Sie die Sprache gelernt?«

»An der Universität in Berlin, wo ich neben Politischen Wissenschaften auch Orientalistik und Turkologie studiert habe.«

Özakın nickte interessiert.

»Wenn man dann noch in Kreuzberg Tür an Tür mit Türken wohnt, ist das ein Kinderspiel«, erklärte sie und holte aus ihrer geräumigen Umhängetasche eine Visitenkarte hervor, auf der ihr Doktortitel nicht zu übersehen war.

»Die Frau im Islam lautete das Thema meiner Doktorarbeit«, erklärte sie, während Özakın sie mit neugierigem Gesichtsausdruck betrachtete.

Spätestens jetzt war Özakın klar, dass er auf der Hut sein musste. Deswegen beschränkte er sich auf ein »Interessant, das Thema. Sie wollen sicherlich wissen, wie weit wir mit unseren Ermittlungen im Fall Sonntag sind. Die Motivlage ist weiterhin diffus, und wir kommen nur schrittweise voran«, begann er und blätterte vielsagend in einem Ordner. Monika Adelheidt holte Stift und Papier aus der Tasche und legte beides auf den Tisch. »Ich habe schon einiges recherchiert«, sagte sie mit leichtem Akzent, indem sie das türkische R übermäßig betonte. »Ich frage mich, wer tötet eine harmlose, deutsche Frau, die friedlich in ihrer Maisonette-Wohnung lebt und keiner Fliege etwas zuleide tut. Deshalb rätsele ich, ob die Tat nicht vielleicht damit zu tun haben könnte, dass sie alleine lebte. Ich meine, in der türkischen Gesellschaft, genauer gesagt in der islamischen, ist eine Frau doch ständig Anfeindungen ausgesetzt. Eine alleinstehende Frau ist Freiwild, besonders eine Deutsche. Würde mich nicht wundern, wenn ihr jemand nachgestellt hätte. Ich meine, dass sie einem sexuellen Übergriff ausgesetzt war und sie es nicht wollte und dann ...«, sprudelte es aus ihr heraus.

Özakın war kurz davor auszurasten. Was erlaubte sich diese Journalistin? Er war vorgewarnt worden, aber diese Behauptungen schlugen dem Fass den Boden aus. »Sie meinen, ein wild gewordener Verehrer, einer von diesen Frauen verachtenden Machos hat sie ermordet, weil sie sich verweigert hat? Sie ist nicht vergewaltigt worden, wenn Sie das meinen«, sagte er empört.

»Was regen Sie sich so auf«, sprach Monika Adelheidt seelenruhig, während sie alles schriftlich festhielt. »Beziehungstaten sind gar nicht so selten«, sagte sie, ohne aufzublicken.

Özakın seufzte genervt, weil er sich unter Druck gesetzt fühlte. »Wir gehen jeder Spur nach. Da können Sie sicher sein«, bekräftigte er. »Haben Sie ein persönliches Interesse an der Lösung des Falles, oder wollen Sie mit falschen Behauptungen einen türkenfeindlichen Artikel schreiben?« Er ärgerte sich, dass er das sagen musste, hatte er doch eigentlich beschlossen, ruhig Blut zu bewahren.

Ein Lächeln huschte ihr übers Gesicht. »Wenn die

Polizei den Fall auf die leichte Schulter nimmt«, bekräftigte sie, »dann muss ich darüber schreiben. Ich kann mich nicht so einfach abspeisen lassen.«

Ein harter Knochen, diese Monika Adelheidt, dachte Özakın.

»Was ich noch wissen wollte. Haben Sie sich in ihrem Freundeskreis umgehört? Sich ihren PC angeschaut und ihre Anrufe überprüft?«, fragte sie.

»Sie wollen mir doch nicht erklären, wie ich meinen Job zu tun habe«, fuhr ihr Özakın dazwischen und lächelte ironisch.

»Ganz und gar nicht. Haben Sie oder haben Sie nicht?«, hakte sie nach.

»Sind wir Anfänger? Natürlich haben wir das«, schwindelte er. Denn tatsächlich war etwas dazwischengekommen – ein toter Transvestit in Tarlabaşı, der aber nicht, wie es anfangs aussah, von seinem Freier ermordet worden war, sondern sich selbst den goldenen Schuss gesetzt hatte. Nur so viel zu Überstunden und Effektivität, dachte Özakın. Und jetzt musste er sich auch noch von einer deutschen Journalistin anmachen lassen.

»Sie müssen verstehen, dass wir unsere Ermittlungsergebnisse nicht preisgeben dürfen«, meinte er, aber sie ließ nicht locker.

»Noch etwas. Wie kann es sein, dass keiner der Zisternenbediensteten etwas gesehen haben will? Der Mörder muss sich doch mit den Begebenheiten dort unten ausgekannt haben. Nach meinen Informationen geschah der Mord erst nach Schließung der Zisterne. Da es keine weiteren Zugänge gibt, muss jemand den Täter eingeschlossen haben. Die Frage ist doch, wer dem Mörder bei dieser Tat geholfen hat. Und wie konnte der Täter entkommen?«

Nicht übel, ihr kriminalistischer Ansatz, dachte Özakın. Genau das hatte er sich auch überlegt. Es war nicht auszuschließen, dass jemand vom Personal, nachdem die Touristen abgezogen waren, Tanja Sonntag und ihren Mörder bewusst eingeschlossen hatte, damit der Täter ungestört sein Verbrechen verüben konnte.

»Wir haben alles im Griff«, sagte Özakın mit ruhiger Stimme und sah, wie sie mitschrieb, und zwar auf Deutsch, und wie sie dabei ihre sommersprossige Nase kräuselte.

»Die türkische Polizei schläft nicht, auch wenn es manchmal so aussieht. Aber das ist dann unsere Taktik, um die Verdächtigen in Sicherheit zu wiegen«, sagte er, während er darüber nachdachte, sich demnächst die Zisterne und den Wärter noch einmal in Ruhe vorzunehmen. Und natürlich, das hatte er ganz vergessen, den früheren Mitarbeiter der Zisterne, der gekündigt hatte und den sie bisher nicht vernommen hatten.

»Aber jetzt bin ich dran mit Fragen, Monika *hanım*«, sagte er, als sie zu Ende geschrieben hatte. »Kannten Sie das Opfer?«

Sie lächelte. »Tanja hat ab und zu für dieselbe Zeitung geschrieben. Tier- und Naturschutzthemen.«

»Und davon kann man leben?«

»Ganz bestimmt nicht. Ich selbst arbeite für ein halbes Dutzend Zeitungen.«

»Sie konnte also nicht davon leben«, wiederholte er und schaute sie fragend an.

»Soviel ich weiß, hatte sie geerbt.«

Das hatte er ja schon einmal gehört. »Was für ein Mensch war Tanja Sonntag eigentlich?«

»Da muss ich passen«, antwortete sie. »Ich kenn nur ein paar ihrer Artikel, und da machte sie den Eindruck, als wäre sie ein ziemlich politisch denkender Mensch. Sie war immer auf der Seite der armen Kreaturen, ob Mensch oder Tier. Auf der Seite derer, die sich allein nicht helfen können. Dass ausgerechnet so ein Mensch sterben musste, ist tragisch.«

»Die Guten trifft es zuallererst«, sagte Özakın mit Bedauern. »Wussten Sie, dass sie bis vor dreieinhalb Jahren Reisebegleiterin in Bodrum war?«

Sie schüttelte den Kopf.

»Dann können Sie vermutlich auch nicht wissen, was ihrem früheren Freund zugestoßen ist.«

»Was denn?«, fragte sie neugierig und zückte gleich ihren Stift.

Özakın aber blieb ihr die Antwort schuldig, weil er so wenig wie möglich über den Fall preisgeben wollte.

»Ja, dann vielen Dank«, sagte sie etwas beleidigt und stand auf.

Auch Özakın erhob sich nun von seinem Stuhl. »Ich hoffe, dass Sie bei der Wahrheit bleiben und nicht irgendetwas in die Geschichte hineindeuten.

Wenn wir weitere Erkenntnisse haben, melde ich mich gerne bei Ihnen. Die deutsche Presse soll die ganze Wahrheit erfahren. Schließlich«, er dachte an die Worte seines Vorgesetzten, »achten wir Türken alle Frauen, ob tot oder lebendig.« Ein dummer Spruch, dachte Özakın, aber das musste jetzt sein.

Er traute ihr nicht. Was wird sie wohl schreiben?, überlegte Özakın, als sie gegangen war. Sie war eine von diesen undifferenzierten Typen, die nur schwarz oder weiß sahen. Und wie sie ihn behandelt hatte. Von oben herab, als sei er der letzte Depp, ein Ignorant, der den Fall nicht mit gebührendem Eifer anging.

»Was wir alles mitmachen müssen!«, hörte er plötzlich Herrn Yilmaz reden. Er streckte seinen Kopf zur Tür herein, und es sah so aus, als habe er schon die ganze Zeit davorgestanden, um das Ende des Gesprächs abzuwarten.

»Früher war so etwas nicht möglich«, redete er weiter. »Die Sitten sind vollkommen verludert. Kaum stirbt einer und schon hast du diese Typen am Hals. Die kann uns fertigmachen, wenn sie will«, bemerkte Herr Yilmaz und hatte ein nervöses Flackern in den Augen. »Ich sag Ihnen, man wartet nur so darauf, dass die Türken irgendwelche Fehler machen, die sie uns dann genüsslich aufs Brot schmieren können.«

Auch Özakın war es mulmig bei dem Gedanken.

»Früher, da gab es das nicht«, fing Herr Yilmaz

wieder an, weil er sich nicht mehr beruhigen konnte. »Wie heißt die Frau noch mal?«

»Monika Adelheidt«, antwortete Özakın und dachte dabei an ihre kecken Sommersprossen.

IO ... In der Nähe der Sultanahmet-Moschee würde er sowieso keinen Parkplatz finden, also nahm er ein *dolmuş*. Es war heiß und stickig. Eingekeilt zwischen den Fahrgästen, die genauso schwitzten wie er, fuhr er in Richtung Cağaloğlu.

In der Höhe des Divan Yolu stieg er aus, hinein in die abgasgeschwängerte Luft. Hier schlug das touristische Herz Istanbuls. Alle wichtigen Sehenswürdigkeiten waren in unmittelbarer Reichweite, und Özakın wunderte sich, wie viele Touristen wieder in der Stadt waren. Zur linken Seite erhob sich die mächtige Kuppel der Hagia Sophia, und rechts davon ragten die sechs Minarette der Blauen Moschee wie gut gespitzte Bleistifte in den Himmel. Weiter oben an der Spitze der Landzunge thronte, umrahmt vom Goldenen Horn, dem Bosporus und dem Marmara-Meer, das Topkapı Saray, jahrhundertelang Herrschaftssitz der osmanischen Sultane.

Gleich gegenüber lag das Yerebatan Sarayı, ein Ort, der für ihn, seitdem sie dort die aufgedunsene Frauenleiche gefunden hatten, seinen Charme verloren hatte. Und wenn man der Hauptstraße weiter nach oben folgte, kam man nach einer Weile am großen Bazar mit seinen zahllosen Geschäften vorbei.

Er setzte sich in Bewegung und durchschritt einen kleinen Park mit einem Springbrunnen in der Mitte. Auf den Bänken saßen Rentner, die versuchten ihre reichlich vorhandene Zeit totzuschlagen, indem sie Tauben fütterten. Özakın atmete tief durch, weil hier die Luft schon viel angenehmer war, und merkte an seinem Magenknurren, dass er Hunger hatte. So beschloss er erst einmal einen Sesamkringel zu kaufen. Der frühere Bedienstete der Zisterne wird mir nicht weglaufen, dachte er und suchte sich in der Nähe eine leere Parkbank im Schatten. Wie viele Touristen wieder unterwegs sind, neuerdings auch Japaner und Chinesen, stellte er fest, während er ein Stück von seinem Sesamkringel abbiss.

Auf dem großen Parkplatz gegenüber der Hagia Sophia hatten die Busse eine Ladung Touristen ausgespuckt – eine lärmende Reisegruppe, Südländer, wie Özakın gleich ausmachte. Als Polizist war er darauf geeicht, Menschen blitzschnell einzuschätzen. Dieses Wissen hatte er im Laufe der Jahre perfektioniert.

Doch was die Kids da vor seinen Augen veranstalteten, war auch nicht zu verachten. Interessiert beobachtete er eine Gruppe Zwölf- bis Vierzehnjähriger, die sich schon wie gewiefte Geschäftsmänner benahmen. Kaum hatten sie die Touristen erspäht, strömten sie aus allen Himmelsrichtungen in den Park, um ihre Waren anzupreisen. Sie studierten Kleidung, Gestik und Mimik, und in Windeseile hatten sie erkannt, aus welchem Land die Touristen kamen: » *Want to buy tubs? A very old ottoman toy for children. Cheap. Two for one euro*«, plapperten sie drauflos, während sie geschickt die Schnur um den bunten zwiebelförmigen Kreisel wickelten und ihn auf dem Asphalt tanzen ließen. Hatten sie keinen Erfolg mit Englisch, wurde das übrige Sprachrepertoire abgespult. Französisch, Deutsch, Italienisch, Spanisch, Russisch oder Japanisch, bis der Kunde anbiss.

Ganz schön clever, die Kleinen, dachte Özakın. Eigentlich sollten sie um diese Zeit in der Schule sein. Und eigentlich hagelte es Geldstrafen für die Eltern, wenn sie ihre Kinder nicht in die Schule schickten. Aber man war machtlos gegen diese Art von Kinderarbeit und noch machtloser gegen die Arbeitslosigkeit ihrer Eltern.

Ist wohl nicht weit her mit der harten Faust des Gesetzes, überlegte er weiter. Was nutzten Strafen und Verbote, wenn die Menschen darauf pfeifen? Nicht etwa, weil sie bösartig oder von Geburt an kriminell waren, sondern weil sie keinen anderen Ausweg mehr sahen, um zu überleben. Mit Gesetzen war der Staat schnell zur Hand. Kinderarbeit – verboten. Vor der Moschee Waren verkaufen – verboten. Touristen ansprechen – verboten. Und da sich keiner daran hielt, musste am Ende immer die Polizei bemüht werden. Die hatte es aber inzwischen satt, sich mit den Verkäufern hier herumzuschlagen.

Heute aber war weit und breit kein Polizist zu sehen. Ein Grund mehr für die kleinen Straßenhändler, schnell das Geschäft ihres Lebens zu machen.

»*Want to buy tubs? Topac – verry old ottoman toy*«, fing wieder einer der Jungen an. Diesmal waren es griechische Touristen, weswegen der kleine Händler sie freundschaftlich mit *komşu*, Nachbar, ansprach und auch ein paar Worte in ihrer Muttersprache einfließen ließ, während er sie immer wieder bedrängte, ihnen den Weg verstellte und das, obwohl keiner von ihnen rechte Kaufabsichten zeigte. Schließlich erbarmte sich endlich ein Mann und zückte einen Euro mit dem Gefühl, mit dem Kreisel zwar nichts anfangen zu können, aber immerhin einem kleinen türkischen Jungen das Mittagessen ermöglicht zu haben.

Als er fertig gegessen hatte, stand er auf und schlenderte den Weg hoch, der direkt auf die Sultanahmet-Moschee mit ihren Kaskaden von Kuppeln zuführte.

»*Kolay gelsin.*«

»*Sağ ol, abi*«, antwortete der Mann vor dem Eingang mit südostanatolischem Akzent, während er eine wegwerfende Geste in Richtung einer üppigen Blondine machte. »Fehlt nur noch, dass sie im Bikini kommen. Die knappen Trägerhemdchen und die kurzen Shorts reichen wohl nicht.«

»Mehmet Özakın, Kripo Istanbul. Sind Sie Yavuz Balcı?«

»Ja, der bin ich. Wie kann ich helfen, *komiser bey?*«, fragte der Mann, während er weiter seiner Arbeit nachging und türkisfarbene Tücher an die Besucherinnen verteilte, damit sie vor dem Eintritt in die Moschee die Haare oder die Schultern bedecken konnten.

»Weiter hinten gibt's noch einen Touristeneingang. Wer dort reingeht, braucht sich gar nicht mehr zu bedecken«, empörte er sich.

Özakın lächelte gequält und sagte: »Bis vor Kurzem haben Sie doch im Yerebatan Sarayı gearbeitet. Hat Ihnen die Arbeit dort nicht mehr gefallen?«

»Doch, doch. Ich arbeite dort, wo man mich braucht. Außerdem ist es hier viel angenehmer«, antwortete er ausweichend.

»Und gibt es einen besonderen Grund, warum Sie gekündigt haben?«

»Na, das Klima da unten war tödlich für mich. Mit Rheuma ist nicht zu spaßen«, meinte er, indem er mit Mitleid erheischender Miene das Gesicht verzog, als sei sein Leiden plötzlich wieder aufgetreten.

»Ach ja?«, stellte Özakın ungläubig fest und sagte dann: »Sie haben sicherlich schon gehört, dass an Ihrem früheren Arbeitsplatz, in der Zisterne, eine Frauenleiche gefunden wurde.«

»Ich hab's in der Zeitung gelesen«, bestätigte der Mann ohne sichtliche Rührung. »Und weiß man inzwischen, wer der Mörder ist?«

»Deswegen bin ich hier«, sagte Özakın.

Der Mann blickte ihn schräg an.

»Ihre früheren Kollegen haben wir bereits befragt. Jetzt sind Sie an der Reihe.« Özakın holte zwei Fotos aus der Jackeninnentasche, das eine zeigte die aufgedunsene Leiche, das andere war das Foto aus Tanja Sonntags Pass, und hielt sie dem Mann vors Gesicht. »Wir gehen davon aus, dass sie jemand in der Zisterne eingeschlossen hat. Und auch ihren Mörder.«

Der Mann warf einen flüchtigen Blick auf die Bilder und sagte spöttisch: »Ich war's bestimmt nicht. Da müssen Sie schon den Wärter fragen. Der hat die Schlüssel.«

»Und keiner sonst besitzt einen Reserveschlüssel?«, fragte Özakın.

Der Mann schüttelte den Kopf.

»Können Sie sich wenigstens an jemanden erinnern, der sich in letzter Zeit für die Zisterne und ihre Besonderheiten interessiert hat, an einen, der sich verdächtig benommen hat und der nicht gerade wie ein Tourist ausgesehen hat?«, bekräftigte er, weil er davon ausging, dass sich der Täter in der Zisterne gut auskannte.

»Bei mir hat sich keiner erkundigt.«

»Sie haben also weder die Frau noch eine andere verdächtig wirkende Person bemerkt?« Özakın reagierte etwas unwirsch, weil ihm die vorwitzige Art des Mannes missfiel.

»Wissen Sie, wie viele Leute dort ein und aus gehen?«, fragte der Mann, indem er eine ratlose Geste mit den Händen machte. »Wie soll ich mir da jedes Gesicht merken können! Wann soll denn der Mord geschehen sein?«

Özakın nannte ihm die Tatzeit und meinte: »Kurz davor müssen die beiden gekommen sein, gemeinsam oder auch getrennt. Der Mörder wusste wohl, dass die letzten Besucher zehn vor sechs die Zisterne verlassen haben müssen, weil der Wärter spätestens um sechs die Tür abschließt.«

»Richtig, aber um diese Zeit war ich längst weg«,

stellte der Mann nüchtern fest, bevor er einer alten Frau, die sich bereits auf den Teppichen der Moschee befand, grimmig »Schuhe ausziehen« hinterherrief. »Hier, scarf, Kopftuch«, tadelte er eine andere Touristin, die sich an ihm vorbeimogeln wollte. »Wie gesagt, da war ich längst weg«, wiederholte er, um seiner Aussage Nachdruck zu verleihen. »Mein Arbeitsbeginn war immer morgens früh um sieben. Zwei Stunden Zeit also, um die Zisterne auf Vordermann zu bringen, bevor die Touristen kamen.«

»Und welche Arbeiten haben Sie so verrichtet?«

»Reinigung, Instandhaltung und so«, erwiderte der Mann.

So kam Özakın nicht weiter. »Wie kann es dann sein, dass eine Leiche so lange unentdeckt bleibt? Einer vom Personal hätte doch etwas bemerken müssen«, fragte er.

»Die Zisterne ist doch riesig«, sprach der Mann mit fachmännischer Miene und machte eine ausladende Geste mit den Armen. »Außerdem gibt es überall dunkle Ecken und Nischen, die auch von uns nicht eingesehen werden können, weitab von den Stegen in den hinteren Bereichen.« Er ging weiter seiner Arbeit nach. »Wie die sich wieder aufführen! Kein Anstand, diese Touristen. Aber man darf sich ja nicht wundern. Seit wir in die EU wollen, kann der Westen uns gängeln und herumschubsen, wie es ihm passt. Gehen in Shorts in die Moschee, und wir müssen's akzeptieren, sonst heißt es ja wieder, die Türken seien noch nicht reif für die EU. Uns sind die Hände gebunden, *komiser bey,* seit wir unsere Gesetze, ja sogar unsere Moralvorstellungen und Traditionen danach richten müssen«, schimpfte er. »Da, schon wieder. So sollten wir uns mal in ihren Kirchen benehmen.« Er deutete auf die Miniröcke zweier flachsblonder Frauen, während ihm ein beschwörendes »*Tövbe, tövbe*« über die Lippen huschte. »Tut mir leid. Ich hätte Ihnen gerne geholfen«, sagte er bedauernd nach einer Weile. In seiner Anzugshose, dem altmodischen Hemd und dem gestrickten Pullunder wirkte er wie ein Bauer, den es zufällig in die Großstadt verschlagen hatte.

Aus dem ist nichts herauszubekommen, dachte Özakın. »Sie sind ja hier, wenn wir Sie noch brauchen«, sagte er noch, bevor er sich zum Gehen abwandte.

»Gerne, *komiser bey*. Wenn ich nicht gerade auf Geschäftsreise in New York bin«, säuselte der Mann verschmitzt und grinste in sich hinein, während Özakın bereits durch den Park zurück zur Hauptstraße lief, um dort einen *dolmuş* abzupassen.

II ... Es war wieder einer dieser Tage, wo die Sonne erbarmungslos vom Himmel brannte und man sich nach einem Wirbelwind sehnte, der all den Dreck und die Abgaswolken mit einem Male wegpustete, damit man so richtig durchatmen und seine Lungen endlich wieder spüren konnte.

Özakın trat auf die Straße hinaus und schlenderte am Restaurant seines Freundes Ali vorbei, der sich allerdings nicht blicken ließ, in Richtung Istiklâl caddesi. Direkt vor ihm lag die St.-Antoine-Kirche, und wie immer war er beeindruckt von ihrer neugotischen Architektur. Früher hatte man noch Geschmack, dachte er, als er an den Säulen und Rundbögen der Kirche entlanglief, deren Verzierungen edler Klöppelspitze glichen. Das rote Backsteingebäude erinnerte ihn an Notre Dame, von der er bisher nur Bilder gesehen hatte. Eine Reise nach Paris hatte sich immer noch nicht ergeben, obwohl Özakın und seine Frau sich seit Langem vorgenommen hatten, ihre Hochzeitsreise nachzuholen. Das Geld hätten sie ja vielleicht gerade noch zusammenkratzen können, aber immer wieder waren ihm Fälle wie dieser dazwischengekommen.

Er wurde das Gefühl nicht los, dass Junus mehr wusste, als er zugeben wollte. Doch jetzt war die

Zeit gekommen, ihm kräftig einzuheizen, freute er sich. Außerdem konnte er es nicht zulassen, dass man ihm vorwarf, er habe einen alten Freund bevorzugt.

Die dunklen Gedanken verflogen blitzschnell, als er zwei Franziskanermönchen in ihren braunen Kutten begegnete, von denen einer herzhaft in ein Dönersandwich biss. Sie waren bekannt für ihre einfache und bescheidene Art, aber welches Leben führten sie tatsächlich in ihrem Kloster? Wer kochte dort für sie und was aßen sie so? Suppe und ein trockenes Stück Brot? War das der Grund, weswegen sie sich einen kleinen Abstecher zur nächsten Dönerbude gegönnt hatten? Er schaute ihnen nach. Viel Stress und Hektik scheinen sie ja nicht zu haben, überlegte er. Auch er sehnte sich manchmal nach einem Leben in der Abgeschiedenheit, wie das der Mönche hinter ihren hohen Klostermauern. Aber das war wohl nur ein Wunschdenken.

Nun tauchte er ein in das Gassengewirr des Hügels über dem Bosporus, wo einst armenische und griechische Kaufleute, jüdische Handwerker und osmanische Beamte Tür an Tür wohnten – ein Schmelztiegel der Kulturen mit herrschaftlichen Gebäuden, Synagogen und Kirchen. Sein Blick blieb an einem Gebäude hängen, dessen morbides Gemäuer hinter einer Plastikplane steckte, bereit zu einem Lifting. Özakın gefiel diese schillernde Mischung im Dreieck zwischen Cihangir und Şişhane.

Es war vernünftig, dass er beschlossen hatte, den

Weg in dieses Café zu Fuß zu gehen, denn er dachte an seinen Cholesterinspiegel und die Mahnung seines Arztes, sich mehr zu bewegen.

Nach einer Weile hatte er die Siraselviler caddesi erreicht, wo sich rundherum die Bohemiens der Stadt eingenistet hatten. Etwas wie ein türkisches Soho war hier entstanden, seinem Vorbild in London ähnlich: Lofts, edle Boutiquen, Cafés, Bars, Fitnessstudios und Galerien und alles, was ein Yuppie so brauchte, um sein Leben einigermaßen angenehm zu gestalten.

Doch schon ein paar Straßen weiter offenbarte sich ihm die hässliche Fratze der Megalopolis, wo Gestrandete und Illegale die Häuser mit marmornen Eingängen erobert und die schmiedeeisernen Balkone mit Wäsche verhängt hatten. So war sie eben, diese Stadt. Widersprüchlich und extrem wie Tag und Nacht.

Jetzt ging es steil bergab, zum Defterdar Yokuşu hinunter, am klassizistischen Bau des Italienischen Krankenhauses mit seinem gelben Anstrich und den grünen Fensterläden vorbei, bis zur Uferstraße am Bosporus. Vor ihm türmte sich nun, wie ein grauer Berg, die Nusretiye Camii auf.

Irgendwo zwischen Moschee und Kunstakademie musste sie sein, Junus' Stammkneipe. Er hatte darum gebeten, sich nicht bei ihm zu Hause zu treffen. Özakın solle seiner Nase folgen, dem süßlichen Duft der Wasserpfeifen. Komisch, dachte Özakın, wo der sich in seiner Freizeit herumtreibt. Er sah ihn eher in Bars, wie dem Fulya, wo sich Reiche und

Neureiche die Klinke in die Hand gaben. Dort kann er doch viel besser den Salonlöwen geben, dachte Özakın. Er setzte sich an einen freien Tisch mit Blickrichtung auf die Straße, von wo aus er ihm ein Zeichen machen konnte, wenn er eintraf.

»Der Verkehr, entschuldige«, hörte er nach einer Weile eine Stimme, und als er aufblickte, starrte er direkt in Junus' abgekämpftes Gesicht mit Dreitagebart.

»Du bist die kurze Strecke mit dem Auto gefahren?«

»An den Weg zurück, den Hügel hinauf, denkst du wohl gar nicht?«, fragte Junus und nahm Platz. Er wirkte niedergeschlagen.

Der Kellner hatte nun Junus erspäht und kam ihm freudestrahlend entgegen, um ihn mit Handschlag zu begrüßen. »Wo warst du, *abi?*«

»Hatte viel zu tun, leider«, bedauerte er.

Der Kellner nickte verständnisvoll. »*Nargile?*«

»Ich nehme wie immer mit Weintraubengeschmack. Und du, Mehmet? Auch 'ne Wasserpfeife?«, fragte er, während er beiläufig zwei junge Studentinnen mit dem Auge streifte, die über einen langen Schlauch genussvoll den Rauch ihrer Wasserpfeife einsogen.

»Ich nehme mit Honigmelone«, meinte Özakın. »Sag mal, ist das jetzt genauso schädlich wie das normale Rauchen?«

»Die einen sagen so, die anderen so«, antwortete Junus.

»Ich wette, dass man bei der Wasserpfeife dieselbe

Menge Nikotin inhaliert wie bei Zigaretten«, sagte Özakın wie ein Gesundheitsapostel.

»So oft rauch ich auch wieder nicht«, erwiderte Junus. »Ab und zu ein Zigarillo, das war's. Du willst mir doch kein schlechtes Gewissen machen?«

»Aber angeblich inhalieren Wasserpfeifenraucher auch mehr Kohlenmonoxid«, holte Özakın erneut zu einem gesundheitspolitischen Plädoyer aus.

»Ja, ich weiß, und mehr Teerstoffe, du Spaßbremse. Weißt du eigentlich, wie schädlich ein Spaziergang durch die abgasgeschwängerte Istanbuler Luft ist?«

Özakın gab sich geschlagen.

»Nett hier, nicht? Ich komm oft hierher«, sagte Junus. »Erinnert mich ein bisschen an früher, als die Cafés noch nicht in Chrom, Glas und Marmor gehalten waren. Das hier ist bodenständig, nicht so abgehoben.«

»Nicht so wie in deinem goldenen Käfig, stimmt's?«

»Du meinst, zu Hause spiele ich den Bourgeois und draußen bin ich der Freak?«, fragte Junus, und Özakın bemerkte, wie er versuchte den Ärmel seiner Jacke über seinen Handrücken zu schieben.

»Da ist was dran«, sprach er weiter. »Doch ich muss zugeben, je älter ich werde, desto schwerer fällt mir dieser Zwiespalt.«

»Du hast es also satt, dich zu verbiegen«, stellte Özakın fest und blickte ihm fest in die Augen. »Dann erzähl mir doch mal, wie du von Tanja Sonntags Verschwinden Wind bekommen hast.«

»Das hab ich dir doch bereits erzählt. Ich hatte sie tagelang nicht gesehen und hab mir Sorgen gemacht«, antwortete Junus etwas gelangweilt.

Özakın traute ihm nicht über den Weg. »Wo warst du eigentlich zur Tatzeit?«

»Das fragst du einen alten Freund?«, tat Junus verletzt.

»Wir sind nicht zum Wasserpfeiferauchen hier. Also …«

Junus' Gesicht verfinsterte sich. »Wo schon? Zu Hause, bei meiner Frau. Wir saßen auf der Terrasse und haben etwas getrunken.«

»Und darf man fragen, was?«

»Martinis, wenn du's genau wissen willst.«

»Gerührt oder geschüttelt?«

»Gerührt natürlich.«

»So, so. Hast also lieb Kind gemacht bei deiner Frau«, ätzte Özakın weiter, bereute es aber, etwas die Contenance verloren zu haben. »Du kanntest Tanja, ich meine als Nachbar. Hat sie dir irgendetwas über ihren Lebenswandel erzählt? War da jemand, der ihr nach dem Leben trachtete?«

»Sie hat so etwas angedeutet«, erzählte Junus nach kurzem Zögern.

»Hatte es etwas mit ihrem Drogenkonsum zu tun?«

Junus schüttelte amüsiert den Kopf. »Also, ich bitte dich. Die kleinen Dealer konnten ihr nicht gefährlich werden. Die halbe Schickeria kokst, und keiner regt sich darüber auf.«

»So, so. Was war es dann? Hatte es mit ihrem

früheren Leben als Reiseleiterin zu tun?«, fragte Özakın und dachte dabei an Amiras Hinweis auf den Kapitän.

»Da fragst du mich aber Sachen. So sehr befreundet waren wir auch wieder nicht«, antwortete Junus schnell.

»Du lügst ja schon wieder«, tadelte ihn Özakın und schüttelte verärgert den Kopf.

»Hast du lügen gesagt? Mir kann man wirklich alles vorwerfen, aber lügen? Ein bisschen schwindeln vielleicht«, verteidigte sich Junus, der einen etwas verstörten Eindruck machte. »Also gut, es war an einem Abend, da hatte sie wohl eine Prise zu viel von diesem Zeug zu sich genommen. Und da hat sie mit ihren früheren Abenteuern geprahlt.«

»Ja?«, wurde Özakın neugierig.

»Richtig stolz war sie, dass auch sie dazu beigetragen habe, illegalen Einwanderern zu einem menschenwürdigen Dasein verholfen zu haben.«

Özakın verstand überhaupt nichts.

»Sie erzählte, dass ihr die Flüchtlinge leidgetan hätten«, fuhr Junus fort, als er Özakıns erstaunte Miene sah. »Es sei ihre Pflicht gewesen, ihnen dabei behilflich zu sein, illegal in die EU einzureisen. Sie sollten schließlich auch ein Stück vom Wohlstandskuchen im Westen abbekommen.«

»Ein Akt der Menschenliebe? Komisch, in ihrer Wohnung gab es keinerlei Hinweise auf diese Tätigkeiten.«

»Was erwartest du?«, meinte Junus, »Dass sie alles fein säuberlich dokumentiert?«

»Und du bist dir sicher, dass sie dir keine Märchen aufgetischt hat?«, fragte Özakın, weil sich die Aussagen von Amira und Junus total widersprachen.

»Kleine Kinder und Menschen im Rausch lügen nicht«, sagte Junus und nahm eine der beiden Wasserpfeifen entgegen, die ihnen der Kellner gebracht hatte.

Ganz alleine wird sie das Geschäft nicht durchgezogen haben, dachte Özakın. »Hat sie dir auch erzählt, wer ihr dabei geholfen hat? Ein Kapitän vielleicht?«

»Ob der ihr geholfen hat? Keine Ahnung. Ich weiß nur, dass sie eine Höllenangst vor diesem Kapitän hatte. Der soll sie sogar einmal besucht haben und sie hat ihn wohl rausgeschmissen, weil er unverschämt geworden sei. Er habe getobt und gedroht wiederzukommen.«

»Hat sie dir erzählt, was er von ihr wollte?«

»Leider nein. Hat mich auch nicht sonderlich interessiert.«

»Dachtest du deswegen, dass ihr etwas zugestoßen sein könnte?«, fragte Özakın.

Junus nickte. »Du als Polizist müsstest es doch am besten wissen, wie verroht unsere Gesellschaft ist«, sagte er, während Özakın überlegte, warum der Kapitän die Deutsche so bedrängt haben könnte. Hatten sie am Ende gemeinsame Sache gemacht, und Tanja Sonntag hatte ihn um seinen Lohn betrogen? Das ist doch viel zu abwegig, dachte er. Das traute er ihr nicht zu. »Wie war denn Tanja Sonntags finanzielle Situation?«, fiel es noch Özakın ein zu fragen.

»An Geld hat es ihr nie gemangelt. Keine Ahnung, woher sie es hatte«, antwortete Junus und tat erstaunt, als er Özakıns nachdenkliches Gesicht sah: »Meinst du etwa aus den Schmuggelgeschäften?«

Özakın schwieg, und Junus fragte schließlich etwas gönnerhaft: »Na, konnte ich dir helfen?«

»Das wird sich herausstellen«, bemerkte Özakın, bevor er den kalten, aromatisierten Rauch in die Luft blies. »Übrigens, was ist mit deinem Handrücken?«

»Ach, nichts. Beim Brettersägen ausgerutscht«, antwortete sein Gegenüber mit irritiertem Gesichtsausdruck.

»Wolltest wohl ein Regal basteln, wahrscheinlich aus Edelholz?«, sagte Özakın und schüttelte amüsiert den Kopf. »Wo habt ihr euch überhaupt kennengelernt, du und Tanja?«

Junus dachte eine Weile nach und meinte dann: »In einem Deutschkurs, wo sie als Lehrerin arbeitete.«

»Und dann traf man sich sporadisch«, warf Özakın ein. »Natürlich nur, damit du deine Deutschkenntnisse verbessern konntest. Und wenn sie verreist war, hast du ihre Katze gefüttert. Nachbarschaftshilfe, was sonst.«

Junus lächelte säuerlich.

»Und du bist immer noch der Meinung, dass alles rein kameradschaftlich war?«, provozierte ihn Özakın weiter. »Du wirst mir doch nicht erzählen, dass ihr euch übers Wetter unterhalten und gemeinsam Fernsehen geschaut habt. Na, komm schon, spuck's aus«, bedrängte er ihn und wusste selbst nicht, welcher Teufel ihn da geritten hatte. Wahrscheinlich spürte er instinktiv, dass ihn Junus wieder für dumm verkaufen wollte. »Ich kann auch deine Frau fragen«, drohte er und machte Anstalten, als wolle er das Gespräch beenden, aufstehen und sich verabschieden.

»Was soll das denn werden, Mehmet?«, fragte Junus erschrocken. »Setz dich wieder. Na, gut, wenn du es unbedingt wissen willst ... Wir haben eine Dreiviertelstunde Zeit, solange reicht nämlich die Tabakfüllung, und ich erzähl dir was aus meinem Leben.«

In Erwartung eines Geständnisses nahm Özakın wieder Platz.

»Eigentlich meinte es Allah immer gut mit mir«, begann Junus. »Ich habe in eine reiche Familie eingeheiratet, habe eine ansehnliche Frau, ein wunderschönes Zuhause und keine Zukunftssorgen. Warum also setzt ein Mann all das aufs Spiel? Aus Langeweile vielleicht?«, fragte er und blickte Özakın aus glasigen Augen an.

»Langeweile ist etwas Schreckliches«, stellte Özakın ironisch fest, »und niemandem zu wünschen.« Er wusste gar nicht, worauf Junus hinauswollte. Der überhörte den Seitenhieb einfach und fuhr fort. »Oder waren es die Minderwertigkeitskomplexe eines eitlen, alternden Mannes? Du weißt, dass ich alles, was ich habe, meiner Frau zu verdanken habe, und die ist nicht nur reich und hübsch, sondern auch äußerst gebildet – Absolventin des Amerikanischen College, Studium der Kunstgeschichte.« Er hielt einen Moment inne. »Weiß der Teufel, was sie so anziehend an mir findet – an solch einem ungehobelten Klotz! Und trotz aller Liebe und Zuneigung hab ich mich stets wie ein … wie ein Pickel in ihrer wohlgeordneten Welt gefühlt. Kannst du das verstehen?«, fragte er.

Özakın zuckte ratlos die Schultern. So ein Idiot, dachte er. Für dieses Leben hätten sich andere den kleinen Finger abgehackt.

»Lange Rede, kurzer Sinn«, sagte er, als er sah, dass ihn Özakın nicht für voll nahm, »da kam die Bekanntschaft mit Tanja gerade recht. Sie verkörperte alles, was für mich früher wichtig gewesen war. Von ihr fühlte ich mich verstanden. Bei ihr musste ich mich nicht verbiegen.«

»Mir kommen gleich die Tränen«, entfuhr es Özakın, nachdem Junus' Vortrag zu Ende war. »Warum so viel Umschweife? Sag doch einfach, dass du etwas Abwechslung brauchtest.« Er verstand ihn einfach nicht. Sollten ihn seine Freunde ruhig als Spießer verspotten, aber solche Menschen zerstörten am Ende ihre Existenz, nur so aus Jux und Tollerei.

»Hast du etwa noch nie deine Frau …«, fragte Junus um Verständnis ringend.

»Das steht jetzt nicht zur Debatte«, unterbrach ihn Özakın.

»Dir wäre natürlich so etwas nie passiert. Du bist

der Vernünftigere von uns«, spottete Junus, weil er sich über Özakıns Überheblichkeit ärgerte, nachdem er ihm freimütig sein Herz ausgeschüttet hatte. Er hatte nun seine Wasserpfeife zur Seite gelegt, die Tabakfüllung war aufgebraucht. »Wenn du willst, geh zu meiner Frau und erzähl ihr alles«, meinte er, auf alles gefasst.

Özakın schwieg eine Weile, bevor er fragte: »Was erwartest du jetzt von mir? Mitleid? Verständnis? Du bist dir hoffentlich im Klaren, dass der Fall Sonntag jetzt eine andere Wendung bekommen hat. Ehebruch und Drogen ist eine Mischung, die schon manch biederen Familienvater zu Fall gebracht hat.«

»Moment mal, du verdächtigst mich?«, fragte Junus verdutzt.

»Ich jedenfalls kenn kein besseres Motiv, jemanden umzubringen«, stellte Özakın fest.

Sein Gegenüber tat so, als ginge ihn das nichts an.

»Weißt du was, dein Privatleben interessiert mich einen Dreck, aber wenn du kein Alibi hast, dann bist du dran«, brüllte nun Özakın, sodass sich schon einige der Gäste verwundert umdrehten. »Da mach ich keine Ausnahme. Mir stinkt es sowieso, dass ich dir alles aus der Nase ziehen muss.« Er stand auf und winkte den Kellner herbei, um zu zahlen.

Junus bestand darauf, die Rechnung zu übernehmen, aber Özakın ließ das nicht zu.

»Wir hören noch voneinander«, rief Özakın ihm zum Abschied zu, und Junus wartete vergeblich auf ein versöhnendes Lächeln in seinem Gesicht.

12... Total verschwitzt kam er im Polizeipräsidium an. Der Weg zu Fuß den Hügel hinauf hatte ihn geschafft. Das Gebäude, das sonst wie ein Bienenschwarm voller Menschen war, schien fast ausgestorben zu sein.

In seinem Büro war er überrascht, Mustafa vorzufinden, der sich köstlich zu amüsieren schien, sodass er ihn fragend anschaute.

Mustafa hielt ihm eine Zeitung hin, auf deren Titelseite eine alte Frau mit Kopftuch, schlabberiger Strickjacke und dicken Wollstrümpfen an den Beinen zu sehen war. Zugegeben, die Frau sah schon etwas komisch aus. Aber auch nicht so komisch, dass man einen Lachanfall bekommen muss, dachte Özakın.

»Der hat sich als seine Mutter ausgegeben und jeden Monat die Rente abkassiert«, erklärte Mustafa. »Dabei war die Mutter schon ein Jahr lang tot.«

»Das Tricksen liegt uns wohl im Blut«, stellte Özakın fest, während er sich den Schweiß von der Stirn wischte. In seinem Job war er täglich nicht nur mit den abenteuerlichsten Ausreden konfrontiert, sondern auch mit Gauklern und Feuerschluckern jeglicher Couleur, wie Junus eben. Der eine gab sich als Arzt mit ausländischem Doktortitel aus, um mal eine junge nackte Frau von nahem zu sehen, der andere gaukelte vor, er sei blind, damit die Menschen vor Mitleid zerfließend ihm sein Taubenfutter abkauften. Alles schon da gewesen, dachte Özakın. Den angeblich Blinden hatten sie sogar einmal als verdeckten Ermittler eingesetzt, wo er, das musste man ihm lassen, als polizeiliche Hilfskraft gute Arbeit geleistet hatte. Irgendwie scheint die Schlitzohrigkeit den Türken angeboren zu sein, dachte er. Schön aber, dass sich Mustafa dabei so amüsieren konnte!

»Die Bartstoppeln haben ihn verraten«, las Mustafa laut vor und fing schon wieder an zu lachen.

»Musst du nicht schon längst zu Hause bei Muttern sein?«, fragte Özakın, weil Mustafa ein ausgesprochenes Muttersöhnchen war.

»Nicht, dass das Badewasser, dass sie dir eingelassen hat, kalt wird.«

»Ich hab ihr schon Bescheid gesagt. Sie wartet damit«, lachte Mustafa.

»So, so«, bemerkte Özakın, als sich sein Handy meldete. Er warf einen Blick auf das Display und ging dran.

»Sevim?«

»Wann kommst du endlich? Wir warten auf dich!«

»Kann nicht mehr lang dauern.«

»Nur hat gekocht. Mal sehen, ob es deinen Ansprüchen genügt. Gefüllte, überbackene Kohlroulade. Leider ist dabei etwas kaputt gegangen – deine Lieblingspfanne. Der Stiel ist verschmort, als sie die Pfanne in den Backofen geschoben hat«, erklärte sie.

»Oh nein!« Özakın war entsetzt, und selbst nachdem das Gespräch beendet war, konnte er sich kaum mehr beruhigen.

»Ist jemand gestorben?«, fragte Mustafa, dem Özakıns schlechte Laune nicht entgangen war.

»Noch nicht, aber bald«, sagte Özakın gereizt, »weil ich sie abmurksen werde, wenn sie nicht die Finger von meinen Kochutensilien lässt.«

»Deine Frau?«

»Nein, ihre Freundin, eine gewisse Nur, die bei uns untergeschlüpft ist. Für ein paar Tage, hieß es ursprünglich«, antwortete Özakın und schlug wütend auf die Tischplatte.

»Ist sie hübsch, diese Nur? Ledig, wie alt? Welche Haarfarbe?«

»Blond. Gefärbt, nehme ich mal an und im heiratsfähigen Alter.«

Mustafa schien Blut geleckt zu haben, er machte ein interessiertes Gesicht.

»Ich an deiner Stelle würde die Finger von ihr lassen«, bremste Özakın seinen Eifer.

»Warum? Gönn mir doch auch mal etwas.«

»Die ist nichts für dich. Oder stehst du neuerdings auf schwierige Emanzen?«

»Mir wird sie bestimmt aus der Hand fressen.«

»Die muss erst einmal zu sich kommen. Ihr Verlobter ist nämlich getürmt. Klar, dass sie nun von Männern die Nase gestrichen voll hat.«

»Wer weiß, warum der abgehauen ist«, überlegte Mustafa.

»Wenn sie sich so tollpatschig wie bei mir in der Küche angestellt hat, kann ich's mir denken.«

»Wenn die meiner Ex ähnelt, kann ich auch verzichten. Die war schon sehr komisch. Hatte einen Tick, der nicht auszuhalten war!«

Özakın schaute ihn fragend an.

»Na, die machte eigenartige Geräusche mit den Zähnen. Sie mahlte förmlich mit den Beißerchen. Immer und überall. Mir war es peinlich, mit ihr auszugehen. Eines Tages hatte ich sie endlich so weit. Was passiert? Sie liegt auf dem Rücken im Bett und klappert aufgeregt mit ihren Prothesen. Na, da fällt dir doch nichts mehr ein! Da willst du nur noch weg«, erzählte Mustafa.

»Ein Hinweis von dir, und der Zahnarzt hätte ihr helfen können«, meinte Özakın und grinste.

»Bin ich die Sozialfürsorge? Bin Ästhet, kann Unzulänglichkeiten nicht ertragen.«

»Na, dann viel Spaß bei der Partnersuche«, stichelte Özakın, der der Meinung war, dass Mustafa so langsam an die Familienplanung denken sollte.

Jetzt fiel ihm aber der Laptop der Toten auf, den sich Mustafa wohl endlich vorgenommen hatte.

»Hab auf dich gewartet, wollte dir mitteilen, dass ich endlich Zugriff auf ihre Festplatte hatte«, sagte Mustafa schnell. »War einfacher, als ich dachte. Hab einfach das Betriebssystem hochgefahren. Da brauchst du kein Passwort. Der Kollege aus dem zweiten Stock, du weißt schon, der, der das Deutsche Gymnasium in Istanbul besucht hat, der hat übersetzt. Leider nichts, was auf ihre Schmuggelgeschichten hinweist, weder auf der Festplatte noch auf ihren Disketten. Wir haben eine Datei nach der anderen durchforstet – alles sauber.«

»Wirklich nichts?«, fragte Özakın enttäuscht.

»Doch, schon«, antwortete Mustafa und schmunzelte, »aber ich bezweifle, dass uns das weiterbringt. Ein paar Artikel über streunende Hunde in Istanbul. Von Türken geknechtete, verstoßene Hunde, die sich mit Essensresten aus den Mülltonnen der Stadt ernähren müssen und dann auch noch von ausgesprochenen Hundehassern gejagt, eingesperrt und vergiftet werden.«

»Tanja Sonntag als Tierschützerin?«

»Es kommt noch dicker«, fuhr Mustafa fort. »Wir haben auch den Schriftverkehr im Internet überprüft, und da sind wir auf Folgendes gestoßen …«

»Mach's nicht so spannend«, drängelte Özakın.

»Sie hatte wohl Verbindung zu irgendwelchen Leuten in einem Chatroom. In einem Ordner waren eine Menge Personennamen aufgelistet, mit denen sie in letzter Zeit Kontakt gehabt hatte. Eigenartige Fantasienamen … und erst die Dialoge. Miss Sixty, so hieß sie wohl selbst, chattete mit Gruela Devile, höchstwahrscheinlich auch eine Frau, die sie bald in Istanbul besuchen wollte, weil die gespannt war auf Hamit. Eine andere, namens Madame Bovary, schrieb, sie könne es kaum erwarten, Näheres über Cem zu erfahren.«

»Ganz schön umtriebig, die Dame«, meinte Özakın amüsiert.

»Ein nettes Hobby für Singles«, bemerkte Mustafa und lächelte süffisant. »Anscheinend hatte sie vor, so etwas wie eine Partnerschaftsvermittlung für türkische Männer und deutsche Frauen aufzuziehen. Diese Eheanbahnungsversuche standen allerdings noch am Anfang. Wäre sie nicht gestorben, hätte sich daraus sicherlich ein lukrativer Berufszweig entwickelt«, spottete Mustafa.

»Unglaublich! Womit *die* sich beschäftigte!«, wunderte sich Özakın.

Mustafa lehnte sich zufrieden zurück und sagte: »Was diesen Kapitän betrifft ... Der ist pensioniert und wohnt, welch eine Überraschung, in Istanbul.«

»Übrigens, Tanja Sonntag hat auch Junus von dieser Menschenschmuggelgeschichte erzählt, aber eine andere Version. Demnach war *sie* an den illegalen Geschäften beteiligt. Sie soll sogar richtig stolz darauf gewesen sein.«

»Junus, dein alter Freund? Würde mich nicht wundern, wenn der was mit der Deutschen hatte. Ausländerinnen haben ja eine unheimliche Anziehung auf türkische Männer«, warf Mustafa ein, weil ihn eher die pikante Seite der Geschichte interessierte.

»Da hast du's wieder einmal erfasst«, sagte Özakın. »Er hat mir alles gebeichtet. Besser gesagt, er hat mir etwas vorgeheult von seiner Affäre, warum es so kommen musste und so.«

»Klar, jeden Tag Döner essen ist auch nicht das Wahre. Nicht schlecht, wenn auch mal Leberkäse auf den Tisch kommt«, stellte Mustafa fest und grinste.

Auch Özakın verzog das Gesicht zu einem Lächeln.

»Da hast du doch dein Motiv für diese Beziehungstat«, preschte Mustafa vor.

»Er soll aber ein Alibi haben.«

»Wenn's stimmt«, meinte Mustafa misstrauisch.

Özakın nickte, als wolle er zu Mustafas Beruhigung sagen: Ich werde das schon überprüfen, bevor er zum ursprünglichen Thema zurückfand. »Aber alleine kann Tanja Sonntag das illegale Geschäft nicht durchgezogen haben«, sagte er.

»Stimmt! Für diesen Drecksjob brauchst du schon ganze Kerle, die mit allen Wassern gewaschen sind«, erklärte Mustafa. »Wie diesen Kapitän, den schon die Bauchtänzerin als notorischen Rambo beschrieben hat.«

»Ich überlege gerade, warum die Deutsche so eine panische Angst vor dem Kerl hatte. Kann es sein, dass die beiden beim Flüchtlingsgeschäft gemeinsame Sache gemacht haben und sie ihn um seinen Lohn betrogen hat?«

»Jahre später will er seinen Teil vom Kuchen abhaben, sie weigert sich, es kommt zum Streit und dann ersticht er sie im Affekt. Aber war er's wirklich? Mir brummt schon der Kopf«, seufzte Mustafa. »Bei diesen Lügengeschichten, die uns jeder auftischt, ist es wirklich nicht leicht, auf einen Nenner zu kommen.«

»Jedenfalls müssen wir nach dem jetzigen Stand davon ausgehen, denn das haben zwei Personen unabhängig voneinander berichtet, dass mit dem Schiff, auf dem die Deutsche als Reiseleiterin arbeitete, Flüchtlinge geschmuggelt wurden. Ob das etwas

mit ihrem Tod zu tun hat, werden wir noch herausbekommen«, sprach Özakın.

»Da ist vielleicht was dran«, sagte Mustafa und
dachte an den Einsatzort des Schiffes, rund um
Bodrum. Die griechischen Inseln waren zum Greifen nahe – ein Katzensprung für Flüchtlinge in
die EU, wo sie Asyl beantragen können. Überall
warteten illegale Einwanderer aus Afrika, dem Nahen und Mittleren Osten auf eine günstige Gelegenheit zur Flucht. Die Reise war beschwerlich,
aber das nahmen sie in Kauf. Die Flüchtlinge wurden eingepfercht in Lkw nach Italien transportiert
oder an die türkisch-griechische Grenze gekarrt.
Noch viel einfacher aber war es, von der Ägäis-
küste aus mit Schiffen oder Booten in griechische
Hoheitsgewässer zu gelangen. Ein Milliardenge-
schäft für die Schleuserbanden, die Hunderte von
Helfershelfern hatten, über ein Netzwerk von Ver-
bindungsleuten verfügten, die Beamte schmierten,
damit sie beide Augen zudrückten, oder Fischern
und Kapitänen Geld für ihre Handlangerdienste
gaben.

»Stör ich?« Durmuş stand an der Tür und hatte
ein Blatt Papier in der Hand.

»Du siehst doch, dass wir vor Langeweile um-
kommen.« Mustafa konnte ein Lachen nicht unter-
drücken.

»Du bist ja auch noch da«, sagte Özakın zu dem
jungen Kommissar-Assistenten. »Was macht ein
frisch verheirateter Mann mit Kind noch so spät im
Büro?«

»Ich bin gerade dabei, einen Songtext zu schreiben«, meinte Durmuş und holte sich einen Stuhl.

»Und wie können wir dir dabei behilflich sein?«, fragte Özakın fast schon väterlich. »Wofür ist das überhaupt?«

»Für meine neue CD«, antwortete Durmuş ein bisschen stolz und kritzelte noch einige kleinere Korrekturen auf das Blatt.

»Jetzt willst du's aber wissen«, bemerkte Özakın.

»Noch hab ich keinen Plattenvertrag, aber ich hab vor, alles in Eigenregie durchzuziehen. Tausend CDs müssten für den Anfang reichen.«

»Das kostet doch 'ne Menge Geld«, meinte Mustafa, der Daumen und Zeigefinger aneinanderrieb. »Aber dein Vater wird dir sicherlich unter die Arme greifen«, stellte er fest, während er ihm zuzwinkerte.

Durmuş wusste schon, worauf Mustafa aus war. Dass jemand neidisch war, weil seine Familie zu den betuchteren in Istanbul zählte, würde ihn wohl bis ins Grab begleiten.

»Was macht eigentlich dein Auftritt im Fulya?«, wollte Mustafa noch wissen, der sich daran erinnerte, dass Durmuş versprochen hatte, für seinen Bruder ein gutes Wort einzulegen.

»Geduld, das mach ich schon«, erwiderte er. »Was ist jetzt? Wollt ihr den Text hören?«

»Dann leg mal los«, meinte Özakın und Durmuş fing an, mit elegischer Stimme seinen Songtext vorzutragen:

»Ich schlendre durch das Lichtermeer
Gesichter lachen mir entgegen
auf Plakaten in grell bunten Farben
als Sinnbild des menschlichen Daseins
in einschläfernder Manier
voll imitierter Lebendigkeit
vorgetäuschter Kontaktfreudigkeit.
Ich wandle dahin auch nur als Statist
ein passives Beobachten der Umwelt, wie in Trance.

Der einzige Lichtblick im Leben
die einzige Berührung mit dem Leben bist du
Mädchen aus Anatolien
tausend Kilometer vom Zentrum entfernt.
Die Erinnerung daran voll Euphorie
lässt vergessen dieses Leid.
Bringst mir Labung, gibst mir Kraft,
um zu überstehen diese Qual.
Bist meine letzte Hoffnung
in dieser tristen Welt – mein Held.

Ich tauche ein in deine grünen Augen
und fühl mich wie im kühlen Nass.
Ohne dich bin ich ein Fisch ohne Kiemen
verloren in der Tiefe des Meeres.
Erhör mich, meine grünäugige Nymphe.
Ich brauch dich wie die Luft zum Atmen.
Rette mich vor dem sicheren Tod.«

»Wow«, zeigte sich Mustafa begeistert. »Ohne dich
bin ich ein Fisch ohne Kiemen. Das muss einem erst

einmal einfallen. Ein Fisch ohne Kiemen«, wiederholte er und war kurz davor loszuprusten, weil er diese Zeile so daneben fand. Er schaute hinüber zu Özakın und sah, wie auch er damit kämpfte, nicht laut aufzulachen. Doch als sich ihre Blicke begegneten, waren beide nicht mehr zu halten.

»Entschuldige, Durmuş«, sagte Özakın und wischte sich die Lachtränen aus den Augen.

Auch Mustafa schniefte, während Durmuş wie ein geprügelter Hund dreinblickte.

»Findest du das Ganze nicht ein bisschen zu … na, wie soll ich es ausdrücken, zu banal?«

»Wenn die Liebe banal ist, dann sind es auch die Worte eines Mannes, die er an seine Geliebte richtet«, verteidigte sich Durmuş trotzig.

»Auch wenn es nur ein Liedtext ist«, holte Mustafa zu einer weiteren Kritik aus, »wie kannst du dich mit einem Fisch vergleichen? Du gibst vor, ein sich vor Liebe verzehrender, warmherziger Mensch zu sein und nimmst ausgerechnet einen Kaltblüter als Beispiel. Ich meine, ein Fisch ist doch nicht von Temperament gesegnet. Er ist nicht gerade zu heißblütigen Aktionen in der Lage.«

Durmuş sah ihn verdutzt an, während Mustafa noch sagte: »Ich glaube, ein anderes Tier wäre besser geeignet.«

»Welches Tier hätte er denn nehmen sollen?«, schaltete sich nun Özakın ein. Durmuş bebte innerlich, ließ es sich aber nicht anmerken.

»Ein Schaf vielleicht? Schafe sollen doch ausgesprochen dumm sein, oder täusch ich mich?«

»Eben«, meinte Mustafa, »so dumm, dass sie das Spiel dieser Zicke, dieses Mädchens aus Anatolien, nicht durchschauen können. Merkst du denn nicht, dass sie dich hinhält! Und du läufst ihr noch hinterher und erstickst fast, weil du keine Kiemen hast.«

»Jetzt muss ich aber eingreifen«, fuhr ihm Özakın dazwischen. »Ich bin zwar weder Philosoph noch Literat, aber hier geht es doch um die Symbolik. Eigentlich willst du doch sagen: Du kannst ohne sie nicht mehr leben, weil du keine Atmungsorgane mehr hast. Du fühlst dich wie ein großes Nichts ohne deine Angebetete. Die fehlenden Kiemen stehen für deine Hilflosigkeit. Ohne diese grünäugige Nymphe, wie du sie nennst, bist du aufgeschmissen. So ist es doch, oder?«, fragte er, indem er Durmuş ansah.

»Wieso ich? Der Mann im Liedtext bin doch nicht ich«, wunderte der sich. »Er steht stellvertretend für alle, deren Liebe unerfüllt bleibt.«

»Und du meinst, die anderen fühlen sich davon angesprochen? Die sagen dann: Wie toll, ich bin liebeskrank, ich fühl mich wie ein Fisch ohne Kiemen«, sagte Mustafa und wunderte sich über so viel Schmalz im Text. »Ohne Kiemen wärst du im Übrigen längst tot. Da hättest du sowieso nichts mehr davon.«

»Wovon?«, wollte Durmuş wissen.

»Na, von deiner Angebeteten«, erwiderte Mustafa und lachte sich halb tot.

»Übrigens, weiß deine Frau schon von deiner Beziehung zu dieser grünäugigen Nymphe?«

»Ihr spinnt ja«, sagte Durmuş, der endlich begriffen hatte, dass ihn seine Kollegen veräppeln wollten. »Ihr müsst euch den Text mit Musik vorstellen«, sagte er. »Die englischen Songtexte, die wir hören, sind auch Lachnummern, und jeder singt begeistert mit.«

»Auch wahr«, meinte Özakın verschmitzt, während Mustafa aufstand, um dem Kollegen Durmuş aufmunternd auf die Schulter zu klopfen.

»Wir machen jetzt Schluss«, sagte der Kommissar und packte seine Aktentasche. Auch die beiden anderen erhoben sich. Özakın wollte jetzt schleunigst nach Hause, bevor Sevims Freundin Nur die Wohnung vollends auf den Kopf stellte. Seit sie da war, hatte er keine Ruhe mehr in seinen eigenen vier Wänden. Und jetzt auch die verschmorte Pfanne. Mal sehen, was sie noch alles angestellt hat, dachte er mit Groll und ärgerte sich gleichzeitig über seine mangelnde Gastfreundschaft.

Am Ausgang des Polizeipräsidiums trennten sich ihre Wege, und Özakın erinnerte Durmuş daran, dass er die Telefonverbindungen und die Kontoauszüge der Toten überprüfen solle, weil er und Mustafa am nächsten Morgen nach Kumkapı fahren und dem verdächtigen Kapitän einen Besuch abstatten wollten.

13 ... Diese Eile war ansteckend, als ginge es darum, ein Rennen zu gewinnen. Von der Gelassenheit des Südländers war auf den Straßen von Istanbul nichts zu spüren – eine ganze Stadt in Zeitnot.

Auch Mustafa raste, als hätte er einen wichtigen Termin. Bloß nicht aus dem Takt kommen, denn dann würde die ganze Kolonne ins Stocken geraten. Dabei würden sie den Kapitän, mit dem sie sich in Kumkapı treffen wollten, bestimmt nicht verpassen. Er war pensioniert, und wenn er nicht gerade in einem Touristenrestaurant in seiner Straße aushalf, dann hielt er sich in seinem Stammlokal auf, bei *Rakı* und Kartenspiel. Die beiden fuhren gerade die Florya sahil yolu entlang, da kam plötzlich die ganze Automeute vor ihm zum Stehen, und auch Mustafa musste jäh abbremsen.

»Eigentlich untypisch, der Stau«, sagte Mustafa verärgert, weil er, statt über die Altstadt zu fahren, den Weg über die Uferstraße gewählt hatte.

»Vielleicht ein Unfall?«, wunderte sich auch Özakın.

»Irgendein Anfänger«, stellte Mustafa fest und schaute erschrocken drein, weil mit einem Male ein paar Straßenkinder mit Schwamm und Putzlappen in den Händen aus ihren Verstecken in der Stadtmauer herausgesprungen kamen, um sich über Mustafas Windschutzscheibe herzumachen.

»Verschwindet, sonst mach ich euch Beine«, rief er entsetzt aus.

Wenn es um seinen fahrbaren Untersatz ging, konnte er äußerst rabiat werden. »Rührt bloß nichts an. Die Scheibe ist schon sauber, ihr Dreckfinken!«

Der Straßenjunge, so um die fünfzehn, trollte sich widerwillig und versuchte sein Glück woanders.

»Die sind schon 'ne Plage, diese elenden Schnüffler«, schimpfte Mustafa.

»Saut mir die Scheibe ein mit seinem unappetitlichen Feudel. Dabei war ich erst gestern in der Waschanlage.«

Özakın schaute dem zerlumpten Jungen hinterher und fragte: »Hast du seinen Fuß gesehen?«

Mustafa schüttelte voller Abscheu den Kopf. »Der hat seinen Fuß absichtlich mit einer Rasierklinge aufgeschnitten und lässt ihn eitern. Auf alte Damen und Fremde macht das bestimmt großen Eindruck.«

»Wird Zeit, dass sich die Stadt um sie kümmert«, sagte Özakın und beobachtete, wie einer der Autofahrer dem Jungen durch einen Spalt am Fenster einen Geldschein zusteckte.

»Da ist nichts mehr zu retten. Die giftigen Dämpfe haben schon ihre Gehirnzellen zerstört. Und der gibt ihm noch Geld, damit er sich wieder Klebstoff kaufen kann«, empörte sich Mustafa.

Özakın war die Szenerie mit den Straßenjungen auf den Magen geschlagen. Vorhin hatte er von gegrilltem Fisch geträumt, den er in Kumkapı, das berühmt war für seine Fischlokale, verspeisen würde, aber jetzt verspürte er eine leichte Übelkeit in der Magengrube.

Dann ging es endlich wieder voran, und Mustafa ließ seinen Motor aufjaulen.

»Hier rechts«, dirigierte Özakın seinen Assistenten unter der Eisenbahnüberführung durch. »Gleich neben den Stadtmauerresten müsste ein *otopark* sein. Jedenfalls war dort einer vor zwei Jahren, als ich das letzte Mal hier in dieser Gegend zu tun hatte.«

Mustafa fand die Stelle, zog ein Ticket und parkte seinen Wagen so, dass ihn auch keiner beim Ein- und Ausparken beschädigen konnte.

Zu Fuß gingen sie weiter, bogen rechts ab, liefen an der kleinen armenischen Kirche vorbei, durch eine kleine Gasse mit alten, zweigeschossigen Häusern, einige von Blumen umrankt, andere mit Wäsche vor den Fenstern.

»Wo treffen wir uns mit dem Käpt'n?«, fragte Mustafa und ließ seinen Autoschlüssel um den Zeigefinger kreisen.

»Das zweite Fischlokal auf der rechten Seite«, antwortete Özakın, während sie in die kopfsteingepflasterte Gasse einbogen, wo sich auf beiden Seiten dicht gedrängt an ein Dutzend Restaurants befanden. Auf einem Schild sahen sie eine überdimensionale Pfanne abgebildet, darüber ein paar Fische, die vergnügt durch die Luft sprangen.

»Halikarnoss Balikçisi«, las Özakın, steuerte auf den Eingang zu, wo er sogleich den Kapitän entdeckte, der gerade dabei war, vorbeilaufenden Touristen lauthals die Vorzüge dieses Restaurants schmackhaft zu machen. »*Fresh fish, the best in town. Come in and enjoy the meals of Halikarnoss Restaurant*«, tönte er. Für die deutsche Kundschaft hatte er sich etwas ganz Originelles ausgedacht: *Fischers Fritze fischt frischen Fisch in der Frische. Kommen Sie herein und genießen Sie den besten Fisch der Stadt.*«

»*Kolay gelsin*«, sagte Özakın.

»Danke«, grummelte der Mann mit rauchiger Stimme, während er sich mit einem großen Taschentuch den Schweiß von der Stirn wischte.

»*Jusuf bey?*«

»Ja, der bin ich. Aber das ›*bey*‹ können Sie sich sparen. Nennen Sie mich einfach Jusuf *kaptan*, so heiß ich immer noch, auch wenn ich kein Schiff mehr fahre, sondern als eine Art Animateur mein Brot verdienen muss.«

Özakın war sein deprimierter Eindruck nicht entgangen, und er konnte sich den Grund dafür schon vorstellen. »Sie wissen, warum wir hier sind?«, fragte er gleich.

»Weil irgendjemand versucht, mich mit Dreck zu bewerfen«, sagte der Kapitän barsch, blickte sich aber vorsichtig nach irgendwelchen Zuhörern um. Wahrscheinlich sollte niemand mitkriegen, dass er Besuch von der Kripo hatte. »Gehen wir lieber zu mir nach Hause. Ich zieh mich kurz um«, meinte er dann und verschwand. Özakın und Mustafa hörten, wie er einem der Kellner zuwarf, dass er eine kleine Zigarettenpause einlege.

Nach einer Weile kam er zurück und hatte nun schwarze Stoffhosen und eine Strickweste an, sein graues, struppiges Haar fiel ihm wild ins Gesicht. Sein grau melierter Bart verlieh ihm die Aura eines weit gereisten Seemanns, der sie nun in seine Wohnung mitnahm. Die war vollgestopft mit allerlei seemännischem Nippes, der die Stationen seines Lebens markierte. Kleine Leuchttürme, Schiffsmodelle, Schiffsglocken und verschnörkelte Schatztruhen. An der Wand hing eine Knotentafel. In einer Ecke war ein großes Fischernetz drapiert, worin sich Fische und Seepferdchen verfangen hatten.

Er ging in die Küche und holte sich eine Flasche *Rakı* und Gläser. »Auch einen?«, fragte er.

Özakın und Mustafa verneinten, während der Kapitän ein Glas bis zum Rand füllte und es auf einen Schlag leerte.

»Kann ihnen leider nichts anderes anbieten. Das macht normalerweise meine Frau. Die hat mich leider für einen Moment verlassen, musste Besorgungen machen«, meinte er abwesend.

Der Suffkopf hat sie bestimmt weggeschickt, dachte Özakın und nickte, bevor er loslegte. »Wo waren Sie letzten Freitag zwischen fünf und sechs Uhr abends?«

Der Kapitän schüttelte belustigt den Kopf. »Soll das jetzt ein Verhör werden?«, fragte er höhnisch. »Wo schon? Im Restaurant, wo ich mich zum Affen machen lassen muss«, beantwortete er Özakıns Frage und goss sich erneut das Glas mit *Rakı* voll. »Ja, wenn die Rente reichen würde, würde ich mich auch gerne in den Schaukelstuhl setzen und mein Pfeifchen rauchen.«

Mustafa blickte sich in der Wohnung um. Die Einrichtung war ärmlich, aber alles war tipptopp sauber.

»Wir werden's überprüfen«, sagte Özakın.

»Klar doch. Schön, wenn Sie auch noch den Cousin meiner Frau behelligen«, meinte er ironisch.

»Ist er etwa der Restaurantbesitzer?«, fragte Özakın.

»Der war so nett und konnte mich als Türsteher in seinem Lokal gebrauchen. Bekomm dort wie ein Esel mein Gnadenbrot«, antwortete er grimmig.

»Sie mögen ihn wohl nicht besonders?«

Der Kapitän rümpfte angewidert die Nase. »Der gönnt mir nicht mal das Schwarze unterm Fingernagel«, empörte er sich und machte eine wegwerfende Bewegung.

»Wie wir erfahren haben, scheinen Sie nicht gerade flüssig zu sein«, blufte nun Mustafa und fuhr fort: »Da hätten Sie durchaus ein Motiv gehabt, Tanja Sonntag umzubringen.«

»Außerdem sollen Sie auch mit dem Verschwinden von Frau Sonntags früherem Freund zu tun haben«, fügte Özakın noch hinzu.

Wutentbrannt schlug der Kapitän mit der Faust auf den Tisch, sodass die kleine dekorative Schiffslaterne darauf erzitterte. Seine blutunterlaufenen

Augen funkelten bedrohlich. »Bei Ihnen tickt es wohl nicht richtig. Ich soll die beiden getötet haben? Bloß weil ich verschuldet bin, bring ich doch keinen um.«

»Alles schon mal da gewesen«, sagte Mustafa zufrieden, weil er ins Schwarze getroffen hatte.

»Wer erzählt so 'n Stuss?«, fragte der Kapitän sichtlich erregt.

»Das dürfen wir nicht sagen«, antwortete Özakın ruhig, »aber es ist jemand, der Sie von früher kennt. Aus der Zeit, als Sie in Bodrum Kapitän waren und auf Ihrem Schiff offenbar Flüchtlinge mitgenommen haben. Tanja Sonntags früherer Freund hat das mitbekommen, hat gedroht Sie anzuzeigen, und es kam zu einer Rangelei. Zufall oder nicht, jedenfalls fehlte danach jede Spur von diesem Mann, was Tanja Sonntag vermuten ließ, dass Sie ihn auf dem Gewissen haben.«

»Was da für eine Scheiße erzählt wird«, brüllte der Kapitän und griff sich an den Nacken, weil er stark schwitzte.

»Aber es gibt auch noch eine andere Version. Danach soll Tanja Sonntag in diese Schmuggelgeschäfte verstrickt gewesen sein. Könnte es nicht sein, dass Sie da ein Auge zugedrückt haben oder sogar daran beteiligt waren und später, aufgrund Ihres fortwährenden Geldmangels, auf die Idee gekommen sind, dass Ihnen ein Teil der Beute zusteht? Tanja Sonntag aber hat sich geweigert und hat gedroht, alles bei der Polizei auszuplaudern«, spekulierte Özakın.

»Da wäre sie doch selbst dran gewesen«, meinte der Kapitän und starrte die beiden fragend an. Er holte sich eine Zigarette aus der Schachtel und zündete sie an.

Özakın fiel auf, dass seine Hände zitterten.

»Aber trotzdem soll ich ihr in der Zisterne aufgelauert und sie ermordet haben. Das wollten Sie doch sagen.«

»Ist doch gar nicht so abwegig«, sagte Mustafa, der schon viel wildere Geschichten im Laufe seines Berufslebens gehört hatte.

»Das macht doch gar keinen Sinn, meine Herren«, erklärte der Kapitän herablassend. »Na, dann erzähl ich mal meine Version. Es war vielmehr so, dass Tanjas Freund scharf auf das schnelle Geld war, weswegen er eines Tages anfing, Flüchtlinge in der Nacht auf unser Schiff zu schleusen und sie im Maschinenraum zu verstecken. Tanja wusste das und hat mitgemacht, weil sie Mitleid mit diesen Kreaturen hatte. Am Anfang hab ich nichts gemerkt. Aber dann erwischte ich einen Pakistani, auf der Überfahrt nach Kos, zusammengekauert unter Deck. Ich hatte gleich den Verdacht, dass es nur dieser schmierige Reiseleiter gewesen sein konnte. Während einer Geburtstagsfeier hab ich ihn darauf angesprochen. Wie er mein Schiff in Diskredit bringen könne und ob er wolle, dass ich durch seine illegalen Geschäfte mein Patent verliere. Da ist er pampig geworden, und ich hab ihm eine gescheuert. Am nächsten Morgen sollte er mein Schiff verlassen, weil ich sonst die Wasserschutzpolizei verständigt hätte, aber er war schon an jenem Abend weg. Untergetaucht, weil er Angst hatte, in den Knast zu wandern.«

»Wie heißt denn dieser Typ?«, fragte Özakın und überlegte, ob das Gesagte glaubhaft war.

»Emre, Emre Kurtoğlu hieß der, dieser Vorstadt-casanova. Keine Frau, die nicht bis auf drei die Bäume hoch klettern konnte, war vor ihm sicher. Da gab's so einige vor der Tanja. Die Frauen aus den Reisegruppen hatte er schon durch, dann hat er sich notgedrungen an der alternden Bauchtänzerin vergriffen.« Er kraulte sich verschmitzt den Bart und blies den Rauch genüsslich durch seine gelben Zähne. Sein von Wind und Wetter gegerbtes Gesicht hatte, in Erinnerung an alte Zeiten, für einen Augenblick jugendliche Züge angenommen.

»Sagten Sie Bauchtänzerin?«, fragte Özakın verdutzt. »Was ist mit ihr?«

»Sie war Tanjas Vorgängerin. Tanja hat der Bauchtänzerin den Freund ausgespannt. Die tobte und hätte die Deutsche am liebsten umgebracht. Das war die von unserem Vertragshotel in Bodrum. Wie hieß sie nur, wie hieß sie nur?«, sinnierte der Kapitän. »Ich komm gleich drauf ... Alina oder so. Ne, Amira!«

Mustafa warf Özakın einen verschwörerischen Blick zu.

»Ich weiß noch, wie wir uns in der Lobby getroffen haben und sie fluchte: Diese Schlampe, bloß weil die Deutsche ein paar Jahre jünger sei und Geld habe, sei Emre abgesprungen. Mann, hat sie getobt.« Er grinste über beide Backen, und auch Mustafa konnte sich ein klitzekleines Lächeln nicht verkneifen.

Dass sie diesen Emre kennt, hat Amira gar nicht erzählt, dachte Özakın. Aber wer weiß, vielleicht hatte der Kapitän diese Geschichte nur erfunden, um von sich abzulenken.

»Im Alter werden die Frauen immer nachtragender. Ich kenn mich aus«, erklärte der Kapitän. »So, war's das?«, fragte er und wollte aufstehen.

»Nun mal langsam. Wir sind noch nicht fertig mit der Befragung«, sagte Özakın, der sich nicht drängeln lassen wollte.

Der Kapitän seufzte gelangweilt. »Jetzt haben Sie doch jemanden, der ein plausibles Motiv hat, Tanja umzubringen«, meinte er.

Özakın wurde langsam ungehalten, weil ihm diese Eifersuchtstheorie zu billig vorkam. »Wann haben Sie denn Tanja Sonntag zuletzt gesehen?«

»Vor drei, dreieinhalb Jahren ungefähr, als sie ihre Koffer packte und nach Istanbul umzog.«

»Und Sie sind sich später nie begegnet in Istanbul?«, fragte Mustafa.

Der Kapitän schüttelte den Kopf und packte seine Zigaretten in die Westentasche.

»Übrigens, was haben Sie mit Ihrem Schiff gemacht?«, wollte nun Özakın wissen.

»Hab ich verkauft«, antwortete der Kapitän nach kurzem Zögern, weil der Kommissar anscheinend einen wunden Punkt getroffen hatte.

Er schlurfte zur Vitrine hinüber und schnappte sich ein vergilbtes Foto.

»Hier, das ist sie, meine ›Balina‹. Das *war* sie, besser gesagt.«

Özakın und Mustafa warfen einen flüchtigen Blick darauf.

»Und wer hat das Schiff gekauft?«, fragte Özakın.

»Ein Fischer, der ins Touristikgeschäft einsteigen wollte«, erklärte der Kapitän etwas bedrückt.

»Und die Besatzung?«

»Die hat er auch übernommen. So, ich muss jetzt los«, sagte er und spähte nervös aus dem Fenster. Vermutlich wollte er sich vergewissern, ob die Touristenbusse schon angekommen waren. »Die Arbeit ruft«, meinte er schließlich.

»Wir sind auch fertig, aber ich weiß nicht, ob wir Sie nicht noch einmal vernehmen müssen«, bemerkte Özakın.

»Sie können mir nichts anhängen«, meinte der Kapitän mit rauchiger Stimme und strich sich über den Bart. »Kommen Sie wieder, wenn Sie mehr wissen.«

»Darauf können Sie sich verlassen«, sagte Mustafa.

»Der lügt doch wie gedruckt, oder?«, bemerkte Mustafa, während sie Richtung *otopark* liefen.

»Angeblich soll er ja Tanja Sonntag seit ihrer Rückkehr aus Bodrum nicht mehr gesehen haben. Junus sagte aber, er soll sie ein paar Mal in ihrer Wohnung besucht haben, und einmal, nach einem Streit, soll sie ihn hinauskomplimentiert haben. Was er wohl da zu suchen hatte?«

»Aber dieser Gigolo, dieser Emre, muss es auch faustdick hinter den Ohren haben. Wir müssen ihn finden, diesen Emre Kurtoğlu.«

»Falls er überhaupt noch lebt.«

»Wenn das stimmt, was dieser Suffkopf erzählt hat.«

»Könnte der Gigolo seine frühere Freundin erstochen haben?«

»Warum nicht?«

»Ich weiß nicht.«

»Na, überleg mal.«

»Wegen des Geldes?«

»Tanja soll ja auffällig viel Geld gehabt haben.«

»Angeblich geerbt.«

»Aber ich glaube, aus den Schmuggelgeschäften.«

»Da könnte so einiges zusammengekommen sein. Pro Flüchtling gibt es ein paar tausend Euro bar auf die Hand.«

»Dieser Amira trau ich aber auch einen Mord zu.«

Nachdem sie alle Eventualitäten durchgespielt hatten, atmete Özakın tief aus. Es war, als stünde er vor der Überwindung eines riesigen Bergs. Alles war noch verworrener und komplizierter geworden.

»Ich hasse diesen Job«, meinte er. »Ich hätte doch lieber einen Krämerladen aufmachen sollen. Da hätte ich meine Ruhe.«

Denn genau genommen hätte jeder die Tat begangen haben können. Eine in ihrer Ehre gekränkte Bauchtänzerin, ein liebestoller Nachbar, ein geld-

gieriger Reiseleiter oder auch ein verschuldeter
Kapitän, der gegen seine Bedeutungslosigkeit an-
kämpfte. In dieser verrückten Stadt war alles möglich.

14... Ihre Depressionen waren nicht zu ertragen. Es war schwer für Özakın, jemanden aufzumuntern, den er kaum kannte. Und es konnte kritisch werden, wenn man das Falsche sagte, in ein Fettnäpfchen trat, ein Tabu verletzte. Als Mann war man anders gestrickt, nicht so sensibel, zu grob für die Frauenseele. Also überließ er es seiner Frau, sich um die Seele ihrer Freundin zu kümmern. Sevim kannte sie länger, und sie hatte die nötigen seismografischen Antennen, Problembereiche zu umschiffen und das Erfreuliche in den Vordergrund zu rücken.

So auch an diesem Abend, als er nach der Arbeit nach Hause gekommen war und ihn beim Anblick seines Wohnzimmers fast der Schlag getroffen hatte. Sevims Freundin hatte die Möbel umgeräumt, die Bilder der Familie umgehängt, und seinen Schreibtisch suchte er auch vergeblich. Der stand sonst immer am Fenster, von wo aus er, vor allem abends, wenn er noch etwas zu tun hatte, einen herrlichen Blick auf die Lichter der Bosporusbrücke hatte. Zuerst hatte er Sevim in Verdacht, aber schon bald war ihm klar, dass sie so etwas Eigenmächtiges nie tun würde. Es konnte nur dieser Wirbelwind von Freundin gewesen sein, die sich anscheinend langweilte, während das Ehepaar Özakın im Schweiße seines Angesichts seiner Arbeit nachging.

Sie hatte doch tatsächlich das Möbelstück kurzerhand in den kleinen Flur verbannt, weil es ihrer Ansicht nach im Wohnzimmer nichts zu suchen hatte. Er wunderte sich, wie sie das schwere Stück überhaupt wegschaffen konnte, und hielt Ausschau nach irgendwelchen Schleifspuren auf dem Parkett. Es war auch nicht auszuschließen, dass sie den Nachbarn um Hilfe gebeten hatte, ausgerechnet den, mit dem er sich öfters wegen der Erschütterungen durch den Boxsack gestritten hatte.

Özakın zog es vor zu schweigen, und auch seine Frau machte ihrer Freundin keine Vorwürfe. Hierzulande fasste man Gäste mit Glacéhandschuhen an und ging möglichst jedem Streit aus dem Weg.

Das Problem wird sich hoffentlich von alleine lösen, dachte er schließlich. Bald wird Nur eine Wohnung gefunden haben, und dann würden sie die Möbel wieder an die alte Stelle schieben.

»Was hast du heute so gemacht?«, fragte Sevim ihre Freundin, als sie gemeinsam vor dem Fernseher saßen. »Ich meine, nachdem du unserer Wohnung einen innenarchitektonischen Schliff verpasst hast?«

Die Abendnachrichten liefen, und Nur antwortete nur beiläufig: »Hat sich doch gelohnt, nicht?«

Sevim war jetzt anzusehen, dass sie sich sehr zusammenreißen musste.

»Und sonst? Was hab ich noch getan?«, überlegte Nur. »Fernsehen geschaut, eingekauft und gekocht.

Die Wohnungsanzeigen durchgelesen, aber es war rein gar nichts im Angebot.«

Ihre Passivität in Sachen Wohnungssuche fanden Özakın und Sevim ein bisschen sonderbar, wollten aber nicht nachfragen.

»Die Vorspeise ist schon fertig«, wechselte Nur das Thema und zeigte in Richtung Küche. »Gefüllte Artischocken in Olivenöl.«

Özakın war gespannt darauf, wie sie die zubereitet hatte. Denn wenn die Artischockenböden nicht in Zitronensaft eingelegt wurden, konnten sie schnell eine unappetitliche, dunkle Farbe annehmen. Außerdem mussten sie ordentlich zurechtgeschnitten, die harten Blätter außen herum entfernt und das Heu in der Mitte, am besten mit einem Esslöffel, herausgeschabt werden.

»Was hast du für die Füllung genommen?«, fragte Özakın neugierig, auch, um die gedrückte Stimmung zu überspielen.

»Das Übliche. Reis, Zwiebeln, eine Tomate, Pinienkerne, Korinthen, Petersilie, Dill und Minze. Alles in reichlich Olivenöl angedünstet.«

»Die Zwiebeln kannst du auch reiben. Das schmeckt noch besser«, bemerkte Özakın.

Jetzt strahlte sie ihn an und meinte: »Find ich auch.«

»Neben Pfeffer und Salz würze ich die Füllung auch mit einer Prise Zimt«, fiel Özakın noch ein.

»Aber nicht zu viel und dann ab in den Backofen mit den gefüllten Artischocken. Übrigens, ich hab für dich eine neue Pfanne. Die kannst du ohne Weiteres in den Backofen schieben, ohne dass der Stiel verschmort. Ich hoffe ja, du bist mir nicht mehr böse wegen der alten Pfanne.«

»So etwas kann doch jedem passieren. Nicht der Rede wert«, log Özakın, während seine Frau die Augenbrauen hob, weil sie das Süßholzraspeln durchschaut hatte.

Nur verstand es vorzüglich, ihren Mann um den Finger zu wickeln. Und Özakın hatte jemanden gefunden, bei dem er mit seinen raffinierten Rezeptvorschlägen punkten konnte.

»Die Pfanne war doch bestimmt teuer«, meinte Sevim.

»Das kann man wohl sagen«, erwiderte Nur. »Und ich hab ein ganzes Set davon. Bestes Edelstahl, für Backofen und Spülmaschinen geeignet, kratz- und scheuerfest.« Sie wartete eine Weile, bevor sie weitersprach. »Und jetzt haltet euch fest – auch noch alles umsonst.«

Das Ehepaar schaute sich erstaunt an.

»Ich hab nämlich beim *Liederkarussell* mitgemacht und gewonnen«, triumphierte sie.

»Bei was?«, fragte Özakın.

»Das ist eine Sendung«, klärte ihn Sevim auf.

»Die Moderatorin dreht an einem Rad mit Interpretennamen, und je nachdem, wo es stehen bleibt, können die Zuschauer anrufen und ein Lied aus dem Repertoire dieses Sängers vortragen«, erzählte sie stolz und stand auf, um ihren Gewinn zu holen.

Sie sieht gar nicht aus, als hätte sie viel mit Pfannen oder irgendwelchen Küchenutensilien am Hut, dachte Özakın. Und wie sie wieder gekleidet war! Frauen mit Speck an den Hüften sollten doch lieber keine engen Hüfthosen tragen.

»Ich wusste gar nicht, dass du so gut singen kannst«, meinte Sevim, als sie wieder zurück war und ihnen ihre drei Pfannen präsentierte.

»Das ist noch gar nichts. Es gibt einen fünffach regulierbaren Turbo-Staubsauger, einen Messerblock mit Messern aus einem Guss, einen Pürierstab für Soßen und Suppen und einen zusammenklappbaren Heimtrainer gegen abgeschlaffte Muskeln zu gewinnen«, zählte sie auf und musterte dabei Özakın, der jetzt versuchte seinen Bauch einzuziehen.

»Und jetzt geht's in die Küche, den Hauptgang zubereiten. Ihr könnt ein bisschen entspannen. Das ist das Mindeste, was ich euch zurückgeben kann«, meinte sie schon viel gelöster. Während sie hinausstolzierte, wackelten ihre Pobacken hin und her, wie bei einem Schiff auf hoher See.

Die beiden blickten ihr kopfschüttelnd hinterher. Özakın amüsierte sich über Sevims komische Freundin. Trotzdem war es ihm gar nicht recht, dass sie alles in Beschlag nahm. Vor allem sein Allerheiligstes, seine heiß geliebte Küche, wo er am besten abschalten konnte und wo ihm immer die besten Ideen kamen für die Lösung seiner Fälle.

Jetzt saß er auf dem Sofa wie auf heißen Kohlen und musste mit seiner Frau fernsehen, während Nur das Hackfleisch, halb Rind, halb Lamm, knetete, mit Salz, Pfeffer, Kreuzkümmel und Knoblauch würzte, um aus der Masse kleine Buletten zu formen. Dann waren die Auberginen an der Reihe. Nur schnitt sie in kleine Würfel und steckte sie mit dem Fleisch abwechselnd auf Spieße. Darauf kamen auch die klein geschnittenen Tomaten und grüne Peperoni. Alles wurde mit Öl eingepinselt und von jeder Seite gegrillt. Nach einer Weile strich sie mit einem Stück Fladenbrot Fleisch und Gemüse von den Spießen und ließ das Ganze zugedeckt auf einer Servierplatte noch fünf bis zehn Minuten ruhen.

»Singen und Kochen, das ist wohl das Einzige, was ich wirklich kann«, sprach Nur, nachdem sie die gefüllten Artischocken in Olivenöl und den Auberginen-Kebap auf den Tisch gestellt hatte.

»Oh, das riecht aber fein«, lobte sie Sevim. »Du solltest vielleicht ein Restaurant eröffnen. Dann könntest du zu vorgerückter Stunde deine Gäste mit ein paar Liedern unterhalten.«

»Stimmt. Ich muss langsam an meine Zukunft denken«, sagte sie nachdenklich und verteilte die Vorspeise auf den bereitstehenden Tellern.

»Heiraten sollte ich vor allem. Aber wo soll man in dieser Stadt jemanden kennenlernen? Beim Bäcker, beim Metzger oder beim Schuhmacher?«

Die Gastgeber schauten betreten drein. Özakın fürchtete, dass sie wieder losheulen würde.

»*Eline sağlik*«, sagte Özakın.

»*Afiyet olsun*. Lasst es euch schmecken. Würde mich nicht wundern, wenn ich den bösen Blick hätte«, stellte Nur nach einer Weile fest.

»Wie kommst du denn da drauf?«, fragte Sevim

erstaunt, während sie von der pikanten Füllung kostete. »Woher weißt du das?«

»Ich weiß es eben.«

Özakın und seine Frau wechselten einen vielsagenden Blick miteinander, nach dem Motto: Oje, hoffentlich endet das nicht tragisch.

»Na gut, ihr lacht mich aber nicht aus. Ich war bei einem *hoca,* einem Wahrsager, und zwar dem berühmtesten in Istanbul. Der hat das festgestellt.«

»Wie kann man denn so etwas feststellen?«, wunderte sich Özakın und streute ein wenig Pfeffer über die Artischocken. »Gibt es dafür inzwischen ein Gerät, von dem ich noch nie etwas gehört habe?«

»Mach dich ruhig lustig über mich«, sagte Nur etwas beleidigt.

»Und ich dachte immer, Akademikerinnen seien immun gegen diesen Hokuspokus«, sprach Özakın weiter und brach sich eine Kante Fladenbrot ab.

»Was soll ich denn tun?«, fragte Nur. »Ihr seht doch, dass nichts mehr in meinem Leben klappt.«

Jetzt wollte Sevim alles über den *hoca* wissen. »Und wer hat dir den bösen Blick verpasst? Hat der *hoca* schon einen Verdacht?«

»Er forscht noch nach. Aber er ist dem Rätsel auf der Spur. Angeblich ist es jemand aus meinem Bekanntenkreis.«

Sevim zuckte zusammen. »Er hat doch hoffentlich nicht uns in Verdacht!«

Özakın lachte.

»Euch doch nicht! Es muss jemand sein, hat er

gesagt, der mir mein Glück nicht gönnt. Er meinte, das nächste Mal sollte ich ein Bild von demjenigen mitbringen, den ich verdächtige.«

»Wer könnte das nur sein?«, wunderte sich Özakın und grinste in sich hinein. »Wir werden dir natürlich behilflich sein, den Übeltäter zu finden.«

Nur lächelte gequält. »Das Wartezimmer war voll, sag ich euch. Der *hoca* erzählte mir, dass ihm sogar berühmte Fußballer und Stars die Bude einrennen würden, weil sie wissen wollten, wie es mit ihrer Karriere weiterginge. Ich soll froh sein, sagte er, dass ich überhaupt so schnell einen Termin bei ihm bekommen habe.«

»Die Warteliste ist bestimmt sehr lang«, spottete Özakın. »Nach welchem Prinzip arbeitet er denn?«

»Er hat seine Geister, die mit ihm sprechen«, antwortete Nur todernst.

»Er befragt Geister? Alle Achtung! Da überlässt der Mann die ganze Arbeit den Geistern und kassiert das Geld.«

»Wie teuer war's denn?«, fragte Sevim, während sie sich das Auberginen-Kebap auf den Teller hievte.

»Fünfzig Euro«, antwortete Nur.

Sevim war entsetzt. »Bist du wahnsinnig? Bezahlst ein Vermögen für so einen Quatsch!«

»Lass doch«, sagte Özakın. »Du weißt, wie abergläubisch unsere Leute sind. Aber sei vorsichtig«, warnte er Nur, »dass dir der Typ nichts einredet. Wir hatten mal so einen Fall, da hatte ein Quacksalber einer Frau eingeredet, ihre Schwester hätte ihrem Ehemann einen Zauber verpasst, damit er sich von ihr abwendet und die Schwester heiratet. Da hat die Frau ihre eigene Schwester umgebracht.«

»Das ist doch Anstiftung zum Mord«, meinte Sevim.

»Den *hoca* konnten wir leider nicht belangen. Der berief sich auf seine Geister, die ihm das berichtet hätten, und die konnten wir ja schlecht festnehmen«, erzählte Özakın weiter.

»Unsere Leute sind sehr naiv und äußerst schnell erregbar«, stellte Sevim fest. »Sie glauben alles, was man ihnen sagt.«

»Anscheinend kann einer mit angeblich übersinnlichen Kräften bei uns mehr Eindruck schinden als ein promovierter Arzt. Ja, ja, diese selbst ernannten Propheten«, sagte Özakın.

»Wo wohnt denn dieser Typ?«, wollte nun seine Frau wissen, und Özakın starrte sie verwundert von der Seite an. Sie wollte doch nicht etwa auch den *hoca* aufsuchen. Diese Frauen! Wenn sie nicht gerade bei irgendwelchen Kummerkastentanten oder Psychologen Rat suchten, dann gingen sie zu Wahrsagern. Blitzgescheite Frauen mit Beruf ebenso wie einfache Frauen vom Land.

»Und kommt ihr voran mit eurem neuen Fall?«, fragte Sevim nach einer Weile ihren Mann.

Özakın nippte an seinem Weinglas und nickte zufrieden mit dem Kopf, weil das Tröpfchen ihn nicht enttäuscht hatte. Dann antwortete er: »Nur so viel. Lasst uns beten, dass die Tat eine banale Beziehungstat war und kein ausländer – oder gar frauenfeindlicher Akt. Ihr wisst, bei Ausländern schaut man uns besonders kritisch auf die Finger.«

»So ein Unsinn«, sagte Nur, während sie sich noch ein bisschen von den Artischocken nahm. »Natürlich war das eine Beziehungstat. Ich als Mathematikerin kann doch eins und eins zusammenzählen.«

»Nur hat recht«, stimmte ihr Sevim zu. »Eifersucht ist meistens die treibende Kraft.«

»Ihr seid mir ja die richtigen Hobbydetektive«, meinte Özakın amüsiert.

»War die Deutsche verliebt, verlobt, verheiratet?«, fragte Nur und goss sich Wein nach.

»Früher muss sie mal einen Freund gehabt haben, aber der soll ertrunken sein«, antwortete Özakın, während die beiden Frauen erstaunt dreinblickten.

»Und gab es einen aktuellen Liebhaber?«, fragte Nur.

»Junus«, murmelte Özakın etwas abwesend.

»Was hat denn dein alter Freund mit der Deutschen zu tun?«, erkundigte sich seine Frau, nachdem sie diesen Wortfetzen aufgeschnappt hatte.

»Alter Freund«, diese Formulierung missfiel Özakın, aber er wollte sich nicht wieder aufregen.

»Der ist bestimmt verheiratet. Und macht mit 'ner anderen rum. Typisch«, sagte Nur schnippisch und trank mit einem Schwung ihr Weinglas leer.

»Das stimmt allerdings. Und mir wollte er noch weismachen, er habe nur ihre Katze gefüttert«, bemerkte Özakın schmunzelnd. Die Frauen wechselten schon vielsagende Blicke miteinander, bevor sie in Gelächter ausbrachen.

»Klar, dass sie was miteinander hatten«, brachte es Nur auf den Nenner. Sie goss sich erneut Wein nach und prostete den beiden anderen zu. »Und was ist mit seiner Frau?«, fragte sie dann verschwörerisch, als wäre sie einem großen Geheimnis auf der Spur.

»Übrigens 'ne stinkreiche Tante«, meinte Sevim. »Ihrem Vater gehört eine Firma für Automobilzubehör.«

»Der diskrete Charme der Bourgeoisie. In diesen Kreisen geht's deftiger zu, als wir es erahnen können«, meinte Nur beschwingt. »Zeig mir mal einen Mann in diesem Milieu, der keine Geliebte hat.«

Die Arme, dachte Sevim. Sie ist ja total überdreht. Ist wohl alles zu viel für sie in letzter Zeit.

Özakın fürchtete, Nurs Männerhass könnte mit ihr durchgehen. Aber ihn schien sie wohl sympathisch zu finden.

»Vielleicht ist ja die Ehefrau dem Treiben ihres Mannes auf die Spur gekommen, und dann hat sie die Deutsche …« Nur machte eine Handbewegung an ihrem Hals entlang.

»Also, Kinder«, schloss nun Özakın kopfschüttelnd das Thema ab. »Ich muss den Fall ganz alleine lösen. Da führt kein Weg dran vorbei. Das alles bleibt natürlich unter uns. Nicht, dass ihr das in der Schule herausposaunt.«

»Ich bin sowieso krankgeschrieben«, sagte Nur kleinlaut, und ihr Anblick machte die Gastgeber betroffen.

Nachdem sie zu Ende gegessen hatten und Özakin alleine mit einer Zigarette auf dem Balkon thronte, hatte sich erneut die Arbeit wie eine schwere Last auf ihn gelegt und schien ihn zu erdrücken. Er drehte und wendete die Geschichte, überdachte die Situation von Tanja Sonntag aufs Neue, versuchte sich in sie hineinzuversetzen. Kannten sich Opfer und Täter? War der Mörder ein Freund, ein Bekannter oder ein Fremder, der sie unter einem Vorwand in die Zisterne gelockt hatte? Kam es zum Streit? Was wollte er von ihr? So weit, so gut, dachte er, während er den blauen Dunst in die Dunkelheit hinausblies. Wir haben noch nicht viel in der Hand.

Es war ein kurzweiliger Abend gewesen. Das muss man Sevims Freundin lassen, dachte Özakın. Der Kebap und die Artischocken hatten vorzüglich geschmeckt. Vielleicht hätte die Füllung eine klitzekleine Prise mehr Zimt vertragen, das hätte das Geschmackserlebnis noch optimiert.

15 … Den ganzen Tag hatten Özakın und Mustafa mit Recherchen verbracht. Sie hatten so viel zu tun, dass Mustafa sogar vergessen hatte, die Anwaltsgehilfin im gegenüberliegenden Gebäude, auf die er ein Auge geworfen hatte, zu beobachten. Frau Penibel nannte er sie, weil sie immer so akkurat und ordentlich war. Jeder Arbeitsgriff saß perfekt, als gelte es dafür einen Preis als Mitarbeiterin des Jahres zu bekommen. Ihr Schreibtisch war wie geleckt, Schreibutensilien, Locher, Papier oder Sonstiges, lagen ordentlich aufgereiht. Ob sie damit ihrem Chef, dem Anwalt, imponieren wollte? Der schien sie ja gar nicht zu bemerken. An ihrer Gestik und der Mimik konnte Mustafa sogar erkennen, wie sie gelaunt war. Er hatte auch herausgefunden, dass sie mit ihrer verwitweten Mutter zusammenlebte, und wie es aussah, war sie noch auf der Suche nach ihrem Traumprinzen. Heute jedoch war wegen der vielen Arbeit kaum Zeit für seine Spionagetätigkeit gewesen.

»Übrigens, der Restaurantbesitzer, der Cousin von Kapitän Jusufs Frau, wollte sich nicht daran erinnern, dass der Kapitän zur fraglichen Zeit in seinem Restaurant gearbeitet hat«, sagte Mustafa zu Özakın.

»Der eigene Verwandte«, wunderte sich Özakın. Normalerweise hielt man innerhalb der Familie wie Pech und Schwefel zusammen, deckte sich, wenn erforderlich. »Also hat er kein Alibi!«

»Und noch etwas«, sagte Mustafa. »Ich hab Junus' Aussage überprüft. Es scheint zu stimmen, was ihm Tanja Sonntag erzählt hat. Der Kapitän hat die Deutsche tatsächlich in ihrer Wohnung besucht. Von wegen, er habe sie in Istanbul nicht mehr getroffen. Ein Gemüsehändler in der Nähe ihrer Wohnung hat ausgesagt, dass sich bei ihm ein älterer Mann mit grau meliertem Bart und nikotinverfärbten Zähnen nach der Wohnung der Deutschen erkundigt habe.«

»Dieser Schlaumeier«, rief Özakın wütend aus.

»Ich ruf ihn jetzt mal an«, schäumte auch Mustafa. »Übrigens, meine Vermutung war richtig. Er ist hoch verschuldet. Spielschulden. Deswegen musste er auch sein Schiff verkaufen. Und noch etwas: Der Typ ist vorbestraft – wegen Totschlags.«

»Sieh mal einer an«, staunte Özakın.

»Bin gespannt, welche Märchen er uns jetzt erzählt«, sagte Mustafa und griff zum Telefon.

Nach zweimaligem Klingeln war die tiefe, rauchgeschwängerte Stimme des Kapitäns zu vernehmen.

»Kripo Istanbul, Mustafa Tombul. Wir haben Neuigkeiten für Sie«, sagte er streng. »Neuigkeiten, die Sie nicht gerade begeistern werden. Ihr Verwandter konnte Ihr Alibi nicht bestätigen. Was sagen Sie nun?«

Dem Kapitän schien es die Sprache verschlagen zu haben. Nachdem er sich gesammelt hatte, herrschte er Mustafa an: »Dieser Dreckskerl, dieser Hurensohn. Will mich da reinreiten, ich hab's geahnt. Der kann was erleben«, bellte er in den Telefonhörer hinein.

»Tun Sie nichts Unüberlegtes«, entgegnete Mustafa. »Oder wollen Sie wieder in den Knast wandern? Vorbestraft sind Sie ja bereits wegen gefährlicher Körperverletzung mit einem Messer.«

»Pah, dass ich nicht lache. Ich hab meine zwei Jahre abgesessen. Außerdem hat mich der Typ zuerst angegriffen«, stammelte der Kapitän.

»Merken Sie nicht, dass Ihr Lügengebäude allmählich Risse bekommt?«, fragte Mustafa. »Außerdem können einige Personen bezeugen, dass Sie die Deutsche besucht haben.«

Eine Weile war kein Ton mehr zu hören. »Sie sollen sie massiv bedroht haben und wollten anscheinend wiederkommen«, fuhr Mustafa fort. »Was wollten Sie denn von ihr? Na los, gestehen Sie endlich, bevor es zu spät ist«, bedrängte er ihn.

Die Drohung schien zu wirken, denn der Kapitän schlug nun einen ganz anderen Ton an. »Also gut, ich war dort«, lenkte er ein und ergänzte: »Ich wusste weder aus noch ein, brauchte Geld. Und sie hatte so einiges gebunkert. Sie wissen schon, aus den Schmuggelgeschäften. Ich hab schließlich immer den Mund gehalten, hab sie und ihren Freund nicht verpfiffen. Wäre doch nur gerecht gewesen, wenn sie mir ein paar Tausender davon abgegeben hätte. Aber denkste, die Tussi raste und meinte, was mir denn einfiele …«

»Das muss Sie doch sehr in Ihrer Ehre gekränkt haben«, sagte Mustafa, weil er wusste, wie diese alten Haudegen tickten. »Und dann haben Sie es ihr gegeben.«

»Verdient hätte sie es ja, das Miststück, aber ich war's nicht. Wollte nur ein paar Tausender, was ist das schon?«, stellte er enttäuscht fest. »Da hätte ich einen Teil meiner Schulden abbezahlen können. Aber anscheinend darf man von niemandem mehr Mitgefühl erwarten.«

Mustafa ging erst gar nicht darauf ein und meinte stattdessen: »Das ist Ihre Sicht der Dinge, aber vielleicht war's ja auch ganz anders, und solange Sie niemand entlasten kann, gelten Sie als verdächtig.«

»Dass ich nicht lache. Wo sind denn Ihre Beweise, wo sind die Zeugen für den Mord?«, brüllte er und legte wütend den Hörer auf.

»Der kläfft wie ein Kettenhund, aber das wird ihm nichts nutzen. Der wird jetzt vor Frust gleich 'ne Rakıflasche köpfen«, höhnte Mustafa.

Özakın aber wirkte nachdenklich, denn bis jetzt wussten sie noch gar nicht genau, was vor über drei Jahren auf diesem Schiff passiert war. Wer in welcher Form an den illegalen Geschäften beteiligt gewesen war und vor allem, ob das etwas mit Tanja Sonntags Tod zu tun hatte.

»Der Hafenpolizei in Bodrum war die ›Balina‹ durchaus ein Begriff«, sagte schließlich Mustafa.

»Kapitän Jusufs Schiff?«

»Nach Auskunft der zuständigen Polizei hat es gerade in dem Zeitraum, als der Kapitän dort sein

Schiff hatte, diverse Fälle von Menschenschmuggel gegeben. Alles just zu einer Zeit, als eine Umbesetzung des Polizeichefpostens anstand. Da herrscht erfahrungsgemäß erst mal Stillstand bei den Behörden, da reißt sich keiner ein Bein aus. Das haben die Schlepper irgendwie spitzbekommen«, erzählte Mustafa.

»Wie *die* das wieder mitbekommen haben?«, fragte Özakın ironisch.

»Tja, irgendwo muss wohl eine undichte Stelle gewesen sein. Jedenfalls wähnten sich die Menschenschmuggler in Sicherheit. Dennoch geriet auch die ›Balina‹ ins Visier der Hafenpolizei. Doch nachweisen konnte man dem Schiffspersonal nie etwas, so erzählte es der Beamte. Schließlich sei man auch unterbesetzt gewesen und hätte schlecht jedem kleinen Hinweis nachgehen können. Außerdem sei die Gegend um Bodrum schwer kontrollierbar«, sprach Mustafa weiter.

»Schon eine Schande, dass die Schleuser ihr Katz-und-Maus-Spiel mit der Polizei treiben können«, stellte Özakın bitter fest.

»Das übliche Spiel eben. Die verdächtigen Schiffe gehen in Reichweite zum Festland vor Anker, warten darauf, dass die Luft rein ist. Ein Signal mit einem Funkgerät oder ein Anruf vom Handy, schon werden die Flüchtlinge in einer Nacht-und-Nebel-Aktion mit kleinen Booten an Bord gebracht. Die Schlepperbanden sind inzwischen so perfekt organisiert, die lachen nur, wenn ihnen jemand in die Quere kommt.«

»Das geht doch nur, weil es unter den Beamten schwarze Schafe gibt, die gerne einmal beide Augen zudrücken.«

»Ja, darüber haben wir auch geredet, von Kollege zu Kollege sozusagen. Er hatte sogar irgendwie Verständnis für seine Kollegen. Bei ihrem lächerlichen Gehalt sei es ihnen nicht zu verdenken, sagte er. Auch wir wüssten schließlich, dass die Leute hier für Geld alles tun würden.«

»Lächerliches Gehalt«, höhnte Özakın. »Was sollen *wir* denn sagen? Wenn ich ordentlich verdienen würde, müsste ich nicht mehr zur Miete wohnen und meinen schrecklichen Nachbarn ertragen.«

»Also ab zur Umschulung nach Bodrum«, sagte Mustafa und grinste. »Dort warten ungeahnte Verdienstmöglichkeiten auf uns. Übrigens, bei der Gelegenheit hab ich auch den neuen Besitzer der ›Balina‹ ausfindig gemacht«, sagte Mustafa voller Elan. »Er hat unseren verdächtigen Kapitän kaum kennengelernt, weswegen ich mich gleich nach der Besatzung des Schiffes erkundigt habe. Zwei Schiffsjungen und ein Bootsmann. Der eine hat wohl an Bord eine französische Touristin kennengelernt und ist mit ihr in ihre Heimat gezogen. Der andere ist, nach einer Schlägerei unter Alkoholeinfluss, in irgendeinem Hafen tödlich verunglückt.«

»Und der dritte, lass mich raten, ist gerade auf Weltreise.«

Mustafa winkte ab. »Nein, der arbeitet hier in Istanbul. Vielleicht kann *er* uns ja Genaueres über die Ereignisse an Bord des Schmuggelschiffes erzählen.«

»Und auch über die Beziehung des Kapitäns zu Tanja Sonntag. Vielleicht hat er mitbekommen, ob und wie die beiden sich gestritten haben«, ergänzte Özakın.

»Mustafa schaute auf die Uhr und meinte: »Eigentlich wartet meine Mutter mit dem Essen auf mich, aber jetzt schlägt das Universum zurück.« Sein Kollege schaute ihn verwundert an.

»Wie wäre es, wenn wir zur Umfeldabklärung diesem früheren Bootsmann spontan auf den Zahn fühlen? Er arbeitet übrigens in einem Teehaus in Karagümrük. Und wenn er bezeugen kann, was wir längst vermuten, dann ist der Kapitän dran«, sagte Mustafa. »Dann schnappen wir uns diesen Rambo.«

Özakın hatte nichts dagegen einzuwenden, einen weiteren Zeugen ausfindig zu machen. Denn schließlich war die Beweislage dürftig, und sie mussten in verschiedene Richtungen ermitteln.

16... Karagümrük war einer der versifftesten und übelsten Stadtteile überhaupt, ein Sumpf, wo man abends am besten nicht hinging. Es stank nach verwesendem Müll, und auf der staubigen Straße, übersät mit Schlaglöchern, streunten verwilderte, zottelige Hunde auf der Suche nach Essensresten in den überquellenden Mülltonnen.

Özakın und Mustafa wollten möglichst unauffällig agieren, weswegen sie beide keine Waffe einsteckten. Nur kein Aufsehen erregen, falls das überhaupt möglich war. In diesem Viertel kannte jeder jeden, die Menschen waren aufeinander angewiesen, nachdem das Schicksal sie aus dem Südosten des Landes oder von noch weiter her, aus Pakistan, dem Irak, Bangladesch oder Afghanistan, hierher verschlagen und zusammengeschweißt hatte.

Sie kamen an einem schmuddelig wirkenden Imbiss vorbei, mit dem sich ein armer Schlucker vom Land eine Existenz aufgebaut hatte. Özakın warf einen Blick durchs Fenster, und es war nicht zu übersehen, dass er sich ekelte.

»Du mit deinem verwöhnten Gaumen würdest hier sicherlich keinen Bissen runterkriegen«, sagte Mustafa und lächelte.

Özakın holte sich eine Zigarette aus der Schachtel

und schlug vor: »Lass uns die Sache schnell hinter uns bringen, dann lad ich dich auf der anderen Seite des Goldenen Horns zu einem exquisiten Mahl ein.«

»*Inşallah*«, sagte Mustafa und deutete durch die Scheibe auf zwei Männer, die, vor sich einen Plastikteller mit hoch aufgetürmten Weißbrotscheiben, Suppe schlürften und wie prototypische Arbeiter aussahen.

»Den Leuten scheint es zu schmecken. Viel Weißbrot dazu, das sättigt«, stellte er fest. »Schau mal«, meinte er dann und machte mit dem Kopf eine Bewegung in Richtung einer langen Gasse, die den Hügel hinaufführte.

»Bei Einbruch der Dunkelheit wagen sie sich aus ihren Löchern, die Illegalen. Nur nicht auffallen und nicht der Polizei ins Netz gehen.«

Özakın wandte sich nach rechts und sah, wie sich dort ein paar Dutzend dunkelhäutige Männer in Grüppchen zu einem Plausch vor den Eingängen ihrer Behausungen, Keller oder verlassene Fabrikhallen, versammelt hatten. Arme Schweine, dachte er. Tausende Kilometer entfernt von der Heimat arbeiteten sie als Kulis, sparten jede Lira für die Flucht in die EU und warteten darauf, dass der Schlepper ihnen die Nachricht überbrachte, es ginge los.

Bald darauf waren Özakın und Mustafa am Teehaus, dem Arbeitsplatz des früheren Bootsmanns, angekommen. Als sie eintraten, schlug ihnen dicker Zigarettenqualm entgegen. Die Männer des Viertels blickten nicht einmal auf, als die beiden am Fenster

Platz nahmen. In einer Art Kochnische brodelte das Teewasser, und unter der Decke hing ein Fernseher, anscheinend mehr als Geräuschkulisse. Keinen der Männer schien das Programm sonderlich zu interessieren, sie waren in ihr Okey-Spiel vertieft.

Aus dem Augenwinkel heraus bemerkte Özakın, wie der Mann am Gaskocher und der Teejunge die Köpfe zusammensteckten, als berieten sie darüber, wer die Fremden sein könnten.

Özakın zündete sich eine Zigarette an, als der Teejunge auf sie zutrat und fragte: »*Çay, abi?*«

Özakın nickte und wollte wissen, ob er Ali sei.

Der Teejunge schüttelte den Kopf und schnappte sich die überquellenden Aschenbecher, um sie zu leeren. »Ich frag mal bei ihm nach, ob Ali noch vorbeikommt«, sagte er dann und deutete in die Kochnische, wo sein Kollege stand.

Nach einer Weile kam er mit zwei Gläsern Tee zurück. Sein Kollege begleitete ihn.

»Und?«, fragte Mustafa. »Ist er nun da?«

»Bedaure, *abi*«, meinte der Mann aus der Kochnische. »Der hat heute noch einen anderen Job.«

»Was ist denn das für ein Job?«, fragte Mustafa neugierig. »Handlangerdienste im Milieu?« Der Polizist schien mit ihm durchzugehen.

Der Mann blickte ihn abschätzig an und erwiderte zögernd: »So genau weiß ich das nicht. Heute jedenfalls hat er sich hier noch nicht blicken lassen.«

»Wir rufen mal einen Bekannten an. Vielleicht weiß der ja was«, beschloss der Teejunge und verschwand. Sein Kollege folgte ihm.

Wenige Minuten später sah man sie auf die Straße hinaustreten, um zu telefonieren.

»Mein Gott, wie misstrauisch diese Typen sind. Am liebsten würde ich denen eine Waffe ins Kreuz halten und sie zur Aussage zwingen«, wütete Mustafa, während Özakın und er Tee schlürften und warteten.

Özakın paffte vor sich hin und sagte: »Mit Gewalt kriegst du aus denen erst recht nichts heraus.«

Bald darauf standen die beiden Männer wieder vor ihnen, und der eine meinte: »Ali könnte heute im Anamur Otel sein. Der Mann an der Rezeption ist sein Freund. Er hilft Ihnen bestimmt weiter. Hier links, den Hügel hoch und gleich die erste Gasse rechts. Da hängt er oft herum«, erklärte er überfreundlich und schritt, nachdem Özakın und Mustafa bezahlt hatten, mit den beiden vor die Tür, um ihnen gestenreich den Weg zu dem Hotel zu beschreiben.

Ein richtiges Hotel sieht anders aus, dachte Özakın. Der Putz war abgebröckelt, auf den Balkonen des dreistöckigen, schmalen Gebäudes stapelte sich Sperrmüll. Vergilbte, dicke Vorhänge hingen im Eingang, auf einem vor Schmutz starrenden Läufer schritten sie in Richtung Rezeption. In einer Ecke döste auf einer dreckigen Couch ein Schwarzafrikaner. Als er die beiden erblickte, schreckte er hoch.

»Was kann ich für Sie tun?«, fragte ein Mann mittleren Alters im fleckigen Anzug und Pomade im Haar, der hinter der Rezeption stand.

»Wir suchen Ali. Sie wissen schon, der junge Mann, der sonst dort unten im Teehaus arbeitet.«

»Und was wollen Sie von ihm?«, fragte er misstrauisch.

Inzwischen war ein anderer Bursche hinzugekommen, so um die zwanzig. Zwischen seinen von Nikotin gefärbten Fingern steckte eine Zigarette.

»Er hat früher einmal als Bootsmann gearbeitet. Vor über drei Jahren etwa«, antwortete Mustafa und räusperte sich. »Wir brauchen ihn quasi als Zeugen«, deutete er an.

»Mit Schiffen kennt er sich aus«, stellte der Mann an der Rezeption süffisant fest und begann nervös mit der Gebetskette zu schnippen.

»Heute hab ich ihn aber noch nicht gesehen. Der könnte zu Hause sein«, sagte er und wandte sich an den jungen Mann, der bisher nur zugehört hatte.

»Sei doch so nett und begleite die Herren. Wir sind gerne behilflich, wenn jemand Ali einen Besuch abstatten will. Alis Freunde sind auch unsere Freunde«, redete er auf ihn ein.

Özakın überlegte gerade, ob sie dieses Angebot annehmen sollten, da klingelte sein Handy.

»Ist nicht weit«, sprach der Mann an der Rezeption weiter und schob den noch zaudernden Mustafa zur Türe hinaus, während Özakın mit seiner Frau zu sprechen schien. Sein Gesicht hatte einen erschrockenen Ausdruck angenommen.

»Was hat deine fürchterliche Freundin wieder angestellt? Das gibt's doch nicht«, hörte ihn Mustafa ins Handy brüllen.

Währenddessen waren Mustafa und sein Begleiter ein Stück die Straße entlanggelaufen.

»Hier muss es sein, hier wohnt er«, sprach der junge Mann salbungsvoll, als sie in eine stockfinstere Gasse einbogen.

Mustafa drehte sich nach Özakın um, um zu sehen, ob er schon nachgekommen war, da tauchten aber wie aus dem Nichts zwei Maskierte auf, die sich auf ihn stürzten und anfingen, ihn mit Fäusten und Füßen zu bearbeiten, sodass er laut krachend auf einen Stapel Obstkisten fiel.

»Ihr Dreckskerle, das werdet ihr bereuen«, schrie er, was die Männer nicht sonderlich beeindruckte.

Der eine rammte ihm die Faust in die Magengrube, während der andere ihm brutal mit den Füßen ins Gesicht trat. »Hier, eine kleine Abreibung, damit ihr nicht weiter herumschnüffelt.«

Zwei gegen einen. Da war nichts zu machen. Mustafas Begleiter aus dem Hotel war getürmt und hatte ihn seinem Schicksal überlassen. Natürlich, nachdem er ihn in die Falle gelockt hatte. Na super, die Waffe hab ich auch nicht dabei, dachte er, als er plötzlich Schritte nahen hörte.

Özakın stand hinter den beiden Angreifern. »Lasst den Mann sofort los, sonst breche ich euch alle Knochen«, rief er wütend. Er packte den einen, der gerade auf Mustafa eindrosch, mit einem Ringergriff am Hals und an der Schulter und schleuderte ihn auf das Straßenpflaster, dann setzte er sich ihm auf den Brustkorb, um ihn in die Zange zu nehmen. Überrascht von den Attacken, hatte der andere von Mustafa abgelassen und war herbeigeeilt.

Özakın trat ihm mit einem Ausfallschritt in die Genitalien, sodass er unter Schmerzen in die Knie ging und Özakın ihn mit einem Hebelgriff zur Strecke bringen konnte. Die jähe Attacke aus der Dunkelheit hatte die beiden überrascht. Benommen wie er war, erhob sich der eine gerade vom Pflaster, als ihm Özakın von hinten in die Kniebeugen trat und er bäuchlings auf den Boden knallte. Ein Geräusch von zersplitternden Knochen riss den Maskierten hoch. Er hielt sich das schmerzende Kinn. Die Männer begriffen, dass sie gegen diese Freistil-Bestie nur verlieren konnten. Nur die Flucht nach vorne konnte sie retten. Der eine zog ein Klappmesser aus der Tasche und fuchtelte todesmutig damit vor Özakın herum. »Verpisst euch aus unserem Viertel«, drohte er mit zitternder Stimme, bevor die beiden in der Nacht verschwanden.

»Ich hätte jetzt große Lust rüberzustürmen, um diese Absteige so richtig aufzumischen«, sagte Mustafa kühn, als die Männer geflüchtet waren. Wild entschlossen sprang er auf, musste sich aber wieder setzen, weil ihm schwindlig geworden war.

»Nicht, dass sie dir die Rippen gebrochen haben, die Schweine«, sagte Özakın fürsorglich und wischte ihm das Blut vom Gesicht. Er ging in die Hocke und wartete, bis es seinem Assistenten besser ging.

Dann kündigte Özakıns Handy wieder ein Gespräch an.

»Scheiß Telefon! Hat man denn nie seine Ruhe!«

»Na, wie war eure Exkursion ins nächtliche Istanbul? Amüsiert ihr euch denn auch?«, flötete Sevim gut gelaunt. Ihre Freundin Nur hatte zwar wieder in seiner Küche gewütet, was sie ihm noch vorhin, als er in dem schmuddeligen Hotel war, empört berichtet hatte, das schien aber eigenartigerweise plötzlich vergessen.

»Wunderbar«, antwortete Özakın. »Zwei Schurken haben Mustafa zusammengeschlagen. Seine Rippen und seine Nase sind wahrscheinlich gebrochen, und ich hab mir den kleinen Finger verstaucht. Sonst ist aber alles in Ordnung.«

»War auch 'ne Scheiß Idee, hierherzukommen«, sagte Mustafa und hielt sich den schmerzenden Bauch, als Özakın das Gespräch, unter Mitleid bekundenden Ausrufen seiner Frau, beendet hatte.

Wie es aussah, hatten sie in ein Wespennest gestochen. Mit diesen ausgehungerten Handlangern der Unterwelt musste man vorsichtig sein. Die hatten nichts zu verlieren und schreckten, wenn jemand ihre Kreise störte, auch vor Mord nicht zurück. Die, mit denen sie es heute zu tun gehabt hatten, waren noch Anfänger und genauso wie sie ohne Schusswaffen unterwegs gewesen.

Sie hatten also Glück im Unglück gehabt.

17... Der Zeitpunkt für den Besuch in der römischen Zisterne war denkbar ungünstig. Sie war gerade geöffnet worden, und Massen von Touristen standen Schlange bis auf die Straße. Der Mann am Ticketschalter und der Wärter arbeiteten wie am Fließband. Zehn YTL, neue türkische Lira, entgegennehmen, Ticket abreißen, Ticket aushändigen, der Nächste bitte. Als Tourist hatte man es ja bekanntlich eilig. Schnell galt es eine Sehenswürdigkeit nach der anderen abzuhaken, immer die Zeit im Nacken, getrieben von unerbittlichen Reiseleitern, die die Massen dirigierten.

Özakın zwängte sich entschuldigend durch eine Reihe von Italienern, die glaubten, er wolle sich vordrängeln, und lief dem Wärter in seiner blauen Uniform direkt in die Arme. »Özakın, Kripo Istanbul. Wir kennen uns schon vom letzten Mal«, sagte er. »Sind Sie hier für einen Moment abkömmlich?«

»Wenn's nicht zu lange dauert«, meinte der Wärter, während wieder eine Traube von Touristen mit Fotoapparaten und Kameras an ihm vorbeizog, um in die Zisterne hinabzusteigen.

»Haben Sie den Täter?«, fragte der Wärter beiläufig und machte dem jungen Mann am Ticketschalter ein Zeichen, dass er anderweitig beschäftigt sei.

Özakın schüttelte den Kopf und fragte: »Übrigens, ist Ihnen an jenem Tag, als der Mord geschah, ein älterer Mann, so Mitte fünfzig, aufgefallen? Ein ehemaliger Kapitän, mit grau meliertem Bart«, vervollständigte er das Bild.

»Der hatte nicht zufällig seine Kapitänsuniform an? Dann wäre er mir sicherlich aufgefallen.«

»Also nicht«, bemerkte Özakın, der nicht zu Scherzen aufgelegt war. Wäre auch zu schön gewesen, dachte er.

»Der Fluchtweg macht uns noch Kopfzerbrechen«, fuhr er fort.

»Der Mord geschah kurz nachdem die Zisterne geschlossen wurde, so gegen achtzehn Uhr. Ich frage mich, wie der Täter entwischen konnte. Entweder hat ihm jemand aufgeschlossen, er hatte selbst einen Schlüssel, oder er konnte auf anderem Wege entkommen«, fasste Özakın die Lage zusammen. Dass der Täter die Nacht in der muffigen Zisterne verbracht und sich tagsüber unter die Touristen gemischt haben könnte, schloss er aus.

»Wer außer Ihnen hat noch Zugang zu den Schlüsseln der Zisterne?«, fragte er.

Der Wärter machte eine ratlose Geste. »Eigentlich keiner außer mir«, erwiderte er abwehrend. »Belastet mich das jetzt?«

Özakın beobachtete jede seiner Bewegungen. Er hatte seine Person überprüfen lassen und wusste, dass er mit dem Kapitän weder verwandt noch verschwägert war. Eine Verbindung war dennoch nicht ausgeschlossen. In Istanbul litt fast jeder unter chronischem Geldmangel. Da war man nicht abgeneigt, gegen ein kleines Entgelt Dinge zu tun, die nicht der Rechtsordnung entsprachen. »Sie haben die Schlüssel nicht zufällig mal aus der Hand gegeben oder unvorsichtigerweise irgendwo liegen lassen?«

»Na, wo denken Sie hin. Ich hüte sie wie meinen Augapfel«, meinte der Wärter, als könne er kein Wässerchen trüben.

Klar, was sonst, dachte Özakın. »Na gut«, schloss er ab, bevor sie zu einer kleinen Führung durch das unterirdische Reich aufbrachen, vorbei an einer Reisegruppe, die alles, was irgendwie interessant aussah, mit der Kamera festhielt. Eine Frau in einem kurzen, karierten Rock hatte sich vor einer prachtvoll verzierten Säule postiert und streckte ihrem Mann ein neckisches Victory-Zeichen entgegen.

In dem rötlichen Licht und mit der klassischen Musik, die leise durch die Lautsprecher drang, machte die Szenerie einen fast unwirklichen Eindruck, ganz abgesehen von den Fischen, die wie überzüchtete Karpfen aussahen. »Was sind denn das für Klone?«, fragte Özakın verwundert, während er die schwarzen Fische bestaunte. Die kleinen, wie sie sich mit flinken Flossenbewegungen hinter Steinen verschanzten, und einige stattliche Exemplare, die wie kleine U-Boote behäbig durchs Wasser pflügten.

»Keine Ahnung, die waren schon immer hier«, meinte der Wärter, und sie spazierten weiter auf den Stegen über dem Wasser entlang. Hin und wieder ließ Özakın sich etwas erklären oder hakte nach, wenn er es für erforderlich hielt.

Die höhlenartigen Einbuchtungen an den Rändern der Zisterne, weitab vom Touristenrummel, können durchaus als Versteck für jemanden dienen, dachte Özakın. Er leuchtete mit der Taschenlampe an den Wänden der Zisterne entlang, bis plötzlich im Schein der Lampe, knapp acht Meter über dem Wasser, eine Öffnung im Mauerwerk zu sehen war, gerade so groß, dass ein Erwachsener hindurchpasste. »Was haben wir denn da?«, fragte er.

»Die Belüftungsklappe. Stammt noch aus alten Zeiten«, erklärte der Wärter.

»Über diese kleine Klappe wird die ganze Zisterne belüftet?«, wunderte sich Özakın.

»Das hat man früher so gemacht. Aber heute haben wir natürlich eine moderne Klimaanlage.«

Özakın gab ein interessiertes »Hmm« von sich. »Läuft sie ununterbrochen?«, fragte er dann.

»Nur bei Bedarf, wenn es hier unten zu stickig wird.«

»Und nach Schließung der Zisterne?«

»Da wird sie natürlich automatisch abgeschaltet. Wäre ja auch unnötige Energieverschwendung.«

»Ist es möglich, über den Belüftungsschacht nach draußen zu gelangen?«, wollte Özakın wissen.

»Im Prinzip ja«, antwortete der Wärter.

So abwegig waren seine Gedanken also nicht. Der Täter hat ein Seil mit einem Stück Metall beschwert, es hochgeworfen und ist dann wie Tarzan hochgekraxelt, dachte Özakın.

»Wollen Sie das etwa ausprobieren?«, fragte der Wärter ungläubig, als habe er Özakıns Gedanken erraten. »Und wie wollen Sie da hochkommen?«

»Das werden Sie gleich sehen«, erwiderte Özakın, dessen Eifer von den mitleidigen Blicken des Wärters angestachelt wurde. Er zeigte auf die Stelle unterhalb der Belüftungsklappe, dort wo sich im Wasser die antiken Säulen spiegelten, und meinte: »Sagen Sie mir erst, wie wir ohne nasse Füße da rüberkommen.«

»Wie wäre es mit einem Bötchen?«, überlegte der Wärter.

»Haben Sie ein Seil und etwas, das sich da oben verhaken kann, vielleicht ein gebogenes, verwinkeltes Stück Eisen?«

»Ich schau mal nach, was unser Personal so alles gebunkert hat«, sagte er und ging suchen.

Nach einer Weile kam er zurück und hatte die entsprechenden Sachen dabei.

»Ich komme lieber mit«, sagte der Wärter. Er schien seine helle Freude bei dem Gedanken zu haben, dass Özakın den Zisternenbesuchern eine Hochseilnummer vorführen und dann zum krönenden Abschluss aus zehn Metern Höhe ins Wasser fallen würde. »Trauen Sie sich das auch wirklich zu?«

Özakın gingen diese Zweifel langsam auf die Nerven. Wer zwei Ganoven in die Flucht schlagen kann, wird auch die Kraft aufbringen können, sich da hochzuseilen, dachte er.

»Wir können ganz bequem über die Treppe nach

oben gehen, und ich zeige Ihnen die Stelle, wo der Belüftungsschacht endet«, meinte der Wärter.

Anscheinend hatte der Mann nicht verstanden, worum es ihm ging. Er wollte im Selbstversuch herausfinden, ob der Täter auf diese Art und Weise entwischt war. Es war eine Herausforderung, der er sich stellen musste. Ein Thrill, dem sich vermutlich auch der Mörder ausgesetzt hatte, wobei es nur für Özakın einen einfacheren Weg aus der Zisterne gegeben hätte.

Sie stiegen in das Boot und paddelten los. Als sie an der Stelle angekommen waren, stellte sich Özakın auf den Säulensockel, der am nächsten zur Klappe war, und warf das präparierte Seil nach oben.

»Vorsicht«, schrie der Wärter unter dem amüsierten Gelächter der Touristen, »dass das Eisen uns nicht erschlägt.«

Nach drei Versuchen hatte sich das Eisen endlich verhakt. Özakın zog daran, es saß bombenfest.

»Jetzt kommt die schwierigste Prüfung«, meinte der Wärter. »Meine Hochachtung, wie Sie das in Ihrem Alter schaffen wollen.«

Özakın zog Schuhe und Socken aus, damit er auf dem Mauerwerk einen besseren Halt fand, und schwang sich auf das Seil.

»Wir treffen uns dann oben, auf dem *otopark*«, sagte der Wärter und paddelte zurück. »Auf dem Parkplatz. Da kommen Sie nämlich wieder heraus«, rief er nach oben, nachdem er sich vergewissert hatte, dass Özakın auch das letzte Stück schaffen würde.

»Hören Sie mich?«, schrie der Wärter zehn Minuten später durch das Gitter der Klimaanlage.

»Ja, was sonst, oder glauben Sie, dass ich abgestürzt bin«, hallte es aus der Tiefe.

»Eigenartig«, murmelte der Wärter. Die Verkleidung war lose. Er schlug mit dem Fuß dagegen, und das Blech fiel scheppernd aus der Verankerung.

Schon sah man Özakıns Kopf herauslugen. »Hab ich Sie warten lassen?«, fragte er und kletterte aus dem Belüftungsschacht.

»Ist schon seit Wochen kaputt, und keiner kümmert sich um die Reparatur«, sagte ein junger Mann, der jetzt dazugekommen war, und deutete auf den Rost der Klimaanlage. Wie es aussah, war er der Parkplatzwächter.

»Haben Sie in letzter Zeit eine verdächtige Person auf diesem Grundstück gesehen? Einen, der sich vielleicht für die Klimaanlage hier interessiert hat?«, fragte Özakın und klopfte sich den Staub aus den Haaren.

Der Mann dachte eine Weile nach und schüttelte dann den Kopf.

»Nicht, dass ich wüsste.«

»Wenn sich jemand an der Klimaanlage zu schaffen macht, das kriegt der Junge doch gar nicht mit«, mischte sich der Zisternenwärter ein. Die beiden schienen sich zu kennnen. »Normalerweise sitzt er dort drüben vor der Schranke.« Er zeigte zur Einfahrt hin.

Özakın lief barfuß zur Schranke. Von dort sah man tatsächlich nichts. Da konnte der Täter unbemerkt aus dem Schacht gekrochen und zwischen den geparkten Autos hindurch verschwunden sein.

»Na, etwas entdeckt?«, fragte der Wärter, nachdem er Özakıns Schuhe vor ihm abgestellt hatte.

Özakın zuckte vielsagend die Achseln. Doch er war zufrieden. Er hatte den Fluchtweg gefunden, und auch noch etwas anderes.

»Na, rate mal, was ich hier habe«, triumphierte Özakın, als er wieder zurück im Büro war.

Mustafa betrachtete ihn, als stünde ein Außerirdischer vor ihm. »Wie siehst du denn aus?«

Özakıns Hose war von oben bis unten mit Matschflecken übersät, das Hemd zerknittert, die Haare mit einer Dreckschicht überzogen, als hätte er sich auf dem Bau betätigt.

»Eins nach dem anderen«, bremste ihn Özakın, während er das Beweisstück aus der Jackentasche holte: einen einzelnen Wildlederhandschuh mit einer auffälligen Schnalle.

Mustafa, lädiert vom gestrigen Ausflug in die Unterwelt, schleppte sich zu Özakın.

»Hab ihn im Belüftungsschacht der Zisterne gefunden. Gehört vielleicht dem Täter. Bin gespannt, welche Spuren sich auf dem Handschuh finden lassen.«

»Du bist durch einen Schacht gerobbt?«, fragte Mustafa verdutzt, ohne auf Özakıns sensationellen Fund einzugehen.

Sein Gegenüber nickte.

»Und du meinst, das war der Fluchtweg?«, fragte Mustafa, der die Situation sofort erkannt hatte.

»Ich kann mir kaum vorstellen, dass in der Vergangenheit jemand da durchgeklettert ist. Außer mir und dem Täter natürlich.«

»Immer für eine Überraschung gut«, meinte Mustafa und setzte sich etwas unbeholfen auf seinen Stuhl, weil ihm die Knochen von der Schlägerei wehtaten. »Bevor du dich aber auf den Kapitän kaprizierst, sollte ich dir vielleicht etwas erzählen«, sagte er, um Özakıns Tatendrang etwas zu bremsen.

»Was denn?«

»Der Kapitän scheint doch ein Alibi zu haben«, tastete sich Mustafa vorsichtig heran.

»Und was ist mit seinem Verwandten, dem Besitzer des Restaurants, der sein Alibi nicht bestätigen wollte?«, fragte Özakın perplex.

»Der hat hier angerufen und gemeint, dass der Mann selbstverständlich zur Tatzeit seiner Arbeit nachgegangen sei. Tja. Er stand wie immer als Touristenfänger vor dem Eingang und hat diese tollen Sprüche geklopft, um den Fisch im Restaurant an den Mann zu bringen.«

Özakın schaute ungläubig.

»Das könne er sogar unter Eid aussagen, sagte der Restaurantbesitzer.«

»Und woher dieser plötzliche Sinneswandel?«, fragte Özakın, während er in der Schublade nach einer Zigarette kramte. »Hat der Kapitän ihn bedroht?«

»Es gab wohl eine tätliche Auseinandersetzung zwischen den beiden. Dabei soll der Kapitän ihm die Nase gebrochen haben. Aber jetzt sei alles wieder im Lot. Schließlich sei er ja der Ehemann seiner Tante.«

»Das stinkt doch zum Himmel«, empörte sich Özakın.

»Ich hätte den Kotzbrocken auch gerne verknackt. Wir haben die Aussage überprüft. Auch die Kellner und einer der Türsteher von gegenüber haben sein Alibi bestätigt. Da kann man nichts machen. Die Falschaussage habe er gemacht«, erzählte Mustafa weiter, »weil er dem Kapitän eine Lektion erteilen wollte, nachdem die Saufnase im Restaurant Rakı in großen Mengen hatte mitgehen lassen.«

»Das gibt's doch nicht! Und deswegen hat er die Polizei irregeführt. Der kann was erleben, der Heini«, sagte Özakın entrüstet.

»Übrigens, aus Tanja Sonntags Wohnung scheint etwas verschwunden zu sein«, bemerkte Mustafa am Rande.

»Was ist es denn?«, fragte Özakın und trat vor das Waschbecken, um sich das verdreckte Gesicht zu reinigen.

»Die Speicherkarte aus ihrer Digitalkamera«, antwortete Mustafa. »Komisch, nicht?«

Mit Wasserperlen im Gesicht, hatte sich Özakın umgedreht und starrte Mustafa wütend an. »Und das fällt euch erst jetzt auf? Hab ich's denn mit Anfängern zu tun? Das ist doch zum Heulen! Was ist das nur für ein verflixter Fall! Wir sind noch keinen Deut weitergekommen, und jeder, den wir befragen, führt uns an der Nase herum. Dem nicht genug, wir müssen uns sogar auf der Suche nach irgendwelchen dubiosen Zeugen zusammenschlagen lassen«, tobte er. Sein Blick streifte dabei kurz Mustafas Handrücken, der von ihrer nächtlichen Rauferei einige Schürfwunden aufwies. Er schloss die Augen, als meditiere er, und plötzlich erinnerte er sich an eine Sache, der er noch gestern keine Bedeutung beigemessen hatte, daran, dass auch Junus' Hand von Kratzspuren verunstaltet gewesen war. Er hatte noch versucht, sie unter dem Ärmel zu verstecken. Vielleicht täuschte er sich, aber bisher hatte ihn seine Intuition fast nie im Stich gelassen. Also griff er unter dem überraschten Blick Mustafas zum Telefon und wählte Junus' Nummer.

»Geh ran, du verdammter Wichser«, beschwor er ihn, als es etwas länger dauerte, bis er dran war.

»Ich hatte viel Geduld mit dir …«, drohte ihm Özakın ohne Umschweife, »und jetzt wird weiter gebeichtet.«

Junus stockte der Atem, bis er endlich ängstlich fragen konnte: »Wie meinst du das?«

»Die Schrammen auf deiner Hand stammen doch von Tanjas Katze. Bei meinem ersten Besuch hattest du sie noch nicht. Aber anscheinend bist du später in ihre Wohnung eingebrochen, nachdem ich mich geweigert hatte mitzukommen. Ihre Katze war wohl nicht sehr erfreut, dich zu sehen.« Die Attacke war ihm gelungen. Doch bislang waren es nur Spekulationen. Er wartete ab, wie Junus darauf reagierte. Er wusste, wenn er einen Verdächtigen mit freundlichen Worten einlullte, dann würde er nie etwas aus ihm herausbekommen. Er musste eine eiserne Hand haben. »Hat es dir die Sprache verschlagen? Ich kann auch anders. Wie wäre es, wenn ich mal kurz deine Frau anriefe? Die freut sich bestimmt, wenn sie hört, dass du deine deutsche Nachbarin gevögelt hast. Ein Tritt in den Hintern ist dir da gewiss.«

»Was ist denn nur los mit dir?«, stotterte Junus. »So kenn ich dich ja gar nicht.«

»Na, dann wirst du mich allmählich kennenlernen. Also, was wolltest du in Tanjas Wohnung?«, bedrängte ihn Özakın weiter.

Am anderen Ende der Leitung war ein Geräusch zu vernehmen, als habe jemand schwere Schluckbeschwerden, dann sagte Junus mit heiserer Stimme: »Du hast recht, das Scheißtier hat mir eine Pranke verpasst. Ja, du hast recht«, schrie er. »Ich bin in ihre Wohnung eingebrochen. Als sie tagelang verschwunden blieb, musste ich das Schlimmste annehmen. Du wolltest mir ja nicht helfen.«

»Du bist doch ein richtiges Arschloch. Ich weiß gar nicht, wie es deine Frau mit dir aushält«, sagte Özakın mit Genugtuung. »Du weißt, dass du dich strafbar gemacht hast. Und was wolltest du in Tanjas Wohnung? Lass mich raten. Irgendwelche Beweise vernichten?«

Junus zögerte, gestand aber dann: »Ich hab mir ihren Laptop angesehen … Schließlich war sie Journalistin und hätte etwas über unsere Beziehung schreiben können. Oder sie hätte Tagebuch führen können. Früher oder später wären diese Spuren über die Polizei in falsche Hände geraten, in die Hände von Journalisten. Verstehst du?«, flehte er. »Ich konnte nicht zulassen, dass alles aufflog.«

»Jemand wird umgebracht, und du machst dir nur Sorgen um deine Luxusexistenz«, stellte Özakın nüchtern fest. »Und woher kanntest du ihr Passwort?«

»Meist nehmen die Nutzer die Namen von Menschen, die ihnen besonders nahestehen. Und ›Rowdy‹, ihre heiß geliebte Katze, war für sie wie ein Kind«, erklärte er stotternd.

»Und bist du fündig geworden? Hast du etwas gefunden?«, fragte Özakın. »Eine Digitalkamera zum Beispiel, aus der du die Speicherkarte entnommen hast?«, fiel ihm plötzlich ein.

Ganz still wurde es in der Leitung, und Özakın, als ahne er schon, was nun kommen würde, blickte zu Mustafa hinüber, der Zeuge dieses merkwürdigen Telefongesprächs geworden war, und zwinkerte ihm zu.

»Ich warte«, drängte er Junus, der nur noch ein »Versteh mich doch« herausbrachte. »Ich musste das tun … Ich hatte Angst, dass die Familie etwas über mein Doppelleben erfährt, Angst, in der Gosse zu landen, wenn du so willst«, schloss er.

Hatte Özakın richtig gehört? Der einst so souveräne Junus, den nichts erschüttern konnte, war am Ende seiner Kräfte? Was war nur aus ihm geworden? »Du weißt, dass das Unterschlagung von Beweismaterial bedeutet«, erklärte Özakın, ohne auf Junus' labile Gemütslage einzugehen, und befahl ihm, die Speicherkarte umgehend im Polizeipräsidium abzuliefern.

»Dem hast du's aber gegeben«, sagte Mustafa, als Özakın aufgelegt hatte. »Der Kerl kam mir von Anfang an nicht ganz koscher vor.«

»War mir klar«, bemerkte Özakın. »Und ich hätte von Anfang an auf dich hören sollen.« Er war stinksauer, dass ihn Junus ausgenutzt und dreist hintergangen hatte.

18... Nach Junus' Geständnis hatte Özakın sofort sein Alibi überprüft. Unter einem Vorwand hatte er dessen Frau angerufen und sie nach der Tatzeit gefragt, natürlich ohne ihr die Wahrheit zu sagen. Liebend gern hätte er den Dreckskerl, nach dem, was er jetzt wusste, ans Messer geliefert, damit seine Affäre aufflog und seine heile, protzige Welt, in der er es sich bequem gemacht hatte wie auf einem weichen Daunenkissen, unterging. Warum er es nicht getan hatte, konnte er selbst nicht genau beantworten. Es war ein diffuses Gefühl von Rücksicht gegenüber Junus' Frau. Aber das Alibi stimmte. Die Eheleute waren zur Tatzeit zusammen und tranken Martinis, gerührt natürlich.

Trotzdem hatte Junus seinen Kopf nur halbwegs aus der Schlinge ziehen können. Diebstahl und Unterschlagung von Beweismaterial – das hat Folgen, dachte Özakın. Da konnte er nicht einfach die Augen verschließen. Auch wenn er die Tat unter großem Leidensdruck, geplagt von Existenzängsten, begangen haben sollte. Und so würde Junus nicht um eine saftige Geldstrafe herumkommen, überlegte er. Obwohl er alles gestanden und schon kurze Zeit später die unterschlagene Speicherkarte abgegeben hatte. So ein Idiot, dachte Özakın. Er hatte sie nicht einmal vernichtet, weil er sich die Aufnahmen, neugierig wie er war, noch einmal anschauen wollte.

Nachdem er einen Blick darauf geworfen hatte, war Özakın klar geworden, warum sich Junus das Material angeeignet hatte. Alle Bilder waren sehr intim und in eindeutigen Posen, es gab keinen besseren Beweis für seine Untreue! Die Presse hätte sich die Finger danach geleckt. Grundsätzlich gab die Spurensicherung keine Beweisstücke aus der Hand, aber die Polizeireporter hätten es sicherlich irgendwie geschafft, an dieses brisante Material heranzukommen, das sie dann als Sensation auf die Titelseiten ihrer Zeitungen gebracht hätten.

Genauso aufschlussreich, wenn nicht noch aufschlussreicher als die Aufnahmen der beiden Turteltäubchen, waren aber Bilder, die einen jungen Mann mit sportlicher Figur und einer außergewöhnlichen Bartkreation zeigten, die Koteletten des Muskelpakets waren in einer dünnen Linie, links und rechts vom Gesicht, mit seinem kleinen Kinnbart zusammengewachsen, was äußerst originell, aber für Özakıns Geschmack ziemlich affig aussah. Die Bilder – aufgenommen in einem blühenden Garten mit Palmen, im Anschnitt ein Gebäude, das einem Hotel ähnelte – waren jüngeren Datums.

Jetzt war es Zeit, die Kollegen zusammenzutrommeln. Özakın startete einen Rundruf, und bald darauf saßen Mustafa, Durmuş und Oktay in seinem Büro, jeder mit seinen Notizen vor sich.

Durmuş war die Aufgabe zugefallen, alle Ergebnisse zusammenzufassen, und er hatte sich äußerst penibel vorbereitet, als gelte es die Feierlichkeiten zum Tag der Republikgründung zu organisieren. »Bei dem jungen Mann auf den Aufnahmen handelt es sich um Tanja Sonntags früheren Freund Emre Kurtoğlu«, begann er. »Der erfreut sich, wie man sehen kann, bester Gesundheit und ist nicht ertrunken, wie von Amira, dieser Bauchtänzerin, angedeutet worden war. Der Mann ist achtundzwanzig Jahre alt. Eine Weile war er tatsächlich abgetaucht. Nach seiner Zeit als Reiseleiter auf der ›Balina‹ verliert sich seine Spur, aber er taucht später in der Türkischen Republik Nordzypern auf, wo er nach diversen Gelegenheitsjobs in einem Reisebüro arbeitet. Vor ungefähr zwei Jahren kehrte er wieder aufs Festland zurück. Jetzt lebt der Kerl in Alanya und arbeitet als Animateur im Hotel Alanya Garden Resort.«

»Und wie die Aufnahmen aus ihrer Digitalkamera beweisen, hat ihn Tanja Sonntag dort besucht«, fügte Özakın noch kurz hinzu, bevor er Durmuş weitersprechen ließ.

»Außerdem haben wir die Kontobewegungen der Toten überprüft. Wie wir alle wissen, hatte Tanja Sonntag ein seltsames Hobby: Die Völkerverständigung zwischen Deutschen und Türken«, fuhr er unter dem Gelächter der Kollegen fort. »Genauer gesagt, die Eheanbahnung zwischen deutschen Frauen und türkischen Männern. Dass sie aber für diese Bemühungen Geld bekommen hätte, dies also kommerziell betrieb, war auf ihrem Konto nicht zu erkennen. Der beträchtliche Batzen, der sich auf ihrem Konto befand, war vor drei Jahren eingezahlt worden. Exakt zu der Zeit, als es wegen der Menschenschmuggelgeschäfte rund um Bodrum auf der ›Balina‹ zu Streitigkeiten gekommen war. Von diesem Konto sind regelmäßig größere Überweisungen auf ein anderes Konto bei einer Bank in Alanya getätigt worden.«

»Und wer war der Empfänger? Emre Kurtoğlu?«, fragte Mustafa.

»Der Kontoinhaber ist ein gewisser Arif Genç«, antwortete Durmuş.

Mustafa schüttelte ungläubig den Kopf. »Wer zum Teufel ist dieser Mann, und warum hat Tanja Sonntag ihm Geld überwiesen?«

»Ja, das hätte ich auch gerne gewusst«, sagte Oktay.

»Tja, im Melderegister gibt es keinen Eintrag auf diesen Namen«, erklärte Durmuş. »Ein Deckname also.«

Gefälschte Papiere, grübelte Özakın und seufzte resigniert. Es würde nicht leicht werden, die wahre Identität des Kontoinhabers festzustellen. »Noch irgendwelche Ergebnisse? Was gibt's über Tanja Sonntags Telefonverbindungen zu berichten?«, fragte er.

»Also, dieses Alanya scheint ja etwas Magisches zu haben«, begann Durmuş. »Nicht nur die Wege des Geldes führen dahin, sondern auch die meisten Gespräche.«

»Hast du sie zurückverfolgt?«, unterbrach ihn Mustafa, weil er eine heiße Spur witterte.

»Eine Telefonnummer wurde von ihr besonders häufig angewählt«, sagte Durmuş und warf einen Blick auf seine Notizen. »Als ich da anrief, meldete sich jemand mit ›Tanjas Bierstube‹.«

»Bierstube?«, fragte Oktay verblüfft.

»›Tanjas Bierstube‹ ist eine Kneipe. Sie trägt den Namen der Toten, ist aber nicht auf ihren Namen eingetragen«, erklärte Durmuş.

»Wer ist denn dann der Besitzer?«, wollte Özakın wissen.

»Das ist ein bisschen verworren. Das konnte ich nicht so schnell klären«, erwiderte Durmuş. »So, jetzt kommt aber der Hammer«, strahlte er. »Nach ihren Telefonverbindungen erfolgte der letzte Anruf knapp eine Stunde, bevor sie umgebracht wurde.«

»Von welchem Anschluss?«, fragte Özakın sogleich, weil er schon lange vermutete, dass Tanja Sonntags Mörder sie telefonisch in die Zisterne gelockt hatte.

»Der Anruf kam von einem Hotel in Sultanahmet und zwar aus der Lobby. Interessant dabei: Das Hotel liegt gleich gegenüber der Zisterne.«

»Das kann ja wohl kein Zufall sein«, überlegte Mustafa. »Ob derjenige ein Hotelgast war?«

»Nicht unbedingt«, erklärte Oktay. »Er braucht dort nicht abgestiegen zu sein.«

Durmuş verzog das Gesicht und meinte mit Bedauern in der Stimme: »So ist es.«

»Trotzdem muss dieser Jemand dort aufgefallen sein. Also dranbleiben, Leute«, ermunterte Özakın seine Kollegen.

Er ging im Geiste noch einmal die Fakten durch. Tanja Sonntag und Emre Kurtoğlu hatten also in letzter Zeit Kontakt zueinander gehabt. Wo aber war dieser Kerl zur Tatzeit? Ist er am Ende derjenige, der aus dem Hotel angerufen hat?, fragte er sich. Warum eigentlich nicht? Sie durften nichts ausschließen. Wenn er in seinen langen Jahren als Kommissar eines gelernt hatte, dann das. Schon deswegen ging ihm die Sache mit Alanya nicht mehr aus dem Kopf. Er war aufgestanden und tigerte, wie immer, wenn er die losen Enden seiner Gedanken verknüpfen wollte, im Zimmer auf und ab.

»Alle Wege führen nach Alanya. Das sollten wir jetzt selbst in die Hand nehmen«, sagte er nach einer Weile.

»Und was ist mit der Zuständigkeit?«, warf Mustafa ein.

»Überlass das ruhig mir«, antwortete Özakın und lächelte vielsagend.

Es waren immer noch viele Fragen offen, und die konnten sie am besten vor Ort klären. Schließlich ging es um den Mord an einer Deutschen, und das hatte für ihren Vorgesetzten, der in ständiger Angst vor irgendwelchen unberechenbaren Konsequenzen lebte, sicherlich höchste Priorität.

»Ich wollte schon immer mal ein paar Tage an der türkischen Riviera, am Mittelmeer, verbringen«, warf Mustafa ein und grinste. »Ich pack schon mal meine Badehose ein.«

»Typisch Mustafa«, bemerkte Oktay amüsiert und konnte sich ausmalen, wie sich Mustafa die Ermittlungsarbeit in Alanya vorstellte, nämlich auf einem Liegestuhl mit einem Drink in der Hand, unter Palmen.

19... Özakın war gerade dabei, Thunfischscheiben unter Wasser abzubrausen, als der Anruf kam. Er wischte sich die nassen Hände an der Schürze ab und war überrascht, die Stimme von Monika Adelheidt zu hören.

»Wussten Sie eigentlich, dass Van-Katzen neben ihren verschiedenfarbigen Augen, eines blau, das andere bernsteinfarben, auch noch eine weitere Besonderheit haben?«

»Rufen Sie an, um mir das zu erzählen?«, wunderte sich Özakın, während er versuchte, das Handy zwischen Ohr und Schulter geklemmt, sich eine Zigarette anzuzünden.

»Sie werden es nicht glauben, aber diese Katzen kontrollieren doch tatsächlich mit der Pfote, ob ihr Futter auch die geeignete Temperatur hat. Erst dann fressen sie.«

»Wie klug von ihnen. Fast schon menschlich«, warf Özakın ein.

»Und wissen Sie, dass dies die einzige Katzenrasse ist, die es liebt, im Wasser zu spielen und sogar zu schwimmen? Fragen Sie ruhig, wenn Sie noch mehr erfahren wollen«, meinte sie. »Ich weiß jetzt so viel über Van-Katzen, dass ich darüber eine zweite Doktorarbeit schreiben könnte. Wenn ich's mir recht überlege, wäre auch ein Artikel für die Zeitung nicht schlecht. Die beiden Alten scheinen ja richtige Katzen-Experten zu sein«, sagte sie.

»Die beiden aus Tanja Sonntags Haus? Die, die ihre Katze in Pflege genommen haben? Was hatten Sie da überhaupt zu suchen?«

»Recherchieren ...«

»Hinter dem Rücken der Polizei«, stellte Özakın fest.

»Reine Neugier. Berufskrankheit«, bemerkte Monika Adelheidt.

»Soviel ich weiß, haben Sie die beiden noch gar nicht richtig befragt.«

»Aus gutem Grund«, verteidigte sich Özakın, um Fassung bemüht, weil sich die deutsche Journalistin schon wieder in seine Arbeit eingemischt hatte.

»Was können die uns schon erzählen?«, meinte er beiläufig.

Monika Adelheidt lachte in den Hörer hinein. »Hätten Sie vielleicht tun sollen. Denn sie meinten, dass Tanjas Schicksal sie nicht überrascht hätte. Die Maisonette-Wohnung hätte nämlich keinem der Mieter Glück gebracht, weil ein Fluch auf ihr läge. Der erste Mieter habe sich erhängt, der zweite sich mit Autoabgasen vergiftet. Und jetzt auch noch der Tod der Deutschen – das könne doch kein Zufall sein«, klärte sie ihn auf.

Wie viele Spinner es in Istanbul gibt, dachte Özakın. »Diese Grufties tun mir einfach leid. Klarer Fall von Verkalkung.«

»Ach ja? Die beiden würde ich aber nicht unterschätzen. Auch wenn es so aussieht, als wären sie geistig umnachtet, steckt doch in ihnen eine gewisse kriminelle Energie.«

Özakın wurde neugierig, und Monika Adelheidt fuhr fort:

»Wie wären sie sonst auf die perfide Idee gekommen, ihre Nachbarin derart zu tyrannisieren?«

»Wie bitte?«

»Die beiden Spinner haben nämlich eine fingierte Wohnungsanzeige in Tanjas Namen aufgegeben. Sie haben für ihre Wohnung einen Nachmieter gesucht«, sprach sie weiter.

»Wie haben Sie das denn herausbekommen?«, fragte Özakın verwundert und erinnerte sich an die vielen Mitteilungen auf dem Anrufbeantworter, denen sie keine Beachtung geschenkt hatten.

»Mein tägliches Brot, Herr Kommissar. Systematisch Vertrauen aufbauen, dann die Leute zum Reden bringen.«

»Und wer Zicken macht, den bringt man unter Androhung von subtilen Drohungen zum Reden. Ich kenn die Spielchen der Journalisten. Da scheinen Sie sich gar nicht von den türkischen zu unterscheiden.«

»Na, diesmal war's ein bisschen anders«, kicherte sie. »Die Alten haben sich böse verplappert. Die hatten wohl Frau Sonntag auf dem Kieker – weiß der Teufel, warum – und wollten sie ärgern. Da fiel ihnen diese Methode ein.«

»Eine tolle Methode, sich an der Menschheit zu rächen«, sagte Özakın und seufzte. »Das wird ein Nachspiel haben.«

»Was wollen Sie denn jetzt tun?«, fragte Monika Adelheidt. »Die beiden deswegen einkerkern?«

»Wollen Sie eine ehrliche Antwort? Ich würde es liebend gerne tun, aber leider sind mir die Hände gebunden. Was meinen Sie, was für einen Aufschrei es gäbe, wenn diese ach so armen Rentner deswegen eine Anzeige am Hals hätten? Für die meisten hier sind doch Gesetzesübertretungen reine Lappalien, kleine Tricksereien, über die man eher schmunzelt. Jeder baut irgendwie Mist und meint dann: Ach, ist ja gar nicht so schlimm, da wird man sicherlich ein Auge zudrücken. So denken alle hier, vom Kleinkind bis zum Greis«, ließ sich Özakın zu einem längeren Vortrag über die türkische Mentalität hinreißen.

Er war verärgert, dass die deutsche Journalistin hinter seinem Rücken herumspionierte, fragte aber trotzdem: »Haben die greisen Gesetzesbrecher vielleicht noch etwas Essenzielles gesagt? Haben sie irgendetwas Verdächtiges beobachtet?«

»Danach hab ich auch gleich gefragt. Anscheinend hatte Tanja immer wieder Männerbesuch. Einer mit Dreitagebart und der andere, etwas älter, mit grau meliertem Vollbart. Sie hatte wohl ein Faible für Gesichtsbehaarung.«

»Ich weiß«, sagte Özakın und dachte dabei an ihren Freund Emre und seine komische Bartkreation.

»Aber das war auch alles«, meinte Monika Adelheidt. »Sie waren auf dem Sprung zu ihrem Arzt, sodass wir uns nicht ausgiebig unterhalten konnten.

Ich hab ihnen aber meine Handynummer gegeben, falls ihnen noch etwas einfällt.«

Alle Achtung, dachte Özakın, die lässt nichts aus, diese deutsche Journalistin.

»Und Sie sind ein aufrechter Sheriff, der sich unerbittlich für Gesetz und Ordnung einsetzt. Reisen Sie deswegen nach Alanya? Ihr Vorgesetzter hat es mir verraten, als ich bei ihm den letzten Stand der Ermittlungen erfragen wollte«, sprach die Journalistin weiter.

Özakın schwieg und sagte dann: »Wenn er's gesagt hat, wird es schon stimmen.«

»Dann müssen Sie ja eine heiße Spur haben!«, platzte es aus ihr heraus.

»Nichts davon in der Presse, damit wir uns verstehen«, bekräftigte er. »Sie wollen doch sicherlich auch, dass wir Frau Sonntags Mörder finden. Um ihn nicht aufzuschrecken, ziehen wir es vor, verdeckt zu ermitteln.«

Monika Adelheidt ließ ein bewunderndes »Oh« verlauten und geriet nun über Alanya ins Schwärmen. Über die dortige deutsche Gemeinde und dass die Stadt für viele Deutsche zu einer zweiten Heimat geworden sei. Sie hätten sich dort niedergelassen mit allem, was dazugehört. Mit deutschen Restaurants, wo Rippchen mit Sauerkraut serviert wurden, Bäckern mit mehreren Sorten Brot und Brötchen, und Metzgern, die Schweinefleisch anboten. Sie lachte. »Ja, sogar einen deutschen Friedhof haben sie angelegt.«

»Und deutsche Bierkneipen«, ergänzte Özakın.

»Ja, ja, das deutsche Reinheitsgebot«, sagte Frau Adelheidt amüsiert. »Auf ihr Bier können Deutsche im Ausland schwerlich verzichten.«

»Ja, ausgezeichnet, das deutsche Bier«, fand auch Özakın. »In Alanya werden wir viel Gelegenheit haben, davon zu kosten. Natürlich, nachdem wir unsere Arbeit erledigt haben.«

»Ist der Verdächtige, den Sie observieren wollen, zufällig ein Animateur aus Alanya und hat er ebenfalls einen Bart?«, fragte sie dann.

»Ja, Sie Hellseherin«, antwortete Özakın, obwohl er ihr das nicht hätte sagen dürfen, aber irgendwie war eine gewisse Intimität zwischen ihnen entstanden. Ihre eigenmächtigen Aktionen störten ihn zwar, aber immerhin hatte sie ihn informiert.

Diese Neugier in Person, dachte er, nachdem das Gespräch beendet war.

Jetzt musste er sich beeilen. Sevim und ihre Freundin waren unterwegs, um sich eine Wohnung anzusehen, und müssten bald zurück sein.

Er schälte die Schale von einer Zitrone und legte sie in heißes Wasser, um sie von den Bitterstoffen zu befreien. Die Zitrone presste er aus. Mit dem Saft, der Schale, einem Esslöffel Honig, ein paar Tropfen Tabasco, einigen Knoblauchzehen, reichlich Sojasoße und einer Handvoll Lorbeerblätter bereitete er eine Marinade. Während er den Thunfisch in der Marinade ziehen ließ, holte ihn sein Fall wieder ein. Er fragte sich, warum die Bauchtänzerin Amira sie auf eine falsche Fährte gelockt hatte. Hatte sie absichtlich die Unwahrheit gesagt, um den Kapitän zu belasten? Aber warum sollte sie das tun? Er kam nicht darauf.

Dafür zeichnete sich eine andere Spur ab: Sie führte zu Emre. Hatten die Deutsche und ihr Freund ein Geheimnis? Nicht auszuschließen, dachte er, dass es diese unappetitlichen Machenschaften rund um den Menschenschmuggel waren. Tanja Sonntag schien sehr an Emre gehangen zu haben, wenn sie bereit war, die Erlöse aus den schmutzigen Geschäften auf ihrem Konto zu bunkern. Das war riskant.

All das waren Planspiele, aber siebzig Prozent ihrer Arbeit bestand aus solchen Spekulationen, aus vagen Hinweisen, aus denen sie, wenn sie viel Glück hatten und alle Sterne günstig standen, letztendlich die Wahrheit herausfinden konnten.

Er schlenderte ins Wohnzimmer, um sich aus der Schrankwand eine neue Schachtel Zigaretten zu holen, und wäre fast über einige Pakete und Kartons gestolpert, die dort aufeinandergestapelt waren. Özakın neigte neugierig den Kopf, um den Absender eines besonders großen Exemplars zu entziffern, und las den Namen Star TV. Zusammen mit dem Bild auf dem Riesenkarton – einem radelnden Sportler in kurzen Hosen und Handtuch um den Hals – ahnte er schon, was sich darin verbergen könnte – ein Heimtrainer! Sevims Freundin Nur hatte wieder beim Liederkarussell mitgemacht. Kopfschüttelnd betrachtete er die Pakete mit Staubsaugern, Messersets und diversem Kochgeschirr.

Diese Frau war eine tickende Zeitbombe. Ob sie bei ihnen jemals ausziehen würde?, fragte er sich.

Doch wer verlässt schon freiwillig ein Hotel mit freier Kost und Logis? Ihr ging es doch gut. Sie tat nichts anderes, als vor dem Fernseher zu sitzen, um sich diesen Quatsch, diese Liedersendung, reinzuziehen.

Wer konnte ahnen, was in ihr vorging. Ihm waren ihre Blicke, dieser raffinierte Augenaufschlag, nicht entgangen. Wie sie ihm Komplimente machte, mit Engelszungen auf ihn einredete und ihn manchmal wie zufällig an der Hand berührte, wenn sie sich unterhielten. Nicht, dass es ihm unangenehm gewesen wäre, aber er hatte Angst, dass sie sich in etwas hineinsteigern könnte. Er konnte sie auch schlecht bitten, diese Annäherungsversuche zu unterlassen. Denn das würde sich anhören, als wäre er ein jämmerlicher Waschlappen.

Was für ein Spiel treibt sie?, fragte er sich, während er von der Alufolie drei große Stücke abschnitt, darauf die Thunfischstücke sowie mehrere grüne und schwarze Oliven verteilte und das Ganze mit dem Rest der Marinade beträufelte. Dann streute er etwas Meersalz darüber und verschloss die Alufolie zu kleinen Päckchen.

Sevims Freundin ging ihm erneut durch den Kopf. Ihre Besuche beim Wahrsager waren mehr als beunruhigend. Wer weiß, was der *hoca* ihr eingeredet hatte, dachte er und schob den Fisch in Alufolie in den Grill.

20... »Alles klar bei dir?«, fragte die tiefe Stimme.

»Mir ist jetzt nicht nach Plaudern zumute«, erwiderte der Mann am Ende der anderen Leitung. Er klang müde und gereizt. »Die Polizei war bei mir. Jetzt hast du's! Ich hab dir gleich gesagt, lass die Finger davon. Aber du wolltest ja nicht hören.«

Der Anrufer setzte zu einem Kichern an. »Bleib cool, Alter. Ich schwör dir, die Bullen sind verpennter als mein alter Wachhund. Obwohl, 'ne Weile dachte ich, die hätten mich.« Er hielt inne, um die Spannung zu verstärken. »Durch meine eigene Dummheit, allerdings«, sprach er weiter. »Ich dachte nämlich, die dumme Pute hätte mir mein Kettchen vom Hals gerissen – das mit dem Monogramm. Ich hab das ganze Wasser danach abgesucht. Panik, sag ich dir. Hab's dann dem Schicksal überlassen. Und du glaubst es nicht, zu Hause lag das Kettchen auf dem Nachtkästchen. Na ja, ein bisschen Thrill muss schon sein. Also, verlier bloß nicht die Nerven.« Ein kindisches Lachen war jetzt zu vernehmen, das sich anhörte wie das Schnappen nach Luft.

»Du hast gut lachen«, sagte der andere. »Du bist sowieso von allen guten Geistern verlassen. Ich weiß gar nicht, welcher Teufel dich geritten hat. Gab es wirklich keine andere Lösung?«

»Denk an unseren Beschluss. Außerdem war's nur 'ne Ausländerin. Die hast du doch auch gefressen, diese arroganten Typen, die meinen, sie seien etwas Besseres«, erwiderte er, und seine Stimme überschlug sich in der Aufregung, bekam diese seltsamen Aussetzer, die den Anrufer von klein auf begleiteten.

»Vielleicht hast du recht«, seufzte der Mann, um ihn zu besänftigen. »Ich sollte wirklich ruhiger sein. Trotzdem, ich muss an meine Familie denken.«

»Du hast doch deinen Lohn bekommen. Reicht dir das etwa nicht, du undankbarer Geselle?«

»Hab noch nichts gesehen von dem Geld.«

»Geduld. Ich hab's überwiesen.«

»Ich muss jetzt vorsichtig sein. Man weiß ja nicht, ob mein Handy schon abgehört wird.«

»Du kleiner Schisser, du elende Memme«, zog er ihn auf. Jetzt, wo er wieder Oberwasser hatte, sprach er halbwegs flüssig.

»Du elender Bastard. Die Sache war doch so unnötig wie ein Kropf. Dass die Leiche an die Wasseroberfläche treiben würde, hast du auch nicht bedacht«, entgegnete der andere.

»Bin ich Physiker oder was? Außerdem, das mit der Zisterne war doch deine Idee. Angeblich ein todsicheres Versteck für 'ne Leiche. Egal! Dafür war's schön gruselig für die Deutsche. Denk an den Überraschungseffekt«, sagte er schnippisch. »Köstlich, wie ich mit der Taschenlampe vor ihr stand

und sie vor Schreck fast in Ohnmacht gefallen ist.«
Er machte eine kleine Pause, bevor er weitersprach.
»Na ja, ich muss zugeben, dass man sie so schnell
finden würde, damit hab ich nicht gerechnet.«

»Sei froh, dass man die Leiche erst nach einer
Woche entdeckt hat. So hast du ein bisschen Zeit
gewonnen.«

»Und hat die Polizei schon eine Spur?«

Der Mann dachte nach und sagte dann: »Die sto-
chern im Nebel.«

»Und du schweigst wie ein Grab, damit wir uns
verstehen. Sonst ...«

Ein röchelndes Geräusch war aus der Ferne zu
hören, und der Mann konnte sich ausmalen, was
damit gemeint war.

»Du Sohn eines Esels. Verflucht sei der Tag, an
dem du hier aufgekreuzt bist.« Er kochte vor Wut.
»Wenn wir nicht miteinander verwandt wären, ich
würde dich ...«

»Na, was denn?« Die Stimme bekam nun einen
abweisenden, aggressiven Ausdruck, sodass es dem
anderen eiskalt über den Rücken lief. »Spuck es
schon aus, oder hast du Angst vor der eigenen Cou-
rage? Du hängst mit drin, mein Lieber. Mach dir
nichts vor«, dröhnte es aus dem Telefonhörer. Dann
war nur noch ein Knacken in der Leitung zu hören.

21 ... Auf halber Strecke nach Alanya hatten sie auf ausgebeulten Matratzen übernachtet, in einem Hotel mit angeblich drei Sternen, aber gefühlten eineinhalb, und jetzt tat ihnen jeder einzelne Knochen weh. Umso erfreulicher war der Anblick des Touristenhotels an der türkischen Riviera, wo sie nach einer Ewigkeit total übermüdet ankamen. An ihrem verdeckten Einsatzort wollten sie zunächst den Animateur Emre Kurtoğlu observieren.

Das Alanya Garden Resort bestand aus zwei Trakten, die von einer Straße durchschnitten wurden. In dem hinteren Gebäude, das inmitten eines üppigen Gartens mit Pool lag, waren die Gästezimmer untergebracht. In dem anderen befanden sich die Rezeption und das Restaurant, vor dessen Glasfront sich ein langer gepflegter Sandstrand erstreckte.

Mustafa stellte den Wagen auf dem Hotelparkplatz ab, dann schlugen Özakın und er den Weg in Richtung Rezeption ein. Sie wollten sich als einheimische Touristen ausgeben, zwei Freunde und Geschäftspartner, die mal für ein paar Tage am Meer ausspannten. So ganz ohne Familie machten sie sich allerdings verdächtig. Mustafa waren die vielsagenden Blicke des Rezeptionisten nicht entgangen, während sie die Anmeldeformulare ausfüllten. Dass sie als schwules Pärchen angesehen werden könnten, war ihm äußerst unangenehm. Zumal sie sich aus finanziellen Gründen, weil sie die Polizeikasse nicht belasten wollten, ein Zimmer teilten. Mustafa hoffte, dass man so etwas in Alanya eher tolerieren würde als anderswo. Hier, in diesem lockeren Touristenambiente, nimmt man es sicherlich nicht so ernst mit Keuschheit und Traditionen, überlegte er. Hier geht jeden Sommer die Post ab.

Nachdem sie ihr Zimmer bezogen hatten, schlenderten sie am Strand entlang, bestellten eine Cola, um nach der langen Fahrt ein bisschen zu verschnaufen, und wunderten sich, dass es Menschen gab, die selbst in der sengenden Hitze noch jede Menge Bier schlucken konnten.

»All inclusive«, stellte Mustafa nüchtern fest.

Sie selbst hatten nur Halbpension gebucht, und die Getränke mussten sie auch extra bezahlen.

Özakıns Blick blieb an einem Mann auf einem Strandlaken hängen, der unter der prallen Sonne eingeschlafen war. Um ihn herum lagen leere Bierflaschen verstreut. Sein schwabbeliger Bauch hatte sich über die knappe Badehose gestülpt, eine Zeitung mit großen, weißen Buchstaben auf schwarzem Grund war ihm aus der Hand gefallen.

»Gleich gibt es einen Begrüßungscocktail für die Neuen«, freute sich Mustafa und machte den Eindruck, als könnte er auch etwas davon vertragen. Özakın und er unterhielten sich über ihre Urlaubsorte.

Bald darauf wurde ihr Gespräch durch das Knacken der Lautsprecher unterbrochen. Junge Kellner balancierten große Tabletts in Richtung Strandbar, wo sie sich mit routiniertem Gehabe in Reih und Glied aufstellten. Die Musik wurde lauter gedreht, und es erklang eine muntere Melodie. Die Badegäste sahen sich schläfrig um. Und schon kamen die Animateure um die Ecke geschossen und sprangen gut gelaunt auf eine kleine Bühne, um die Touristen aus ihrer Lethargie herauszureißen.

»Willkommen in Alanya«, rief der eine, ein Kraftprotz in Hüftjeans, die er über dem Knie abgeschnitten hatte. »*Hoşgeldiniz.* Hattet ihr einen schönen Flug? Ich bin Emre ...«

»Unser Mann«, sagte Mustafa und machte eine Bewegung mit dem Kopf in Richtung Animateur, der sich gerade mächtig ins Zeug legte.

Wie kann man sich derart verunstalten, dachte Özakın und betrachtete die auf Gag getrimmte Erscheinung des Animateurs, seinen Pferdeschwanz und die lächerliche Bartkreation. Seine Oberarme waren vom vielen Trainieren im Fitnessraum so dick und hart geworden, dass sie die kurzen Ärmel seines knappen T-Shirts zu sprengen drohten.

»... und das sind Taner und Sonay, euer Animationsteam«, ergriff Emre wieder das Wort. »Es erwartet euch eine Zeit voller Spaß und Entspannung, und um euer leibliches Wohl kümmern sich unsere Köche«, tönte er gut gelaunt, während er mit der Hand die Rundungen einer Wampe nachzeichnete.

Die Leute klatschten, noch ein bisschen müde.

»Dass sich eure Laune bessert, dafür werden wir schon sorgen. Ende der Woche werdet ihr nicht mehr abreisen wollen. Alanya ist nämlich nicht nur eine Wucht, sondern eine Sucht«, machte er Stimmung.

Der Funke schien noch nicht übergesprungen zu sein, weswegen seine Kollegen die Musik noch lauter drehten. Der Chefanimateur klatschte in die Hände, machte ein paar tänzelnde Bewegungen im Takt der Musik, ließ die Hüften kreisen und lächelte vergnügt.

»Der scheint ja wie bekifft«, bemerkte Mustafa leicht gelangweilt.

»Einen Stinkstiefel kann man hier sicherlich nicht gebrauchen«, meinte Özakın.

»Seid ihr das erste Mal hier?«, posaunte der Animateur in die Menge, während er die Hand an sein Ohr hielt.

Es kam nur ein leises Gebrumme.

»Übrigens, wir duzen uns hier alle. Wie heißt du denn, meine Hübsche?«, fragte er eine ältere Frau in bequemen Badelatschen, die zufällig neben ihm stand.

»Heidi.«

»Hier hast du meine Telefonnummer. Ruf mich an, wenn dein Mann verhindert ist«, scherzte er und zwinkerte ihr mit einem Auge zu.

Die Touristen kreischten vor Vergnügen.

»Ihr seid gut drauf, Leute.« Er war so richtig in Fahrt gekommen. »Die letzte Reisegruppe ist erst gestern fort. Für sie war's ein Aufenthalt der Superlative.« Er grinste und drehte sich um, als suche er

Bestätigung bei seinen Kollegen, jungen Burschen, die ebenfalls über beide Backen grinsten.

»62 % Stammgäste. 57 % Frauen, 40 % Männer. 227 Flaschen Rakı, 2 300 Flaschen Wein und 4 000 Liter Bier wurden getrunken. Durchschnittstemperatur 38,9, die Wassertemperatur 26,6 Grad«, listete er die Fakten auf und blickte in die neugierigen Gesichter der Touristen. »Doch das ist nichts Besonderes«, fuhr er fort und machte eine spannungsgeladene Pause. »Wir bleiben bei den Rekorden. Die vor euch haben doch tatsächlich 12,5 Meter Klopapier pro Tag und Person verbraucht«, rief er aus und hielt erstaunt inne.

Die Leute kringelten sich vor Lachen.

»Ihr seid doch auch Deutsche. Sagt mir doch bitte: Was haben die nur damit angestellt?« Er schüttelte amüsiert den Kopf und zeigte seine blendend weißen Zähne.

»So eine Spaßkanone«, höhnte Mustafa, während die Leute um ihn herum zufrieden und gelöst den Cocktail schlürften, der gerade serviert worden war.

Der Kraftprotz schnappte sich nun erneut das Mikrofon. »Wenn ihr Probleme habt, wendet euch vertrauensvoll an mich. Klopapier gibt's genug bei uns. Jetzt möchte ich euch noch einmal auf unsere Ausflüge und Veranstaltungen aufmerksam machen. Am Montag könnt ihr mit meiner Wenigkeit an einer unvergesslichen Single-Jachttour teilnehmen«, meinte er und zwinkerte wieder mit dem linken Auge, bevor er fortfuhr: »Am Dienstag freut sich Taner auf einen Ausflug mit euch in eine Teppichknüpferei. Und am Mittwoch geht es in ein typisch türkisches Dorf, wo die Einheimischen ihr Brot noch selbst backen«, verkündete er mit aufgekratzter Stimme, als sei das eine Sensation. »Da könnt ihr ihnen über die Schulter schauen, und danach wird euch eine Bauernbrotzeit mit Produkten aus dieser Gegend serviert. Der Donnerstag ist allen Sangesfreudigen gewidmet, denn da ist unser großer Karaoke-Abend in der Sunshine-Bar. Und am Freitag ist Einkaufen angesagt. Da geht's auf den Wochenmarkt von Uluköy – ein Eldorado für Gewürze und allerlei Souvenirs, sag ich euch. Da werdet ihr bestimmt fündig, wenn ihr etwas für eure Lieben daheim sucht. Und nicht vergessen, Leute: Wer rastet, der rostet. Für die Sportlichen unter euch gibt's Boccia am Strand. Jeden Nachmittag um vier. Das detaillierte Programm könnt ihr auch in unserem Glaskasten nachlesen, da drinnen in der Lobby«, spulte er routiniert die Infos ab. »In ein paar Stunden gibt's Abendessen, und danach treffen wir uns in der Sunshine-Bar zu einem sundowner«, schloss er unter dem tosenden Beifall der Hotelgäste ab.

»Ich nehme mir den eitlen Pfau vor, und du kümmerst dich um seine Kollegen«, sagte Özakın nüchtern, nachdem sie ihre Colas ausgetrunken hatten. »Und denk daran, wir ermitteln verdeckt. Du bist ein Geschäftsmann auf Urlaubsreise.«

»Was für Geschäfte denn?«, fragte Mustafa erstaunt.

»Großhandel in Aksaray, Taschen und Gürtel«, fiel Özakın ein.

»Ist klar, Chef«, sagte Mustafa und fragte sogleich: »Müssen wir denn wirklich gleich loslegen? Wie wäre es mit einer kleinen Siesta?«

»Na gut«, ließ sich Özakın überreden, »aber nur kurz. Wie ich sehe, brauchst du das Zimmer jetzt für dich allein«, sagte er und verzog sich in die klimatisierte Lobby, um dort Zeitung zu lesen.

»Hast du den Notfallwagen auch gesehen?«, fragte Mustafa am Abend, als sie sich später auf der Terrasse der Sunshine-Bar trafen.

Özakın schüttelte den Kopf.

»Sonnenstich, schwere Verbrennungen. Der Hotelarzt musste einige Touristen mit ins Krankenhaus nehmen.«

»Tja, die haben es wohl ein bisschen übertrieben«, sagte Özakın und ließ seinen Blick über den leeren Strand schweifen, wo die Bediensteten nach dem tagtäglichen großen Brutzeln der Touristen die Schirme zusammengeklappt und die Liegen wieder ordentlich aufgereiht hatten.

»Ein Russe und zwei Engländerinnen«, sprach Mustafa weiter und setzte sich zu Özakın an den Tisch, von wo aus man einen pittoresken Blick auf die alte Burg von Alanya hatte. »So kann man es aushalten«, meinte er.

»Die zwei Animateure sind mir übrigens vorhin in die Arme gelaufen. Ich hab gehört, wie sie sich über die neue Reisegruppe ausgelassen haben. Da sagte der eine zu dem anderen: ›Diesmal ist nur Schrott dabei.‹ Ich wette, die meinten die Frauen.«

»Was du wieder denkst«, sagte Özakın kopfschüttelnd.

»Vor allem dieser Emre scheint auf der Pirsch zu sein. Sucht wohl 'ne neue Freundin«, flüsterte Mustafa und schwieg, weil sich der Kellner ihnen genähert hatte, um eine Schüssel mit Pistazien und Nüssen auf den Tisch zu stellen.

Özakın trank schnell sein Bier aus, hielt den Zeigefinger in die Luft und zeigte auf sein leeres Glas.

Die Bar begann sich allmählich zu füllen. Überall saßen Menschen mit geröteten und zufriedenen Gesichtern. Sie steckten in kurzen Hosen oder luftigen Trägerkleidchen. Ein Mann spielte auf der Hammondorgel »Guantanamera« und andere internationale Schlager. Die junge Frau neben ihm, groß und mit hohen Backenknochen, sang dazu, während die Touristen vor sich hinschwatzten und sich nicht für die Musik interessierten.

In einer Ecke saß der krebsrote Dicke, der am Strand mit der Zeitung in der Hand eingenickt war, inmitten einer lärmenden Gruppe von Männern, Typ kumpeliger Sportsfreund mit einem Hang zu langen, geselligen Abenden. Nach ihren T-Shirts zu urteilen, waren es Mitglieder eines Kegelclubs.

»Kölsch habt ihr nicht zufällig?«, fragte der Dicke vertraut, als befände er sich in seiner Stammkneipe.

Der Kellner verneinte.

»Dann bring 'ne Runde Efes«, meinte er.

Um einen anderen Tisch hatten sich einige Frauen mittleren Alters gruppiert, fröhlich gackernd und anscheinend für jede Abwechslung dankbar. Hausfrauen auf einem Trip ohne Mann und Kinder, überlegte Özakın.

Gleich gegenüber saß ein älteres Ehepaar, das sich schon seit einer halben Stunde anschwieg, bis die Frau fragte: »Wie ist wohl das Wetter in Deutschland?«

»Sechzehn Grad«, antwortete ihr Mann knapp, bevor die spärliche Konversation wieder versiegte.

Plötzlich stolzierte Emre in die Bar. Er hatte eine leichte, weiße Baumwollhose übergezogen, darüber ein ärmelloses, weißes T-Shirt, aus dem gut gebaute Oberarme quollen und das auf der Brust mit einem goldenen Adler bedruckt war. Darüber baumelte eine schwere Goldkette. Er war frisch geduscht, seine Haare glänzten vor Nässe, aber es konnte auch Gel sein. Schon hatte er einen geeigneten Platz entdeckt und lief direkt auf den Tisch des schweigsamen Ehepaares zu.

»Ich sehe schon, ihr habt auf mich gewartet«, witzelte er. »Hier ist noch Platz für mich, oder?«

»Für dich doch immer«, sagten die beiden im Chor. Sogar ein Lächeln huschte über ihre Gesichter.

»Alles klar bei euch?«, fragte er und strich sich über das Haar.

»Ja, klar«, grummelte der Mann. »Haben gut gegessen und gut getrunken …«

»Jetzt trinken wir noch etwas …«, sagte die Frau. »Morgen ist Abreise.«

»Was, schon?«, fragte Emre erstaunt. »Und? War der Urlaub gut?«

»Ja, gut«, sagte der Mann etwas einsilbig.

»Gebt mir doch mal eure Adresse, dann besuch ich euch vielleicht in Deutschland.«

»Hast du was zu schreiben, Herbert?«, fragte die Frau ihren Mann, der umständlich nach Stift und Papier in der Tasche suchte und eine ratlose Geste machte, weil ihm der Gedanke, dass Emre bei ihm zu Hause auf der Matte stehen könnte, nicht behagte.

Emre, der die Situation sofort erkannt hatte, schlenderte lässig zur Bar, holte Stift und Bierdeckel, was er den beiden überfreundlich präsentierte.

»Die Telefonnummer auch, Renate?«, fragte der Mann unschlüssig.

»Mach ruhig, Herbert. Dann kann er uns ja vorher anrufen, wenn er denn in Deutschland ist.«

Der Mann, noch etwas irritiert, reichte Emre den beschriebenen Bierdeckel über den Tisch. Ein paar Minuten lang schwiegen alle gemeinsam, bis Emre meinte: »Hier nagelt die Sonne ganz schön.«

»Wenn man sich ordentlich eincremt, kann nichts passieren«, sagte die Frau.

»Was hast du für einen Sonnenschutzfaktor, Renate?«

Sie dachte nach. »Fünfzehn, glaub ich.«

Emre warf einen prüfenden Blick auf ihre welken Oberarme. »Brauchst mehr«, stellte er fachmännisch fest, während er mit den Gedanken bereits

woanders war, denn er hatte die Hausfrauen entdeckt. Die flirteten gerade mit dem Kellner und
machten Emre schon Zeichen, er solle sich zu ihnen
gesellen.

Er stand auf, wünschte dem Ehepaar einen guten
Heimflug, falls man sich morgen nicht mehr sehen
sollte, und lief mit federndem Gang zu den Frauen
hinüber.

»Da kommt ja unser türkischer Don Juan«, sagte
eine der Frauen mit schwäbischem Akzent. »Hei-
ligsblechle, der had sich heit in Schalc gworfa.«

»Hier isch Platz«, sagte die jüngste von allen, die
keinen Ehering am Finger trug, aber dafür einen riesigen Klunker. »Schau mal, Emre, was ich mir heute gekauft habe. Wie findst du den Ring?«

»Der ischt doch gar ned echt«, grölten die anderen.

Emre griff nach ihrer Hand, die er nun sanft mit
dem Daumen streichelte. »*Diamonds are a girl's best
friend*«, philosophierte er. »Ich wünschte, ich hätte
ihn dir angesteckt.« Dabei blickte er ihr kurz, aber
intensiv in die Augen, bevor er wieder ein Schüch-
terner-Junge-Lächeln aufsetzte. »Und? Wie war euer
Ausflug mit dem Geländewagen?«, wechselte er geschickt das Thema.

»Wie war's? Heiß war's«, antwortete die Wortführerin der Gruppe. »Klatschnass wara mir.
Proscht.«

Die Biergläser knallten aufeinander.

»Der Taner, der dabei war«, fuhr sie fort und
wischte sich den Schaum vom Mund, »der spricht

fei kein guts Deutsch, wie du. Wie hasch du's eigentlich glernt?«

»Mit einem Buch. In nur einem Monat«, antwortete Emre nicht ohne Stolz. »So hab ich auch Englisch, Französisch und Russisch gelernt.«

»Wie?«, fragte die Frau mit dem Ring am Finger erstaunt.

»Mit einem Buch«, wiederholte er.

»Das isch ebbes mit zwei Pappen und ganz viele Blätter drin«, tönte die Wortführerin, und alle lachten lauthals.

»Ich bin ein Schnellleser«, kam Emre ins Schwärmen. »Als Scharfschütze bei der Armee … da hab ich mal an einem einzigen Abend ein Buch mit über tausend Seiten gelesen. Türkei und die USA. Zwei Weltmächte im Krieg, so hieß das Buch. Platz eins der Bestsellerliste«, erklärte er, wohl wissend, dass den Frauen bestimmt nicht der Sinn nach politischen oder literarischen Diskussionen stand.

»Also, Prost, ihr tollen Frauen«, meinte er schließlich in einem sonnig-unverbindlichen Ton. »Ich werd euch bestimmt vermissen.«

»Nur mal langsam. Wir sind noch 'ne Weile hier«, sagte seine Sitznachbarin und rückte ein bisschen näher.

Özakın und Mustafa hatten ihn die ganze Zeit beobachtet. Es war faszinierend, wie geschickt Emre mit den Gefühlslagen der Touristen jonglieren konnte.

Es war spät geworden. Nach einem weiteren Efes

für Özakın und einem »Sex on the Beach« für Mustafa verließen sie die Bar.

Sie fielen bleischwer ins Bett und schliefen fest bis zum nächsten Morgen. Selbst Mustafas Schnarchen konnte Özakın diesmal nichts anhaben.

22... »Ich hab mich mit dem einen Animateur angefreundet«, erzählte Mustafa am nächsten Tag, als sie sich am Strand wiedertrafen. »Wir saßen zusammen beim Spätaufsteherfrühstück. Wo warst du eigentlich?«

»Ich war wie erschlagen heute Morgen. Bin noch mal eingenickt, und wenn mich die Putzfrau nicht geweckt hätte, läge ich immer noch im Bett«, antwortete Özakın und gab dem Kellner an der Strandbar ein Zeichen, damit er ihm einen Tee brachte.

Mustafa machte es sich auf seinem Strandlaken bequem, nachdem er seine schlabberige Trainingshose ausgezogen hatte. Darunter kamen Bermuda-Shorts zum Vorschein, die ein auffälliges Blumenmuster aufwiesen. »Schau mal, wie blass ich bin«, sagte er und deutete auf seinen bleichen Oberkörper.

»Ein bisschen mehr Sport täte dir auch gut«, meinte Özakın und deutete auf Mustafas Bauchregion.

Der hob ratlos die Schultern. »Das gute Essen bei Muttern«, meinte er. »Aber heute geht's zum Bocciaspielen mit Taner. Der hatte übrigens Interessantes zu erzählen.«

»Ja?«

»Die Animateure hier würden wie Galeerenhäftlinge gehalten. Rund um die Uhr arbeiten, sechs Tage die Woche, nur ein einziger freier Tag. Die Bezahlung scheint auch nicht besonders üppig zu sein«, erzählte Mustafa, während er sich, eitel wie er war, die Haare glatt strich.

»Immer noch besser als arbeitslos. Wo könnten die denn sonst arbeiten, die jungen Burschen«, bemerkte Özakın und blickte geradewegs auf einen der Animateure, der am Strand versuchte, einer jungen Touristin die ersten Surfregeln beizubringen. Die Frau im Bıkini stand auf dem Brett und hielt krampfhaft das Segel fest, während er sie mit nacktem Oberkörper von hinten umklammerte, damit sie nicht umkippte, was eigentlich nicht nötig gewesen wäre. Die Frau schien das aber nicht im Geringsten zu stören.

»Kann man hier überhaupt surfen?«, fragte Özakın. »Ich meine, hier ist es doch äußerst windstill.«

»Die Surfreviere liegen eher woanders«, grinste Mustafa vielsagend, bevor er das vorherige Thema wieder aufgriff. »Also, die verdienen hier so wenig, dass sie auf die Trinkgelder und Zuwendungen der Gäste angewiesen sind. Damit würde es sich einigermaßen leben lassen.«

Özakın schüttelte den Kopf. »Zuwendungen?«

»Kleine oder große Liebesgeschenke«, antwortete Mustafa, »vor allem von alleinreisenden Frauen, die sich erkenntlich zeigen, wenn sie mit dem *Service* zufrieden sind«, antwortete Mustafa ironisch.

»Tja, mein Lieber«, sagte Özakın, »das sollte dir zu denken geben. Das Süßholzraspeln der Animateure könntest du vielleicht auch mal ausprobieren. Zumindest am Anfang, bis dir die Täubchen ins Netz gegangen sind.« Er beobachtete weiter den Animateur und die Touristin, die sich inzwischen mit dem Surfbrett ins Wasser begeben hatten. Sie versuchte, etwas umständlich auf das Brett zu klettern, und er schob sie von hinten an.

»Guter Tipp, Mehmet«, sagte Mustafa und schmunzelte. »Ich hätte auch mal gerne 'ne Frau, die mich aushält, aber irgendwie gerate ich immer an die Falschen, an solche, die selbst keine einzige Lira besitzen.«

»Und hast du etwas über unseren Mann herausbekommen?«

»Nur, dass seine Familie in einem Dorf nahe Alanya lebt.«

»Nicht gerade viel«, meinte Özakın und starrte gedankenverloren auf das glitzernde Wasser.

»Irgendwelche Infos aus Istanbul?«, wollte nun Mustafa wissen, während er, geblendet von der Sonne, seine gefälschte Ray-Ban-Brille aufsetzte, die ihm das Flair eines Bohemiens verlieh.

»Durmuş geht dem Hinweis auf den Anruf aus dem Hotel in Sultanahmet nach, und Oktay braucht noch Zeit für die Analyse des Handschuhs aus dem Belüftungsschacht. Du weißt schon, Fasergutachten oder eventuell ein DNA-Test. Das kann aber dauern«, antwortete Özakın und verzog verächtlich die Mundwinkel.

Eine Weile genossen sie die Sonnenstrahlen auf ihrer Haut. Dann schaute Mustafa auf die Uhr und stellte fest, dass sie sich für die Single-Jachttour eintragen mussten. Sie zogen sich schnell etwas über und liefen zur Rezeption. Gleich gegenüber hing die Informationstafel mit den Programmpunkten der Woche.

»Ein Schiffsausflug für einsame Herzen – ein gefundenes Fressen für diesen schmierigen Emre«, machte sich Mustafa lustig und las vor: *Die Romantik wird auf dieser Tour ganz groß geschrieben. Mit der Jacht fahrt ihr gemeinsam in die Nacht hinaus und bewundert den Sternenhimmel mit einem Glas Wein in der Hand. Genießt die wunderbare Atmosphäre der türkischen Riviera, lernt einen neuen Partner kennen, und eure Träume von einem unbeschwerten Urlaub werden Wirklichkeit. Lasst gemeinsam eure Seele zum Wellenschlag am Rumpf des Schiffes baumeln. Lauscht der entspannenden Musik und werdet auf diesem unvergesslichen Ausflug zu Nachtschwärmern. Alle, die gerne flirten, sind hier angesprochen.*

»Du kannst es wohl nicht abwarten«, flachste Özakın, als ihm plötzlich jemand von hinten auf die Schulter tippte. Er drehte sich um und war geblendet von einem Paar wunderschöner Augen.

»Bin gerade eben angekommen«, sagte sie. »Mit dem Flugzeug nach Antalya und weiter mit dem Bus hierher.«

»Sie Glückliche«, murmelte Özakın, bevor er sie anzischte: »Sie kennen uns nicht. Ist das klar?« Er zog sie am Ärmel in eine Nische, wo früher einmal Telefonzellen gestanden haben mussten. »Nicht, dass Sie uns die Tour vermasseln und auf die Idee kommen, auf eigene Faust zu recherchieren. Was machen Sie hier überhaupt?«

Monika Adelheidt lächelte und meinte: »Ich schreibe einen Artikel für meine Zeitung, wenn Sie nichts dagegen haben. Über Deutsche, die in Alanya Eigentum erworben haben und hier leben. Sind 'ne ganze Menge.«

»Schön für Sie«, sagte Özakın verstimmt und bemerkte, wie sie Mustafa fixierte. »Darf ich bekannt machen. Mein Kollege Mustafa Tombul«, meinte er zähneknirschend.

Sie streckte Mustafa die Hand entgegen und fragte: »Sie wollen an einer Single-Jachttour teilnehmen?«

»Warum nicht?«, antwortete Mustafa abwehrend, weil ihre Frage so geklungen hatte, als hätte er es nötig, Frauen aufzureißen. »Wir müssen schließlich unseren Mann observieren.«

»Ach ja?« Ihr Mund verzog sich zu einem Grinsen. »Gute Idee. Wir sehen uns dann«, sagte sie schließlich und bemerkte die tadelnden Blicke Özakıns. »Wir kennen uns natürlich nicht«, versprach sie schnell und stolzierte auf ihren makellosen langen Beinen auf die Straße hinaus.

Özakın und Mustafa sahen ihr bewundernd hinterher.

»Die Kleine ist ja scharf wie ein Rasiermesser«, schwärmte Mustafa. »Diese grünen Katzenaugen.«

»Und erst diese Sommersprossen«, seufzte Özakın.

Die Wellen rollten sanft auf das Ufer zu. Auf dem Fahnenmast hatte sich eine Möwe auf ihren dürren Beinen niedergelassen. Eine Brise von Freiheit und Unbeschwertheit hing in der Luft.

Mustafa gähnte genüsslich, reckte seinen Körper in alle Richtungen wie ein Kater, nachdem er sich eine Weile in der Sonne geaalt hatte. Jetzt hatte er richtig Lust, sich in die glitzernden Fluten zu stürzen.

»Ich geh mal eine Runde schwimmen«, sagte er zu Özakın gewandt, der sich immer noch über die deutsche Journalistin ärgerte, die ihnen gefolgt war. Hoffentlich hält sie sich an unsere Absprache, dachte Özakın. Sonst können wir hier gleich einpacken. Sie hatten ohnehin noch keine großen Fortschritte gemacht. Dass Emre einen Fehler beging, sich selbst ans Messer lieferte, darauf konnten sie wahrscheinlich noch lange warten. Er überlegte kurz, ob er das Zimmer des Animateurs auseinandernehmen sollte, wenn er seiner Arbeit nachging, beschloss aber, damit zu warten. Wo war der Kerl eigentlich zur Tatzeit gewesen? Das lässt sich schnell herausfinden, wir dürfen nur die Pferde nicht scheu machen, dachte er, als Mustafa aus dem Wasser gerannt kam.

»It's Boccia-time«, sagte er gut gelaunt.

»Vergiss aber nicht, diesen Taner auszuquetschen«, ermahnte ihn Özakın.

»Überlass das ruhig meinen unvergleichlichen Talenten«, prahlte Mustafa und trocknete sich schnell ab. Er nahm seine Trainingshose und verschwand in einer Umkleidekabine.

Özakın machte sich auf den Weg, um sich eine Erfrischung zu gönnen, als ihn seine Frau anrief.

»Na, was macht die Arbeit?«, wollte sie wissen.

»Ach, frag nicht«, antwortete er schlecht gelaunt. »Ich weiß nicht, ob ich nicht zu voreilig war mit unserer Aktion hier, ob ich mich nicht verrannt habe.«

»Wo bleibt denn deine Souveränität? Ihr seid doch noch gar nicht lange da. Wart mal ab. Hast wohl vergessen, dass die Tote vielfältige Kontakte nach Alanya hatte«, beruhigte sie ihn.

»Wenn ich dich nicht hätte, meine Süße«, sagte Özakın und schlenderte in eine ruhige Ecke, wo man von den übertrieben gut gelaunten Anfeuerungsrufen der Animateure verschont blieb.

»Manchmal hat man eben einen Durchhänger«, stellte er fest und zündete sich eine Zigarette an.

»Wem sagst du das«, pflichtete ihm seine Frau bei. Sie klang etwas weinerlich.

»Was hast du? Ich bin doch bald zurück«, sagte Özakın erschrocken.

»Nur ist ausgezogen.«

Özakın atmete auf. »Und ich dachte, es sei etwas Schlimmes. Sei froh. Hat sie endlich eine Wohnung gefunden?«

»Was weiß ich! Sie ist mehr oder weniger unfreiwillig gegangen.«

»Habt ihr euch gestritten?«, wunderte sich Özakın, weil sich Sevim sonst sehr gut beherrschen konnte, viel besser als er.

»Um Gottes willen! Wir sind doch keine kleinen Kinder mehr. Ich hab sie eiskalt rausgeschmissen mitsamt ihrem Krempel«, sagte sie in ruhigem Ton.

»Ach ja?«

»Ich glaube, die ist wahnsinnig geworden. Richtig durchgeknallt ist die.«

»Hab ich schon immer gesagt!«

»Kannst du dich an den Wahrsager erinnern, der ihr eingeredet hat, irgendjemand habe ihr den bösen Blick verpasst?«

»Was ist mit ihm?«

»Sie hatte wohl noch ein paar Seancen bei ihm, und dieser Quacksalber hat mich als diejenige entlarvt, die ihr Unglück gebracht haben soll«, berichtete Sevim mit ironischem Unterton.

»Das hast du jetzt davon!«, rief Özakın entsetzt aus. »Und du hattest noch Mitleid mit ihr.« Er lachte zynisch.

»Beim Abschied ist sie sogar pampig geworden. Sie meinte, so einen tollen Mann wie dich hätte ich nicht verdient. Der *hoca* hätte gemeint, du seiest in sie verknallt.«

»Was, ich? Da tun sich ja fürchterliche Abgründe auf.« Özakın war mächtig erschrocken, gleichzeitig war er froh, dass er nicht dabei gewesen war.

»Jedenfalls kam ich gestern nach Hause und erwischte sie dabei, wie sie Fasern, Fäden und Haare aus meiner Kleidung sammelte, die sie dann mit einer Hexenkräutermischung vom *hoca* verbrennen wollte.«

»Was sind denn das für Horrorgeschichten? Wofür soll das denn gut sein?«, fragte Özakın erstaunt.

»Ich kenn das Zeug aus den Erzählungen meiner Mutter. Mit dem Rauch dieser teuflischen Mischung sollen die bösen Geister vertrieben werden«, erklärte seine Frau nüchtern, als handle es sich dabei um ein rezeptpflichtiges Medikament aus der Apotheke.

Ein guter Psychiater wäre nicht schlecht gewesen, dachte Özakın. Er merkte, wie Wut in ihm hochstieg, wie immer, wenn die Gutmütigkeit anderer missbraucht wurde. Leider konnte er im Augenblick nichts ausrichten, was er seiner Frau voller Bedauern mitteilte, bevor er sich mit wortreichen Beteuerungen, sie solle die Sache nicht so ernst nehmen und er sei bald zurück, von ihr verabschiedete.

Die Nachricht aus Istanbul hatte ihn mehr erschüttert, als er gegenüber Sevim zugegeben hatte. Den Kopf voller düsterer Gedanken, spazierte er durch den Garten, um sich abzulenken. Etwas abseits, am Hintereingang der Küche, erblickte er den Chefkoch des Hotels mit einer Zigarette im Mundwinkel.

»*Iyi günler, usta.* Guten Tag.«

»*Iyi günler.*« Der Koch sog den Rauch tief in die Lungen ein und blies ihn durch die Nase wieder aus. »Die letzte vor dem großen Fressen, wenn die Touristen wie Heuschrecken über das Büfett herfallen«, feixte er, bevor er die Kippe mit dem Schuhabsatz zerdrückte und sie ins Gebüsch kickte.

»Der angebrannte Reispudding mit Hähnchenbrust, der *tavuk gögsü*, gestern Abend war vorzüglich«, machte ihm Özakın ein Kompliment. »Was ist das Geheimnis?«

»Nur die besten Zutaten für unsere Desserts«, meinte der Koch und fragte sogleich: »Neu hier?«

Özakın nickte.

»Einheimische Touristen sind selten. Aus Istanbul?«

Neugier war den meisten Türken angeboren. Özakın kannte die Marotten seiner Landsleute. Er bejahte.

»Kennst du das Vatan Otel? Hab dort drei Jahre gearbeitet. Was machst du beruflich?«

»Großhandel. Taschen und Gürtel«, beantwortete Özakın seine Frage.

»Und jetzt gönnst du dir ein paar schöne Tage. Ohne Familie?«

»Ja, leider«, log Özakın. »Die Familie konnte nicht mitkommen.« Er bemerkte, wie der Koch misstrauisch dreinblickte.

»Verstehe«, sagte er und lächelte vielsagend. »Komm mit rein. Ich zeig dir, wie man *tavuk gögsü* richtig zubereitet.«

Özakın folgte ihm in die Hotelküche, wo die Vorbereitungen für das Abendessen auf Hochtouren liefen. Weiß gewandete Männer liefen hektisch hin und her, karrten tonnenweise Essbares heran, schnippelten Gemüse und Obst klein, brieten Fleisch in überdimensionalen Pfannen oder gaben irgendwelchen Gerichten mit exotischen Gewürzen den letzten Pfiff. Es zischte und dampfte und war so heiß, dass den Köchen die Schweißperlen auf der Stirn standen.

Der Chefkoch führte Özakın an eine Stelle, wo es etwas ruhiger zuging. Die meisten Süßspeisen waren bereits fertig und kühlten nun ab: Gebäck aus Fadennudeln, Quitten in Zuckersirup, Safranreis, süße Kürbisschnitten, Rosenwasser-Gelee mit Pistazien, Türkischer Honig, süße Blätterteigpasteten, Grießkrapfen, Walnussplätzchen, Feigen-, Dattel-, Mandel- und Kokospudding. Andere Süßspeisen, wie zum Beispiel der Spritzkuchen, sollten am Büfett an sogenannten Live-Kochstationen frisch zubereitet werden.

»Hobbykoch?«, fragte Özakıns neue Bekanntschaft.

»Die beste Entspannung nach der Arbeit«, antwortete er. »Wenn ich aus dem …« Er stockte. Fast hätte er sich verraten. »Wenn ich aus meinem Laden in Aksaray komme.«

Der Chefkoch holte die Zutaten: ein Liter Milch, jeweils 50 g Reis- und Stärkemehl, 250 g Zucker. »Hab den Job von der Pike auf gelernt«, erklärte er, während er das Ganze vermischte und mit einer Prise Salz in einem Topf auf die Herdplatte stellte.

»Bin schon vierzig Jahre dabei. Geh bald in Rente. Macht alles sowieso keinen Spaß mehr, wenn man zum alten Eisen gehört. Die Welt gehört nur den Jungen. Die bewegen sich wie die Fische im

Wasser. Sprechen Deutsch und Englisch wie ihre Muttersprache.«

»Wie die Animateure hier?«, fragte Özakın neugierig. »Scheinen ja ganz patente Jungs zu sein.«

»Pah«, meinte der Koch abfällig, bevor er sich weiter dem Kochen widmete. »Jetzt kommt das Wichtigste für den Reispudding: Die gekochte Hähnchenbrust, frisch und zart, nur von frei laufenden Hühnern.«

Das Fleisch schnitt er klein und bearbeitete es mit den Fingern so lange, bis es nur noch aus länglichen Fasern bestand. Dann legte er das zerfaserte Fleisch in warmes Wasser und erklärte: »Damit der Huhngeschmack vollkommen verschwindet.«

Kurz darauf nahm er die Hähnchenbrust, besser gesagt das, was davon übrig geblieben war, wieder heraus und zermalmte sie erneut zwischen den Fingern.

»Die tragen die Nase ganz schön hoch«, griff er das Thema Animateure wieder auf.

»Tja, jung müsste man sein«, stichelte Özakın, weil er hoffte, auf diese Weise etwas über Emre zu erfahren.

»Die meisten kommen vom Land«, sagte der Koch, während er die zerfaserte Hähnchenbrust in den Topf mit dem Reispudding gab.

»Null Ausbildung, aber 'ne vorlaute Klappe. Dem einen hab ich sogar den Job hier vermittelt. Kenn den Vater noch aus der Grundschule. Da ist es Ehrensache, dass man sich gegenseitig hilft. Jetzt glaubt er, der Überflieger zu sein und kennt mich nicht mehr. Vor allem, seit er und seine Familie zu Geld gekommen sind.«

»Ja, das Leben hier kann einen schon verändern«, bemerkte Özakın. »Ist es zufällig Emre, den du meinst, Meister?«

Der Koch machte eine beipflichtende Geste und ließ den *tavuk gögsü* noch ein bisschen vor sich hin köcheln, bis er dickflüssig geworden war. Dann kippte er die Mischung auf ein Backblech. »Eine Kneipe, ein Auto. Und die Forellenzucht der Eltern mit angrenzendem Restaurant. Mich würde es nicht wundern, wenn …«, zählte er auf, stockte aber sogleich, weil ihm etwas zugerufen wurde.

Erzähl ruhig weiter, dachte Özakın. Der Koch war gerade so schön in Fahrt gewesen.

»Was ist denn schon wieder?«, fragte der Koch in Richtung Kühlraum, wo sein Kollege in der Tür stand und ein ziemlich unglückliches Gesicht machte.

»Ibrahim … der weigert sich …«

Der Koch hatte verstanden und verdrehte die Augen. »Ich muss los«, entschuldigte er sich. »Ibrahim, unser Hardcore-Muslim, ekelt sich vor Schweinefleisch und weigert sich es anzufassen. Der war in Mekka und fürchtet nun, unrein zu werden.« Er lachte. »Das ist mir ein schöner Koch! Und ich kann's wieder ausbaden. Einmal die Woche gibt's für die Touristen Schweineschnitzel. Befehl von oben.«

Ratlos blickte Özakın dem davoneilenden Koch hinterher. Das Dessert war noch nicht gar. Schließlich nahm er kurzerhand das Blech und stellte es auf eine heiße Herdplatte, bis der Reispudding unten leicht angebrannt war. Jetzt musste der *tavuk gögsü* nur noch abkühlen.

23 ... Mustafa hielt sich den prallen Bauch. So viele Leckereien auf einmal verführten zur Völlerei. Außerdem galt es die Gelegenheit zu nutzen. Wer wusste schon, wann er wieder in einem Viersterne-Hotel wohnen würde.

Das Schlemmen hatte sich bis zehn Uhr abends hingezogen. Danach war er ins Zimmer geeilt, hatte seine Badesachen in eine Tüte gesteckt und war pünktlich zum Steg gekommen, bereit für die Single-Jachttour.

Özakın war nirgends zu sehen. Dafür ein anderes bekanntes Gesicht: Monika Adelheidt, in einem flatternden Trägerkleidchen, die rot-blonden Haare zu einem Pferdeschwanz hochgebunden.

»*İyi akşamlar*«, begrüßte Mustafa sie. »Wollen Sie etwa auch zu diesem touristischen Highlight?« Er deutete auf den Motorsegler, einen traditionellen *Gulet*, den der Animateur Sonay, der Kapitän und zwei Schiffsjungen gerade mit Wein und Rakı beluden. Zwei weitere Helfer transportierten einen riesigen Eisblock auf ihren Schultern.

»Emre hat mich gefragt, ob ich mitkomme. Er braucht für die Tour mindestens zwölf Personen. Sonst hätte er das Ganze abblasen müssen. Ich bräuchte auch nichts zu bezahlen«, erklärte sie.

Mustafa war kurz davor loszuprusten. Was für ein Schmierenkomödiant, dachte er, wollte ihr aber nicht den Spaß an der Fahrt verderben, indem er sie über Emres Masche aufklärte. Er hätte schwören können, dass der Animateur sicherlich mehr als nur zwölf Personen zusammenbekommen hatte.

In diesem Moment kam Özakın angerannt, der, als er die deutsche Journalistin erblickte, vor Wut in die Luft gehen wollte.

Mustafa kam ihm ein Stück entgegen, um ihn zu besänftigen. »Ruhig Blut, unser Mann hat sie eingeladen«, flüsterte er.

»Dieser Widerling!«, maulte Özakın. In seinen Augen gehörte Emre schon deswegen hinter Gitter.

Bald waren alle Bordgäste zugestiegen. Und wie Mustafa es bereits vermutet hatte, zählte Özakın knapp zwanzig Singles.

Sonay kümmerte sich um die Getränke, und sein Kollege, der geckenhafte Emre, sorgte für die passende Musik, damit die Gäste gleich von Anfang an in eine romantische Stimmung versetzt wurden. Schließlich durfte nichts dem Zufall überlassen werden, dafür war die Zeit zu knapp. Er legte eine *Buddha Bar*-CD ein, das Holzschiff tuckerte los, und die Gäste machten es sich auf den ausgelegten großen Matratzen bequem.

Özakın und Mustafa lehnten am Geländer und betrachteten diesen Jahrmarkt der Einsamen.

»Na, Mustafa, willst du jetzt nicht ein bisschen aktiv werden? Du bist jung und belastbar«, neckte ihn Özakın. »Sonst fallen wir noch auf.«

»An welche soll ich mich ranmachen?«, fragte Mustafa. »An die mit den langen blonden Haaren oder die mit dem braunen Wuschelkopf? Und was ist mit dir?«

»Lass mal. Ich checke die Lage und behalte Emre im Blick«, sagte Özakın und nahm das Weinglas entgegen, das ihm von einem Schiffsjungen gereicht wurde, während sich Mustafa in Bewegung setzte.

Eine Blondine, die zwar ihren Schmelz verloren hatte, aber sonst recht passabel aussah, lag auf einer Luftmatratze und blickte verträumt in den Sternenhimmel. »Eine Sternschnuppe«, schrie sie aufgeregt. »Ich hab eine Sternschnuppe gesehen. Wie schön.« Sie stupste Özakın an, der ebenfalls den Blick nach oben richtete, wo Millionen von Himmelskörpern, wie kleine Halogenspots, um die Wette leuchteten.

»Jetzt müssen Sie die Augen schließen und sich etwas wünschen«, sagte sie auf Englisch, weil Özakın kein Deutsch verstand, und hielt ihm die Augen zu.

»Ich heiße übrigens Anne. Wie heißt du?«, säuselte sie.

»Mehmet.«

»Ein typisch türkischer Name …«, sinnierte sie, bevor sie wieder aufjauchzte: »Da, schon wieder.« Sie deutete erneut auf den Himmel. »Ich liebe dieses Land und seine Menschen. Auch die kleinen Dinge des Lebens können sie genießen«, schwärmte sie. »Die Menschen hier, sie sind so herzlich, so … so romantisch und so gastfreundlich.« Sie machte eine entschuldigende Geste. »Nicht wie bei uns. Dort triumphiert der Egoismus. Der Materialismus hat die Menschen fest im Griff.«

Na ja, ob sie da in ihrer euphorischen Urlaubsstimmung nicht ein bisschen übertrieb? Gastfreundlich waren die Türken in der Tat. Aber was hatte man davon?, fragte sich Özakın. Nicht selten wurde diese Gastfreundschaft missbraucht. Er dachte an Sevims Freundin, die von allen guten Geistern verlassen worden war. Und das Geld? Das spielte auch in der Türkei eine große Rolle. Erst unlängst hatte er für den Sohn von Sevims Cousin eine beträchtliche Summe überwiesen. Aus Mitleid, weil dieser eine lebensgefährliche Gelbsucht hatte, angeblich dem Tode geweiht war und dringend eine Leberoperation brauchte. Doch, oh Wunder, der Verwandte war plötzlich genesen. Das Geld hatte er nie wiedergesehen.

Vielleicht war er aufgrund seines Berufes ein unverbesserlicher Pessimist, aber so positiv waren seine Erfahrungen in der Türkei nicht. Von Mord und Totschlag abgesehen, womit er es tagtäglich zu tun hatte, herrschten auch hier raue Sitten. Aber bitte, wenn die Dame es anders sehen wollte! Er mochte nicht als Stimmungstöter auftreten, ihr hier, auf einer romantischen Schifffahrt, die Illusionen rauben.

Nach halbstündiger Fahrt auf hoher See, das *Gulet* war inzwischen vor Anker gegangen, lag pechschwarz eine einsame Bucht vor ihnen. Dahinter zeichneten sich wie in einem Scherenschnitt die Umrisse des Taurusgebirges ab. Aus der Nachbarbucht wehten Fetzen von Disco-Musik herüber. In der Ferne waren auf einem beleuchteten Schiff die Schatten von tanzenden Menschen zu erkennen.

Anne hatte ihren Kopf an Özakıns Schulter gelehnt. Zum Stillhalten verurteilt, überlegte er, wie er sich aus dieser heiklen Situation lösen konnte.

Mustafa dagegen schien der Ausflug sichtlich Spaß zu machen. Er war gerade dabei, vom Heck einen Kopfsprung ins Wasser zu wagen, angefeuert von zwei äußerst hübschen Frauen im Bikini, die wie verspielte Kinder wirkten.

»Eins, zwei, drei«, hörte er sie zählen. Dieser Kindskopf! Aber eines musste man ihm lassen: Er schien seinen Einsatz sehr ernst zu nehmen.

Wo aber war die deutsche Journalistin? Nicht auszuschließen, dass Emre sie schon umgarnte wie ein liebestoller Pfau, dachte Özakın. Dann sah er sie vorne am Bug sitzen, mit dem Rücken zu ihm. Emres Arm lag auf ihrer Schulter. Er hörte ihr Lachen. Wer weiß, welchen Unsinn er ihr gerade erzählt, dachte er. Und sie schien sogar Gefallen daran zu haben. Die Frauen sind doch alle gleich, überlegte er. Es war leicht, sie herumzukriegen. Schmalzige Musik, ein paar läppische Komplimente, und schon waren sie entflammt. Wenn aber selbst eine emanzipierte Frau wie Monika darauf hereinfiel, dann warf das ein zweifelhaftes Licht auf die weibliche Psyche. Die Männerwelt hatte nichts zu befürchten.

Unter einem Vorwand konnte er sich von Anne loseisen, um sich näher an die beiden heranzupirschen. Er sah, wie Emre aufstand, zwei Gläser und eine Flasche Rakı vom Tisch nahm, bevor er bei einer anderen Touristin hängen blieb, der er, mit vollen Händen, von hinten um die Hüfte fasste.

»Zum ersten Mal hier?«, hörte er ihn fragen. Und als sie bejahte: »Alleine?«

Özakın sah Emres interessierten Gesichtsausdruck. Ob er ihr Alanya zeigen dürfe?

Inzwischen hatte sich Sonay zu Monika Adelheidt gesetzt. Sie schienen sich angeregt zu unterhalten.

Özakın nahm eine Handvoll Pistazien und ging an seinen alten Platz zurück, in der Hoffnung, dass Anne sich anderweitig orientiert haben könnte, bemerkte aber, dass es sich dort bereits ein Paar zum Vorspiel bequem gemacht hatte. Selbst das Bötchen im Wasser war besetzt, wie er an den rhythmischen Bewegungen erkennen konnte. Verschämt ging er ein paar Schritte, um sich einen anderen Platz zu suchen. Er schmunzelte, als er Mustafa den beiden Badenixen davonlaufen sah. Wie es schien, wollten sie ihm Eiswürfel in die Badehose stecken. So vergnügt hatte er ihn noch nie gesehen. Das dicke Ende kommt aber noch für uns beide, dachte Özakın. Wenn wir diesen Fall nicht lösen, sind wir blamiert.

Jetzt hatte ihn Anne wieder entdeckt, gesellte sich zu ihm und ergriff seine Hand, sodass Özakın ein eigenartiger Schauer über den Rücken lief.

»Mein Gott, haben Sie schöne Hände!«

Was hatte sie vor?

»Das Leben ist ein Mysterium«, flüsterte sie und bestaunte den sichelförmigen Mond.

Nicht ganz, dachte Özakın. Eigentlich war das Leben auf eine einfache Formel zu bringen: Alles drehte sich um Liebe und Zuneigung – ein rasendes Karussell menschlicher Gefühle.

So verharrten sie eine ganze Weile, bis gegen halb zwei Uhr nachts der Kapitän den Motor anwarf und die Jacht langsam aus der Bucht hinausglitt, in Richtung Küste.

24... »Na, wie haben Sie geschlafen?«, fragte Özakın die deutsche Journalistin, als sie sich am nächsten Tag zufällig in der Lobby trafen. Er hatte sich inzwischen mit ihrer Anwesenheit im Hotel abgefunden.

»Wie ein türkisches Murmeltier«, antwortete Monika. »Nur ein bisschen zu kurz. Der Muezzin hat mich in aller Herrgottsfrühe geweckt.«

Özakın und Mustafa konnten sich ein Grinsen nicht verkneifen.

»Nichts gegen seine Sangeskünste«, meinte Monika ironisch, »aber die Lautsprecher des Minaretts sind wohl direkt auf mein Fenster gerichtet.«

»Wollen wir die Zimmer tauschen?«, fragte Özakın, ganz der gastfreundliche Türke.

»Auf unserer Seite ist allerdings eine Schule. Da dröhnt morgens die Nationalhymne aus dem Lautsprecher mitsamt dem Fahnenappell«, schaltete sich Mustafa ein.

»Da müssen wir wohl durch«, sagte Monika resigniert, als müsse sie diesen Schicksalsschlag tapfer ertragen. »Sie sehen aber auch nicht gerade taufrisch aus«, stellte sie fest.

Da hatte sie den Nagel auf den Kopf getroffen. Die beiden waren zwar gleich nach der mitternächtlichen Jachttour auf ihr Zimmer entschwunden, doch Mustafas Schnarchen, verstärkt durch den hohen Alkoholkonsum, hatte die Nachtruhe gestört. Immer wieder hatte Özakın seinen Assistenten geweckt, in der Hoffnung, er würde durch eine andere Liegeposition endlich mit dem Sägen aufhören – vergeblich. Erst gegen Morgengrauen waren beide erschöpft in den Tiefschlaf gefallen, bis die Nationalhymne sie geweckt hatte.

»Na ja«, sagte Mustafa gönnerhaft, »wenn es dem Job dient.«

Monika blickte in die müden Augen der Kommissare und fragte mit einem ironischen Unterton in der Stimme: »Und sonst? Haben Sie sich gestern Abend gut amüsiert? Die beiden Engländerinnen und diese Anne waren doch süß, oder? Der Ausflug schien sich für Sie beide gelohnt zu haben. Ich meine, nicht gerade beruflich, aber sonst …«

Özakın und Mustafa zogen es vor zu schweigen.

»Übrigens«, holte sie erneut aus, »haben alle türkischen Männer so tolle Sprüche drauf, wie dieser Emre? *Als du geboren wurdest, muss der Himmel geweint haben. Er hat seinen schönsten Stern verloren!* Wie originell, dieses Kompliment, nicht wahr?«

Die beiden schüttelten belustigt den Kopf.

»Ich kann Sie trösten«, meinte sie, als sie Özakıns spöttischen Gesichtsausdruck bemerkte. »Der Funke ist trotzdem nicht übergesprungen. Ein anderer Fisch hat gestern angebissen, während ich mit kriminalistischem Gespür etwas für Sie herausgefunden habe.«

Özakın zuckte die Achseln, weil er mal wieder irgendeine Banalität hinter ihren spektakulären Ankündigungen vermutete.

»Und? Wollen Sie es nun wissen?«

»Nur zu«, sagte Özakın mit Skepsis in der Stimme.

»Nach Auskunft von Sonay hatte Emre vor Kurzem ein paar Tage frei, und zwar um die Tatzeit herum. Da kann er doch locker nach Istanbul gefahren sein, um Tanja zu töten.«

Nachdem er aus der Lobby des Hotels in Sultanahmet angerufen und sie in die römische Zisterne bestellt hat, überlegte Özakın. Er hoffte, dass es so gewesen war, aber heute Mittag hatte Durmuş angerufen, um zu berichten, dass keiner der Hotelangestellten sich an einen Mann mit Emres Aussehen erinnern konnte. Obwohl er ein sehr auffälliges Erscheinungsbild hat, dachte Özakın.

»Jedenfalls ist Sonay felsenfest davon überzeugt, dass Emre seine Freundin Tanja auf dem Gewissen hat«, erzählte Monika weiter und hatte durchaus plausible Gründe dafür.

Sonay kannte die Deutsche von ihren Besuchen in Alanya und hatte Mitleid mit ihr, wenn er sah, wie sie sich nach menschlicher Wärme sehnte und alles tat, um Emre zu gefallen. Ihr einziger Wunsch war es, endlich ihren Freund zu heiraten. Da hatte sie aber die Rechnung ohne Emre gemacht. Der rastete aus bei dieser Idee, und bei einem seiner Tobsuchtsanfälle drohte er ihr sogar, sie umzubringen, sollte sie etwas Unüberlegtes tun. Nach Ansicht von Sonay konnte sein Animateur-Kollege äußerst brutal werden, wenn ihm jemand Vorschriften machte oder ihn mit irgendwelchen Forderungen einengte.

»Ein besseres Tatmotiv gibt es doch gar nicht«, schloss Monika ihre Erzählung ab und stellte fest: »Tanja wurde zunehmend zu einer Gefahr für sein verheißendes Lebensmodell. Er wollte auf keinen Fall heiraten und zu einem spießigen Familienvater verkommen. Hier konnte er viel angenehmer leben. Jeden Tag Highlife, schickes Ambiente, tolle Frauen.«

»Irgendwie verständlich«, meinte auch Mustafa und lächelte, als habe sie ihm aus der Seele gesprochen.

»Aber deswegen bringt man doch keine arme, wehrlose Frau um«, empörte sich Monika und warf trotzig ihren Kopf nach hinten. »Es darf nicht sein, dass ein Mörder ungestraft sein ausschweifendes Leben fortführt, und uns sind die Hände gebunden!«

»Uns?«, fragte Özakın, als habe er sich verhört. »Ich kann mich nicht erinnern, dass wir eine deutsche Kollegin eingestellt hätten. Sie gehen mal schön Ihrer Arbeit nach und wir unserer.«

Monika zeigte ihre makellosen Zähne und grinste, als würde sie ihn gar nicht ernst nehmen.

Özakın aber konterte, nicht ganz ohne Hintergedanken: »Was macht eigentlich Ihr Artikel über die Deutschen in Alanya? Machen Sie Fortschritte?«

Monika verstand den Seitenhieb. »Keine Sorge. Sie sehen mich heute nicht mehr. Diesen Tag widme ich ganz und gar dem Schreiben«, antwortete sie etwas schnippisch und ging schnell fort.

Auch Mustafa schlich sich mit einer Ausrede davon. Machte er sich etwa Hoffnungen bei Monika?, fragte sich Özakın. Seine verträumten Augen, wenn sie in der Nähe war, sprachen jedenfalls Bände.

Der Hinweis von Sonay war glaubwürdig, die Motivlage nachvollziehbar. Emre hatte zur Tatzeit tatsächlich freigehabt – das hatte der junge Mann an der Rezeption, bei dem sich Özakın, mithilfe einer kleinen Notlüge, erkundigt hatte, bestätigt. Er beschloss noch einmal darüber zu schlafen, bevor er in die Offensive ging. Dann erst würden sie den Verdächtigen konfrontieren und ihn vernehmen. Er würde diesen notorischen Schleimer Emre voll auffahren lassen, das schwor er sich.

Am Abend, Mustafa hatte sich noch immer nicht blicken lassen, beschloss Özakın, etwas essen zu gehen. In der lauen Abendluft schlenderte er über den Strand in Richtung Speisesaal.

Zuerst waren es nur dumpfe Laute, die sich mit dem Zirpen der Grillen vermischten, doch als er sich der Geräuschquelle am Strand näherte, nahm er die Umrisse zweier Gestalten wahr. Es sah aus, als schubsten sich Kinder zum Spaß gegenseitig ins Wasser. Dass es bitterer Ernst war, erkannte Özakın erst, als er näherkam. Zwei Männer prügelten sich durchs Wasser wie in einem Cowboyfilm am Rio Grande.

»Du Dreckskerl«, hörte er den einen schimpfen. »Du kannst wohl den Hals nicht vollkriegen.«

Özakın stand da wie versteinert und überlegte,

ob er die Streithähne trennen sollte. Dann erkannte er, wer sich da prügelte.

»Musst du dich an alle ranmachen?«, fragte Sonay und holte mit der Faust aus, um Emre einen weiteren Schlag zu verpassen.

»Du bist doch nur neidisch, du Weichei«, schrie Emre, der sich, tropfnass wie er war, kaum auf den Beinen halten konnte.

»Bei dir geht es doch nur ums Geld. Du nützt alle nur aus. Tanja hast du auch ausgenommen wie eine Weihnachtsgans und sie dann entsorgt.«

»Das geht dich einen Dreck an«, empörte sich Emre und stürzte sich auf Sonay, um ihn mit einem Faustschlag zu Boden zu befördern.

Der rappelte sich mit letzter Kraft hoch, holte mit dem rechten Bein aus und traf Emre an der Hüfte, sodass dieser erneut ins Wasser torkelte.

Özakın hatte genug gesehen und warf sich wutentbrannt dazwischen. Die beiden Hitzköpfe waren zu erschöpft, um sich zu wehren. Mit Drohgebärden, man werde sich noch sprechen und wüsten Beschimpfungen verschwanden sie, jeder in eine andere Richtung.

»Vielleicht sollte ich mal eurem Arbeitgeber Bescheid sagen«, rief Özakın ihnen hinterher, um sich abzureagieren. Außer Atem stand er am Strand und ihm war, als rieche er den Rauch einer Zigarette. Er blickte sich um und sah hinter einem Busch etwas Weißes aufblitzen. Als er sich näherte, entdeckte er den Koch.

»Hab es kommen sehen«, meinte der teilnahmslos und schnippte seine Zigarette in den Busch. »Sollen sie sich doch die Fresse einschlagen, diese Gigolos.«

Ganz schön zynisch, unser Meisterkoch, dachte Özakın. »Du standest die ganze Zeit hier?«

»Warum nicht? Ich hab's satt. Schlagen sich um die Touristinnen. Das geht schon seit Jahren so«, höhnte er.

»Revierkämpfe?«

Der Koch rümpfte angewidert die Nase. »Sonay sucht vielleicht tatsächlich die Frau fürs Leben, aber dieser Emre ist ein ganz schlimmer Finger. Würde ich seinen Vater nicht kennen, ich hätte ihm höchstpersönlich eine Tracht Prügel verpasst.« Er seufzte. »Wenn du mich fragst, die jungen Leute hier sind total neben der Rolle. Ihre Verlobten warten in den Dörfern, und sie vergnügen sich derweil anderweitig. So gerissen, wie die sind, haben sie schnell den Bogen raus, welche alleinreisende Touristin 'ne junge Begleitung sucht und viel Aufmerksamkeit braucht. Und die Touristinnen lassen sich auch noch darauf ein. Besser ein potenter Habenichts als ein langweiliger Schlipsträger im biederen Reihenhäuschen.« Er hatte sich inzwischen eine neue Zigarette angezündet und bot auch Özakın eine an. »Heute Erika, morgen Heike, übermorgen Karin«, nahm er ohne Rührung den Faden wieder auf.

Und davor Tanja, dachte Özakın. »Und was sagt Emres Familie dazu?«, fragte er, weil ohne das Einverständnis der Familie in der Türkei nichts lief.

»Na, nichts. Das erleben die mehrmals pro Saison. Außerdem profitieren alle davon«, dozierte er.

»Die Touristinnen kommen auch für den Unterhalt der Familien auf?«, erkundigte sich Özakın und merkte, wie ihn der Koch misstrauisch anblinzelte.

»Ich komm mir vor wie in einem Verhör«, meinte der. »Du bist nicht zufällig bei der Polizei?«

Özakın quälte sich ein Lächeln ab, das dann zu einem verlegenen Lachen wurde. »Türkische Polizei? Gott behüte. Da verkauf ich doch lieber Gürtel und Taschen.«

Der Koch schmunzelte. »Egal«, sagte er. »Geh sowieso bald in Rente. Nach mir die Sintflut.«

Özakın wollte noch einige wichtige Fragen stellen, doch der Koch hatte bereits zu Ende geraucht.

»Ich geh mal wieder an die Arbeit«, sagte er und machte sich auf den Weg. »Willst du etwa nichts essen? Der Auberginen-Kebap ist heute besonders zu empfehlen.«

Özakıns Magen knurrte tatsächlich. Er glaubte, heute ein bisschen weitergekommen zu sein, sodass er sich das erste Mal, seitdem sie hier waren, mit dem Gefühl der Zufriedenheit ans Essen machen konnte.

»Hey, schläfst du schon?«, weckte ihn mitten in der Nacht die Stimme Mustafas.

»Jetzt nicht mehr«, sagte Özakın verärgert. »Weißt du eigentlich, wie spät es ist?«

»Du redest schon wie meine Mutter«, meinte Mustafa.

»Dich muss man ja auch bemuttern. Allein auf dich gestellt, machst du nur Unsinn.«

»Sei nicht so streng mit mir«, hauchte ihm Mustafa mit alkoholgeschwängertem Atem ins Gesicht.

Özakın wandte sich angewidert ab. »Na, wie viele Efes waren es denn?«

Wenn das ihr Vorgesetzter wüsste, dass sich Mustafa so gehen lässt, dachte er. Er sehnte sich plötzlich nach seinem eigenen Bett in Istanbul, neben seine Frau.

Mustafa ging nicht darauf ein und flötete nur: »Hab heute 'ne wunderbare Nachricht bekommen. Und willst du wissen, was?«

Özakın verzog das Gesicht.

»Stell dir vor«, begann Mustafa, während er sich entkleidete, »mein Bruder hat endlich einen Job. Und was für einen!« Und als Özakın ihn verwundert ansah: »Er hat mich vorhin angerufen. Er gehört jetzt quasi zu den oberen Zehntausend. Kann nun auch mit den großen Hunden pinkeln gehen.«

»Mach's nicht so spannend«, unterbrach Özakın Mustafas euphorische Rede. »Sag endlich, was es für ein Job ist.«

»Er macht Karriere als Doppelgänger von Ali Can, du weißt schon, diesem Seriendarsteller aus dem Fernsehen. Das ist der, mit dem er in dieser Bar mit den Piranhas verwechselt worden war.«

»Schön für ihn«, meinte Özakın und drehte sich im Bett um.

»Und die Spesenrechnung über fünfhundert Euro, die er dem Besitzer noch schuldet … Die kann er ihm in Raten zurückzahlen, wenn sein Job als Doppelgänger gut läuft«, erzählte Mustafa weiter und freute sich wie ein Kind. »Durmuş hat das mit ihm vereinbart.«

»Na prima«, sagte Özakın müde, weil er endlich weiterschlafen wollte. »Da wird eure Mutter ganz schön stolz auf ihn sein.«

»Du siehst, auch ein blindes Huhn findet mal ein Korn«, sagte Mustafa und ging ins Bad.

»Nicht, dass er jetzt aber übermütig wird und die Chance vermasselt«, mahnte Özakın, weil Mustafas Bruder es nie länger als ein paar Monate in einem Job aushielt, ohne sich mit dem Chef anzulegen.

»Wird schon klappen«, sagte Mustafa, als er wieder im Zimmer war.

Özakın sah ein, dass es keinen Sinn mehr hatte, sich aufs Ohr zu legen, und fragte mit schläfriger Stimme: »Na, lief was mit Monika?«

Mustafa gab ein bedauerndes Seufzen von sich und meinte: »Die hat doch nur Augen für dich!«

»Ja?« Özakın war plötzlich hellwach. Er stellte sich mit nacktem Oberkörper und Boxershorts vors Fenster und zündete sich eine Zigarette an. »Wie kommst du denn darauf?«

»Sie mag wohl deine sanfte, besonnene Art.«

Özakın war, als spürte er ein leichtes Ziehen in der Magengrube. »Hat sie das gesagt?«

»Sie hat Andeutungen gemacht. Weicher Kern in rauer Schale und so.«

Özakın schluckte und hatte sofort ihr Gesicht vor Augen, ihre Stupsnase, ihr Haar, den verschmitzten

Zug um ihre Lippen, während ein sonderbarer, wohliger Schauer seinen Körper durchzuckte. »Und wo habt ihr euch so lange herumgetrieben?«, fragte er schließlich, nachdem er diese Gefühle unterdrückt hatte.

»Wir sind ein bisschen durch Alanya gezogen. Und dann ging's noch in die Sunshine-Bar. Übrigens, die können alle Emre nicht leiden. Die sagen, er sei ein arrogantes Arschloch und zu allem fähig, wenn ihm die Felle davonschwimmen. Die haben von Tanja Sonntags Tod aus der Zeitung erfahren, und Taner erzählte, dass es unserem Mann gar nicht recht war, dass ihn seine Freundin hier besuchte. Er hatte es ihr verboten, aber als sie dann doch wieder antanzte, soll es zu Handgreiflichkeiten gekommen sein.«

»Deckt sich mit der Geschichte von Sonay«, fiel Özakın ein.

»Die Kollegen wussten ganz gut Bescheid über die beiden. Sie hing wie eine Klette an ihm. Er hatte also nicht nur die Verlobte an der Backe, sondern auch noch die Deutsche, die äußerst besitzergreifend um ihn kämpfte.«

»Das Motiv ist glasklar«, meinte Özakın. »Aber noch haben wir keinen einzigen Beweis. Ist das nicht bitter?« Er dachte nach und sagte dann: »Der Handschuh vielleicht.«

Auch Mustafa sah darin die einzige Chance, Emre zu überführen. »Jedenfalls freuten sich seine Kollegen, dass Sonay ihm eins verpasst hat. Wusstest du das mit der Schlägerei am Strand?«

Özakın nickte. »Musste quasi als Streitschlichter fungieren.«

»Emre hat die Nase gestrichen voll, deswegen hat er morgen freigenommen«, sagte Mustafa, der sich inzwischen ins Bett gekuschelt hatte.

»Will wahrscheinlich seiner Verlobten in seinem Heimatdorf Honig um den Mund schmieren«, stellte Özakın fest.

»Da sollten wir ihn ein bisschen begleiten«, meinte Mustafa und schloss die Augen.

Özakın war einverstanden, legte sich ins Bett und hoffte auf eine ungestörte Nacht.

25 ... Mustafa sah ihn herauskommen, in seiner modischen Jeans, darüber ein pastellfarbenes gestreiftes Hemd, das er über der haarigen Brust weit aufgeknöpft hatte. Er griff in seinen Eastpack-Rucksack und holte eine Sonnenbrille heraus, während er fast schon tänzelnd auf die Straße hinaustrat, um sich ein Taxi herbeizuwinken.

Die beiden Kommissare im Auto hatten den Hotelparkplatz bereits verlassen und warteten zehn Meter entfernt auf der Hauptstraße in Richtung Innenstadt. Als Emre eingestiegen war, folgten sie ihm in gebührendem Abstand.

»Er fährt stadteinwärts«, sagte Mustafa, während er darauf achtete, dass sich kein anderes Fahrzeug dazwischenschob.

Sie fuhren eine Weile auf dem von Palmen umsäumten Boulevard, an dessen Seiten sich Dutzende Souvenir- und Textilgeschäfte befanden, die vor vermeintlichen Designerwaren zu Spottpreisen überquollen: Taschen, Gürtel, Uhren und Jeans, auf denen die glitzernden Insignien von Modelabels wie Versace, Dior, Escada oder Dolce & Gabbana prangten.

An der großen Kreuzung ging es links zum Hafen und rechts in Richtung Kleopatrastrand. Das Taxi bog rechts ab.

»Weißt du, was mich wundert?«, fragte Mustafa. »Dass so ein eingebildeter Fatzke kein eigenes Auto besitzt.«

»Das wundert mich auch«, pflichtete ihm Özakın bei. »Leisten könnte er es sich, nach dem, was wir über ihn erfahren haben.«

»Vielleicht steht der Wagen woanders, dort, wo ihn keiner sehen kann, damit Emre nicht dem Neid der Kollegen ausgesetzt ist.«

»So schätz ich ihn auch ein«, sagte Özakın. »Übrigens, unser Hotelkoch deutete an, dass in seiner Familie vor nicht allzu langer Zeit der Reichtum ausgebrochen sei. Was ist, wenn der Kontoinhaber, dieser Arif Genç, identisch ist mit Emre Kurtoğlu?«

»Hmm«, murmelte Mustafa nur, weil er sich auf den Verkehr konzentrieren musste. Er war kurz davor, das Taxi aus den Augen zu verlieren. Ein Bauer mit seinem Pick-up hatte sich vor ihn gedrängelt, und die Kinder auf der Ladefläche winkten ihm frech zu. Mustafa aber war wirklich nicht zum Zurückwinken aufgelegt.

»Wahrscheinlich sind auf diesem Konto auch die Zuwendungen anderer Frauen eingegangen«, bemerkte er, nachdem er sich wieder hinter dem Taxi eingereiht hatte.

Im Konvoi fuhren sie durch ein bürgerliches Viertel. Gepflegte Häuser standen an der rechten Straßenseite mit Blick auf die Burg und den Kleopatrastrand. Davor ein paar Luxushotels. Kein Rummel, so wie dort, wo sie sich einquartiert hatten, sondern gediegenes Ambiente, Banken, Restaurants, Cafés und Kneipen.

»Ende der Taxifahrt«, rief Mustafa und ging vom Gas runter. Er fuhr rechts ran und geduldete sich, bis Emre gezahlt hatte.

»Schau einer an«, meinte Özakın. Er deutete auf ein Schild mit der Aufschrift »Tanjas Bierstube«. »Über diese Kneipe hatten doch Emre und Tanja immer telefonischen Kontakt miteinander gehabt.«

»Kommt wohl zum Geldeintreiben, der Mafiosi«, sagte Mustafa zynisch.

Özakın wies ihn an, den Motor abzustellen, weil Emre in die Kneipe gegangen war. »Die ist garantiert auf ihn oder zumindest auf den Namen eines Familienmitglieds eingetragen«, sagte er, während sie warteten.

Kaum zehn Minuten später war Emre wieder draußen und lief ein Stück die Straße entlang.

Özakın und Mustafa überlegten, ob sie ihm mit dem Auto hinterherfahren oder ihm zu Fuß folgen sollten, als der Animateur vor einem Geldautomaten stoppte.

»Braucht Kohle für seinen luxuriösen Lebensstil«, höhnte Mustafa.

Emre stopfte nun die Geldscheine in die Seitentasche seines Rucksacks und schaute sich gedankenverloren um, als wolle er die Straßenseite wechseln. Mustafa hatte den Kopf nach hinten gewandt und versuchte, rückwärts einzuparken. »Animateur müsste man sein«, sagte er noch, als plötzlich das

Geräusch durchdrehender Reifen Özakın und ihn bis ins Mark erschütterte.

Die beiden erstarrten, hörten einen dumpfen Schlag und quietschende Reifen und sahen ein sich beschleunigendes Etwas an ihnen vorbeirasen.

Als habe er es geahnt, stürmte Özakın gleich aus dem Wagen, während Mustafa geistesgegenwärtig Gas gab, obwohl er sich keine großen Chancen mehr einräumte, den Wagen einzuholen. Da lag er nun, schwer zugerichtet.

Kopfschüttelnd beugte sich Özakın über Emre und griff ihm an den Puls und an die Halsschlagader. Nichts rührte sich. Überall Blut, die Gliedmaßen in alle Richtungen verdreht, wie bei einer ausrangierten Schaufensterpuppe. So einen schweren Aufprall überlebt keiner, dachte er und sah, dass Emres Finger noch die EC-Karte umklammerten. Er nahm sie an sich und war nicht einmal erstaunt, den Namen »Arif Genç« darauf zu lesen.

»Verflucht«, murmelte er. »Jetzt ist er tot, unser Verdächtiger.« Er griff zum Handy und rief die hiesigen Kripo-Kollegen an, während ein paar Polizisten, die an den Tatort geeilt waren, die entsetzten Menschen, die sich in Windeseile eingefunden hatten, abzudrängen versuchten.

Kurz darauf war auch Mustafa wieder zurück und musste sich den Weg durch die Schaulustigen bahnen. »Mist! War nichts mehr zu machen«, sagte er außer Atem.

»Und konntest du irgendetwas erkennen?«

Mustafa schüttelte den Kopf und meinte schließlich: »Wir hätten die Tat sowieso nicht verhindern können, Mehmet.«

Die Streifenpolizisten versuchten immer noch, die Schaulustigen von einem Blick auf den Toten abzuhalten, aber ohne Erfolg.

»Ist er das, Ihr verdächtiger Animateur?«, fragte eine Stimme hinter ihnen.

Özakın drehte sich um. »Das war er«, bemerkte er nüchtern, bevor er fragte: »Kommissar Ali Kayak?«

Der Kripo-Beamte, ein stämmiger Mann in Özakıns Alter mit kahl rasiertem Schädel, nickte. »Ihr Vorgesetzter hatte uns informiert, dass Sie kommen, aber dass wir uns so schnell treffen würden ...«

»Tragische Geschichte ...«, meinte Özakın. »Man hat ihn einfach über den Haufen gefahren.«

»Und Sie sind sicher, dass das kein stinknormaler Unfall mit Fahrerflucht gewesen ist, dass das Opfer nicht plötzlich vor das Auto fiel und überfahren wurde?«

Wortlos stand Özakın auf, lief ein paar Schritte und deutete auf eine Stelle, wo Reifenspuren auf dem Asphalt zu sehen waren.

»Hier«, sagte er, »der Fahrer hat vor dem Aufprall stark beschleunigt. Ein normaler Unfall mit Fahrerflucht kommt somit nicht in Betracht.«

Kommissar Kayak nickte. »Und Sie waren sozusagen Augenzeuge?«

»Eher Ohrenzeuge«, antwortete Özakın mit Bedauern in der Stimme. »Wir haben leider nur den Aufprall gehört.«

»Ein Kastenwagen stand direkt vor uns, als wir einparkten, und hat die Sicht versperrt«, ergänzte Mustafa.

»Trotzdem scheint kein Zweifel an der Todesursache zu bestehen«, meinte Kommissar Kayak. »Eine Obduktion ist wohl nicht nötig.« Er machte einen erleichterten Eindruck. »Dann ist Ihr Fall ja abgeschlossen, aber jetzt ...«, überlegte er, »... haben *wir* einen Mord an der Backe.« Ein tiefes Seufzen war aus seiner Brust zu vernehmen. »Sieht so aus, als könnten Sie und Ihr Kollege abreisen.«

Özakın pflichtete ihm bei, wollte sich aber zuerst mit Mustafa, Durmuş und Oktay besprechen, und vor allem mit ihrem Vorgesetzten Herrn Yilmaz, der das letzte Wort hatte.

Ein ungutes Gefühl überkam ihn. War ihr Fall wirklich abgeschlossen?

26... Wer hasste Emre derart, dass er sein Leben mitten in Alanya auslöschte? Eigentlich fielen ihm da eine Menge Leute ein. Aber darüber sollen sich die hiesigen Kollegen den Kopf zerbrechen, dachte Özakın. Doch die Tat hatte die gesamte Situation verändert. Er wurde das Gefühl nicht los, dass da etwas im Verborgenen schlummerte, das geradezu nach Aufklärung schrie.

Sicher, der Mord an einem vermeintlichen Täter war ein Glückstreffer für jeden, der seinen Fall schnell zu Ende bringen wollte. Auch für Özakıns und Mustafas Vorgesetzten war die Sache erledigt. Der fürchtete bereits Unannehmlichkeiten, wenn seine Männer weiter in Alanya blieben und den hiesigen Kollegen auf die Füße traten.

Für Özakın aber war der Fall längst nicht abgehakt, und so hatte er gleich, nachdem sie Kommissar Kayak zur Protokollaufnahme in die Polizeidirektion gefolgt waren, Herrn Yilmaz angerufen, um ihm seine Sicht des Falls zu erklären und um noch ein paar Tage in Alanya herauszuschinden. Äußerst widerwillig hatte Yilmaz akzeptiert. Özakın hatte also genug Zeit, um noch ein paar Dinge zu erledigen.

Tanjas Bierstube war ein Ort wie auf einer fremden Galaxie. Die beiden Kommissare empfanden es jedenfalls so. Rechts von den Toiletten stand eine alte Music-Box mit deutschen Hits. Als sie eintraten, spielte gerade *Marmor, Stein und Eisen bricht*. Die Wände waren vertäfelt mit dunklem Eichenholz und geschmückt mit Wimpeln von Kegel- und Segelclubs, der Feuerwehr, dem Kleintierzüchterverein oder es stand nur einfach »Gelsenkirchen« drauf. Am Tresen wurde frisch gezapftes Bier ausgeschenkt, an den Hähnen baumelten Schilder der Biermarken: *Warsteiner, Veltins, Becks*. Die dicken Vorhänge verliehen dem Raum einen rustikalen Charme. Und in der Mitte thronte ein runder, schwerer Tisch, darauf ein großer, gusseiserner Aschenbecher mit der Inschrift Stammtisch.

Özakın und Mustafa nahmen sogleich den Tresen ins Visier, wo ein Mann mit Schnurrbart Biergläser polierte. Er hatte sich ein Küchentuch in den Hosenbund gesteckt, das den Schriftzug »Mutti ist die Beste« trug.

»Sie sind doch Türke, oder?«, fragte Mustafa.

»Wieso? Sehe ich etwa nicht so aus?«, meinte der Mann, der, wie sich herausstellte, der Geschäftsführer war.

Die beiden stellten sich vor, diesmal mit ihrer wahren Identität, weil ihr verdeckter Einsatz abgeschlossen war. Dann nahmen sie Platz auf Hockern, die mit weiß-blauen Kissen ausgelegt waren.

In Alanya kannte fast jeder jeden und so wusste auch der Geschäftsführer längst Bescheid. Er hatte es sogar als Erster erfahren, als der Tote noch mit weit aufgerissenen Augen und vom Aufprall brutal zugerichtet auf der Straße lag.

»Soviel wir wissen, war Tanja Sonntag nicht die Eigentümerin ...«, begann Mustafa, weil er sich über den Namen der Kneipe wunderte.

»Sie dachte, Ausländer könnten kein Eigentum erwerben und ließ Emre ins Grundbuch eintragen«, antwortete der Geschäftsführer und neigte den Kopf zu einer Begrüßung, weil gerade zwei Deutsche mit einem »Grüß Gott« hereingekommen waren. »Und da sie die Kneipe finanziert hat«, fuhr er fort, »hieß sie dann nach ihr. So einfach ist das.« Er ging zu den Gästen und nahm ihre Bestellung auf. »Zwei Warsteiner, jawoll«, sagte er zackig.

»Wer könnte denn Emre auf dem Gewissen haben?«, fragte Özakın, als der Mann wieder hinter dem Tresen stand und Bier zapfte.

»Da gab's viele«, antwortete er. »Seine kleine Verlobte würde ich mal dazuzählen. Sie war doch die Leidtragende in dieser Beziehung. Doch wie lange hält man so ein Unglück aus?«, sagte er mit einem ironischen Unterton in der Stimme.

Özakın hakte nach. »Sie meinen die fatale Beziehung zu Tanja?«

Der Mann nickte. »Würde mich nicht wundern, wenn Kadriye, seine Verlobte, einen Killer auf ihn angesetzt hätte.«

Der hat vielleicht Fantasie, dachte Mustafa.

Doch Özakın fand dies gar nicht so abwegig. »Und was halten Sie von alldem?«

»Ich? Mir ist es relativ egal. Hauptsache, ich hab meine Arbeit hier. Da können die sich von mir aus kreuz und quer verlustieren«, meinte er verschmitzt, indem er seinen Schnurrbart zwirbelte.

Dann bat Özakın ihn, sie durch die Räumlichkeiten zu führen.

Sie traten nun auf den Hof hinaus und steuerten auf einen Bretterverschlag. Mustafa fragte: »Was passiert jetzt eigentlich mit der Kneipe?«

»Emres Eltern werden sie wohl weiterführen«, antwortete der Geschäftsführer, sah aber eher skeptisch aus. »Sie wollen aber den Namen der Kneipe ändern. ›Tanjas Bierstube‹ – das erinnert sie zu sehr an ihren herben Schicksalsschlag … an den Verlust ihres einzigen Sohnes.« Er machte eine Pause und grübelte: »Ob die Deutschen aber dann noch kommen, wenn die Kneipe ›Mustafas‹ oder ›Mehmets Bierstube‹ heißt? Nichts gegen Ihre Namen, meine Herren«, fuhr er fort, »aber bisher dachten die deutschen Touristen immer, dass hier einer von ihnen hinter der Theke steht. Jedenfalls fühlen sie sich so viel heimischer.«

»Ich verstehe«, sagte Özakın und nickte.

»Und wie finden Sie das hier?«, fragte der Mann und wuchtete die Tür eines Bretterverschlags auf.

»Klein, aber fein«, staunte Mustafa, weil blank poliertes Chrom seine Augen blendete. »Ein MX5!« Er streifte bewundernd um den roten Flitzer herum und meinte: »Nicht ganz nagelneu, aber äußerst gepflegt und gut in Schuss. Auch von Tanja finanziert?«

»Tja«, sagte der Mann, »manchen gibt's der Herr im Schlaf.«

Im wahrsten Sinne des Wortes, überlegte Mustafa. Auch Özakın dachte sich seinen Teil.

»Ein Jammer, dass der Fahrzeughalter nun tot ist«, bemerkte der Geschäftsführer und klappte die knarrende Tür wieder zu. »Ich frag mich, was die alten Eltern jetzt mit dem Wagen anstellen wollen. Ich hätte noch ein Plätzchen frei in meinem Fuhrpark.«

Dieser Ausspruch hatte Özakın verstimmt. Der Tote war noch nicht mal unter der Erde, und schon ging es darum, wer was abbekam. »Wann ist er denn zuletzt mit dem Wagen gefahren?«, fragte er, weil er an Emres Alibi dachte.

»Das ist schon länger her. Das letzte Mal, als er freihatte«, antwortete der Mann.

»Und hat er erzählt, wohin er wollte? Nach Istanbul vielleicht?«

Der Mann überlegte nicht lange. »Er wollte seine Mutter besuchen. Die lag nach einer schweren Operation im Krankenhaus.«

So, so, dachte Mustafa. Der hinterhältige Emre ... Was für ein liebevoller Sohn!

»Ihr Leben stand auf Messers Schneide. Da sehen Sie mal«, bemerkte der Mann, »dass Geld allein nicht glücklich macht.«

Klar, und trotzdem gibt es deswegen Mord und Totschlag, überlegte Özakın, während sie über den Hof zurück in die Kneipe liefen.

27... Das Forellenrestaurant von Emres Eltern lag ungefähr sechs Kilometer von der Stadt entfernt am Fluss Dimcay. Der Duft von gegrilltem Fisch hing in der Luft. Überall standen Tische im seichten Wasser, sodass man beim Essen die Füße in dem Bach baumeln lassen konnte. Es war brütend heiß und eine derartige Abkühlung höchst willkommen.

»Eine Goldgrube, der Laden«, bemerkte Mustafa, als sie vorfuhren. »Zwei Busladungen pro Tag und du hast ausgesorgt.« Er beobachtete die Kellner, wie sie pausenlos gegrillten Fisch, Salat oder eisgekühlte Getränke über die wackeligen Stege transportierten.

Özakın warf einen Blick auf die Speisekarte und schüttelte verständnislos den Kopf. »Schau mal, das sind ja astronomische Preise!«

»Wahrscheinlich immer noch billiger als in Deutschland, Holland oder England«, meinte Mustafa, »sonst würden sie hier ja nicht Schlange stehen.« Er deutete auf eine Reisegruppe, die am Eingang wartete, und steuerte dann auf einen der Kellner zu, um sich nach Familie Kurtoğlu zu erkundigen. Dieser schüttelte den Kopf und machte mit den Händen Zeichen, als erkläre er ihm etwas.

»Die Familie ist im Dorf«, sagte Mustafa, als er wieder zurück war. »Die bereitet sich auf das Begräbnis vor.«

»Hilft alles nichts«, seufzte Özakın. »Wir müssen sie leider trotzdem stören.«

Eine junge Frau mit geröteten Augen machte ihnen auf. Nachdem ihr Kommissar Özakın den Grund ihres Besuches mitgeteilt hatte, wurden sie hereingebeten.

Am Wohnzimmerfenster, mit dem Rücken zur Tür, stand die Mutter der jungen Frau in dunkle Kleidung gehüllt und blickte gedankenverloren nach draußen. Sie drehte sich um, als die beiden, begleitet von ihrer Tochter, hereinkamen. In ihrem verquollenen Gesicht waren die Augen zu Schlitzen geworden. »Mein Mann ist bei der Totenwaschung«, bemerkte sie.

»Unser aufrichtiges Beileid. Das mit Ihrem Sohn tut uns leid«, sagte Özakın.

Frau Kurtoğlu machte eine Geste, als bedanke sie sich, und ging ein paar schwankende Schritte Richtung Couch, auf deren Lehne ihr Kopftuch lag, das sie sich mit langsamen, müden Bewegungen umband.

Ihre Tochter eilte herbei und griff ihr unter die Arme, damit sie sich setzen konnte. Dabei fiel Özakın auf, dass sich die Frau mit einer Hand die Bauchdecke hielt, als habe sie Schmerzen.

»Tut uns leid, Frau Kurtoğlu«, wiederholte Özakın, »dass wir Sie gerade heute belästigen müssen ...«

Frau Kurtoğlu seufzte tief und herzerweichend.

»Ich hoffe, es dauert nicht zu lange«, griff die Tochter ein und postierte sich schützend neben ihre Mutter. »Haben Sie schon eine Vermutung, wer meinen Bruder getötet haben könnte?«, fragte sie nun forsch.

»Unsere Kollegen gehen jedem Hinweis nach. Darauf können Sie sich verlassen«, antwortete Özakın, obwohl ihn jetzt etwas anderes interessierte. »Das wird Ihnen nicht gefallen«, begann er vorsichtig und taxierte die beiden Frauen, »aber ich muss Sie das fragen ... Wo war Ihr Sohn am 23. Juli zwischen fünf und sechs Uhr?« Er bemerkte, wie sich die Augen der beiden Frauen weiteten, als könnten sie nicht glauben, was sie da hörten. »Ich muss Sie das leider fragen, Frau Kurtoğlu«, schickte er hinterher, ungeachtet des Schreckens in ihrem Gesicht. »Nach unseren Informationen hatte er sich ein paar Tage freigenommen. Was hat er da gemacht?«

»Schämen Sie sich nicht«, empörte sich nun die Tochter. »Mein Bruder wird ermordet, und Sie kommen mit irgendwelchen Verdächtigungen. Was soll er denn verbrochen haben?«

»Ist schon gut, Semra«, sagte Frau Kurtoğlu mit schleppender Stimme. »Wir haben nichts zu verbergen. An meinem Krankenbett war er, der gute Junge.«

»Sie wurde operiert, wenn Sie es genau wissen wollen. Und jetzt gehen Sie bitte«, sagte die Tochter. »Sie sehen doch, wie sehr sie leidet.«

»In welchem Krankenhaus lagen Sie denn?«, fragte nun Mustafa.

»Im Hayat Krankenhaus«, antwortete die Tochter statt der Mutter.

Mustafa warf Özakın einen Blick zu, entschuldigte sich und verließ mit seinem Handy das Zimmer.

»Wo waren wir stehen geblieben?«, räusperte sich Özakın etwas verlegen. »Diese Deutsche ... Wie gut kannten Sie Tanja Sonntag?«

Frau Kurtoğlu holte tief Luft, bevor sie sprach: »Wir kannten sie nicht persönlich, wussten aber, dass sie und Emre befreundet waren.«

»Sie hatte ihn verhext«, warf ihre Tochter nun wutschnaubend ein, indem sie Özakın herausfordernd anschaute.

Er überhörte das und versuchte, möglichst ruhig zu bleiben, obwohl es ihm schwerfiel. Ganz schön berechnend, diese Leute, dachte er. Als Schwiegertochter wollten sie sie auf keinen Fall haben, aber auf ihr Geld sind sie alle scharf gewesen. »Sind Sie jetzt nicht ein bisschen ungerecht? Die ganze Familie hat doch von ihr profitiert. Tanjas Bierstube, der teure Wagen ...«, zählte er auf. »Aber trotzdem ist die Situation aus dem Ruder gelaufen, und Ihr Sohn wollte Tanja loswerden.«

Die Tochter schüttelte verstört den Kopf. »Die Deutsche? Die soll uns finanziell unterstützt haben?«

Netter Versuch, die Sache kleinzureden, dachte Özakın, als sich Frau Kurtoğlu einmischte. »Sie haben recht. Emre hätte kein Geld von ihr annehmen sollen. Und auch nicht von all den anderen Touristinnen. Das war Unrecht. Wir haben uns alle versündigt«, meinte sie reumütig. »Hätten sie sich bloß nie kennengelernt«, überlegte sie, und ihre Augen füllten sich mit Tränen.

»Übrigens, wie hat Emres Verlobte auf seinen Tod reagiert?«

»Hören Sie bloß auf. Ich hab weder sie noch ihre Familie gemocht«, meldete sich wieder die Tochter in einem schneidenden Ton.

»Was haben Sie denn gegen sie?«, fragte Özakın verblüfft.

Doch Semra erntete einen giftigen Blick von ihrer Mutter und schwieg.

»Es ist doch sinnlos, Emre jetzt noch zu decken«, meinte Özakın und schüttelte verständnislos den Kopf, als Mustafa zur Türe hereinkam.

»Ich hab im Krankenhaus angerufen«, sagte er. »Es stimmt, er hat Alanya nicht verlassen. Er war zur Tatzeit tatsächlich dort und hat seiner Mutter einen Besuch abgestattet.«

Die Tochter konnte ihren Triumph nicht verbergen: »Jetzt müssen Sie den Mörder wohl woanders suchen. Viel Glück!«

»Da haben Sie vielleicht gar nicht so Unrecht«, stimmte ihr Özakın zu, und ein verlegenes Lächeln huschte ihm übers Gesicht. »Aber gestatten Sie mir noch eine letzte Frage. Wer hasste Ihren Sohn derart, dass er ihn auf offener Straße überfährt?«

Frau Kurtoğlu vergrub das Gesicht in den Händen und schluchzte, während ihre Tochter die Kommissare vorwurfsvoll anblickte – ein Zeichen, dass sie endlich gehen und sie in ihrem Schmerz alleine lassen sollten.

»Es war vielleicht nicht der richtige Zeitpunkt, die Familie des Toten aufzusuchen«, sagte Mustafa, als sich die Tür hinter ihnen verschlossen hatte.

Özakın schwieg, ganz in Gedanken versunken. Spätestens jetzt war ihm klar geworden, dass sie die ganze Zeit nur einem Phantom nachgejagt hatten.

Sie liefen die Straße am Fluss entlang, unschlüssig, was sie jetzt anfangen sollten, bis Mustafa auf die glorreiche Idee kam, erst einmal essen zu gehen.

Zielsicher überquerten sie die kleine Brücke und steuerten einen Tisch im Forellenrestaurant an, zogen Schuhe und Strümpfe aus und ließen die Füße ins Wasser hängen.

Das Essen war kaum serviert worden, da schritten an die vier Katzen auf dem Steg vor ihnen majestätisch auf und ab, voller Vorfreude auf den Fisch oder zumindest das, was davon übrig bleiben würde.

Ein Mann im Methusalem-Alter sprintete leichtfüßig los, klatschte in die Hände und verscheuchte die Katzen. Sie rannten davon und verschanzten sich am Ufer im Gebüsch.

»Die sind schon lästig«, nuschelte der fast zahnlose Alte. Sein Rücken war vom vielen Arbeiten krumm geworden, aber sonst machte er einen sehr rüstigen Eindruck. Sein Gesicht, von der Sonne gegerbt, hatte eine dunkelbraune Farbe angenommen. Er nahm die Baskenmütze vom Kopf und wedelte sich damit Luft zu, bevor er am Ufer in die Hocke ging, um eine kleine Pause einzulegen.

»Zigarette?«, fragte Özakın, als er ihn so sitzen sah.

»Danke. Ich hab meine eigenen, die Filterlosen. Die rauch ich schon seit vierzig Jahren, aber mit Zigarettenspitze«, sagte der Methusalem, während er seine Rauchutensilien aus der Tasche holte.

»Arbeitest du hier, Onkel?«, fragte Mustafa mit vollen Backen.

Der Mann zuckte die Achseln. »Wenn die Rente nicht reicht ...«

»Gehörst wohl zur Familie des Restaurantbesitzers?«, wollte Özakın wissen.

Der Alte schüttelte den Kopf. »Ich bin aus demselben Ort«, erklärte er. »Hier bei uns hilft man einander. Bin hier so etwas wie ein Mädchen für alles. Mach alles, was so anfällt. Und ihr? Einheimische Touristen?«

»Ja, aus Istanbul«, antwortete Özakın. »Haben gehört, dass es hier leckeren Fisch geben soll.«

Der Alte schaute ein bisschen skeptisch drein.

»Ich kenn die Familie. Da waren die Kinder noch sooo klein«, meinte er nun und hielt die flache Hand ungefähr einen halben Meter über den Boden. »Schreckliche Geschichte, das mit Emre.«

Özakın nickte nachdenklich. »Kennst du auch die Familie seiner Verlobten, *amca*?«

Der Alte bejahte. »Hier weiß doch jeder alles und keiner tut etwas, ohne dass es der andere nicht mitbekommt.«

Furchtbar, dachte Özakın. Ein derartig beengtes Leben ohne Privatsphäre war nichts für ihn.

»Ach ja«, fuhr der Alte seufzend fort. »Die Tür zur Vergangenheit kann man nicht öffnen, ohne dass sie knarrt. Die beiden waren sich schon versprochen worden, da war Emre noch ein kleines unschuldiges Kerlchen. Die Arme …Seitdem wartet Kadriye, dass der Kerl sie zur Frau nimmt. Zuerst war er irgendwo an der Ägäis, später auf Zypern, dann kam er endlich zurück in die Heimat. Da haben die Familien gleich das Aufgebot bestellt und dachten, alles käme wieder ins Lot. Aber denkste, Emre wand sich wie ein Aal.«

»Ihre Familie ist sicherlich sehr konservativ …«, überlegte Özakın.

»Die Somuncus? Das kann man wohl sagen. Es war schon eine Schmach, wie die Tochter hingehalten wurde«, nuschelte der Alte weiter. »Dabei sind die Familien auch noch entfernt verwandt miteinander. Das war ja der Grund der Verbindung.«

Özakın hasste diese verworrenen Familienbande.

»So bleibt das Eigentum in der Familie. Die Leute hier sind in der Regel sehr misstrauisch gegenüber Fremden«, erklärte der Mann, als er merkte, wie Özakın verständnislos das Gesicht verzog.

Als sie zu Ende gegessen hatten, steckte sich Özakın genüsslich eine Zigarette an, und sie lauschten weiter den Erzählungen des Alten. Besonders interessant war das Verhältnis der beiden Familien zueinander. Die Kommissare erfuhren, dass sie sich letztlich zerstritten hatten. Das wunderte die beiden gar nicht, schließlich hatte Emre den Ruf der Familie seiner Verlobten ruiniert und alles wegen des lieben Geldes.

»Das Leichentuch hat keine Tasche«, sinnierte der Alte nun nachdenklich. »Im Jenseits sind wir alle gleich, ob arm oder reich.«

»Wie wahr«, pflichtete ihm Mustafa bei.

Doch wie dem auch sei, dachte Özakın. Alles in allem müssten die Somuncus eine Mordswut auf die Kurtoğlus haben. »Hat die Verlobte denn Geschwister?«, fragte er und wunderte sich, dass der Alte so lange in der Hocke sitzen konnte – ihm wären längst die Beine eingeschlafen.

»Zwei Schwestern, die in Ankara verheiratet sind, und noch einen Bruder«, kam es blitzschnell, als sei es seine eigene Verwandtschaft.

Özakın überlegte, ob es eine Verbindung zwischen den beiden Morden geben könnte, als plötzlich im Restaurant Hektik ausbrach, Gäste aufstanden, Teller weggeräumt und Tische gesäubert wurden. Dann beschrieb einer der Kellner ein Stück Pappe: »Wegen Trauerfall geschlossen.«

28... Die Sonne brannte vom Himmel herab, die Luft war staubtrocken. Özakın und Mustafa standen schweißnass etwas abseits hinter einem schütteren Busch mit freiem Blick auf den Haupt- weg des Friedhofs, von wo aus sich kleinere Fuß- pfade abzweigten, die zu den einzelnen spärlich ge- schmückten Gräbern führten.

Eigentlich wussten sie nicht genau, was sie hier wollten, hofften aber, etwas mitzubekommen, sei es noch so unbedeutend, wenn Emre zu Grabe getra- gen wurde.

Özakın war gespannt darauf, ob die Familie der Verlobten hier erscheinen würde. Das Beste wäre, die Familie der Verlobten zu vernehmen, überlegte er gerade, als auf dem Kiesweg Schritte zu hören waren und sich bald darauf die Trauergemeinde ins Blickfeld schob, angeführt von einigen Männern, die die Bahre auf ihren Schultern trugen.

Vor einem schlichten Grabstein blieb die Menge stehen, der Leichnam wurde abgesetzt und feierlich mit dem Gesicht in Richtung Mekka ins Grab ge- lassen. Jetzt waren auch die Eltern und die Schwes- ter des Toten zu erkennen. Die Mutter, eingehakt zwischen Ehemann und Tochter, stellte sich hinter den Vorbeter, der, unter dem lauten Schluchzen der

Frau, zu einem Gebet ansetzte. »Im Namen Gottes und entsprechend der Handlungsweise des Gesandten Gottes.«

Komisch«, meinte Özakın, »die Somuncus scheinen nicht da zu sein. Keine junge Frau, die als Verlobte durchgehen könnte. Nur eine große Schar Bediensteter aus dem Restaurant.«

»Und der Alte von vorhin ist auch dabei«, bemerkte Mustafa.

»Höchst ungewöhnlich in diesen feudalen Kreisen, wo man doch so eng aufeinanderhockt und jeder am Schicksal des anderen teilnimmt«, meinte Özakın.

»Wart mal, das haben wir gleich«, sagte Mustafa, ließ seinen Blick über die Gräber schweifen, und schon hatte er den Friedhofsgärtner auf dem Gelände entdeckt. Es dauerte nicht lange, da hatte er erfahren, was er wissen wollte. »Du hast recht. Es sind nur die engsten Vertrauten der Familie eingeladen. Die Familie der Verlobten fehlt.«

Özakın dachte kurz nach, bevor er meinte: »Da steckt doch mehr dahinter als nur Abneigung.«

Inzwischen stand die Trauergemeinde vor dem Grab Spalier, und jeder warf ein paar Handvoll Erde hinein, mit den Worten: »Daraus haben wir euch erschaffen. Dazu lassen wir euch zurückkehren. Und daraus werden wir euch ein zweites Mal hervorbringen.«

In diese gedrückte Stimmung platzte plötzlich das schrille Klingeln von Mustafas Handy hinein.

»Das darf doch nicht wahr sein«, schimpfte Özakın und warf seinem Assistenten einen verärgerten Blick zu.

Mustafa hob ratlos die Schultern, blickte auf das Display. »Mein Bruder«, entschuldigte er sich und wandte sich ab.

Nach einer Weile, die Özakın wie eine Ewigkeit vorkam, hatte sein Assistent zu Ende telefoniert. »Stell dir vor, mein Bruder hatte jetzt seinen ersten Einsatz als Doppelgänger – Einweihung eines Automobilsalons«, verkündete er hocherfreut, als habe er gerade die Nachricht von seiner Beförderung bekommen.

»Glückwunsch. Und ich dachte schon, ihr hättet das weitere Vorgehen im Atomstreit mit dem Iran erörtert«, bemerkte Özakın knapp.

Mustafa grinste und war nicht aufzuhalten. »Ali Can hat ihm sogar persönlich dazu gratuliert«, erzählte er weiter. »Er selbst war wohl auf Shoppingtour in London und hatte keine Lust, irgendwo in der Provinz für einen reichen Autosalonbesitzer den Max zu machen. Mein Bruder meint, der Job sei ausbaufähig. In Amerika würden die Promis nur mit Doppelgängern arbeiten.«

Özakıns Geduldsfaden war kurz davor zu reißen. »Du und dein Bruder, ihr habt vielleicht Sorgen«, maulte er. »Konzentrier dich lieber auf unseren Fall.«

»Tu ich doch«, meinte Mustafa. »Ich will ja nicht angeben, aber ich kann von mir behaupten, dass ich zu den wenigen Menschen gehöre, die mehrere Dinge auf einmal erledigen können. Ich hab sozusagen meine Augen und Ohren überall.«

Jetzt geht die Selbstüberschätzung wieder mit ihm durch, dachte Özakın, als ihn sein Assistent am Ärmel zog und auf eine Stelle links von ihnen deutete.

»Fragst du dich nicht auch, was die Frau da hinter dem Grabstein zu suchen hat?«

Allmählich verstand Özakın, worauf Mustafa hinauswollte. Soviel er erkennen konnte, schien die Frau aus ihrem Versteck heraus die Trauergemeinde zu beobachten.

»Hab sie entdeckt, als ich vorhin telefoniert habe. Da ist doch was faul.«

»Du hast tatsächlich deine Augen und Ohren überall«, meinte Özakın, als sich die Frau, nachdem sie ihr Kopftuch ordentlich zurechtgerückt hatte, plötzlich in Bewegung setzte.

Das Begräbnis war noch nicht zu Ende, aber Özakın und Mustafa erwarteten nichts Spektakuläres mehr. Sie sahen, wie die Frau, ihren langen, dunklen Mantel hinter sich herziehend, den Friedhof durch das schmiedeeiserne Tor des Hintereingangs verließ. Wie es schien, lief sie zum Dorf hinunter. Die beiden folgten ihr unbemerkt und beobachteten, wie sie mit kurzen schnellen Schritten in eine der Straßen einbog, die zur Dorfmitte führte, und schließlich in einem der Häuser verschwand.

»Das war doch bestimmt Emres Verlobte«, bemerkte Özakın.

»Darauf würde ich auch tippen«, meinte Mustafa. »Wer sonst sollte sich für sein Begräbnis interessieren, wenn nicht sie?«

»Sie war ja nicht eingeladen. Da hat sie heimlich Abschied von ihm genommen«, spann Özakın die Geschichte weiter.

»Eine ewig währende Liebe über den Tod hinaus«, folgerte Mustafa pathetisch. »Gibt es so etwas noch?«

Özakın lächelte und fragte dann: »Ob der silberfarbene Renault vor der Tür ihr gehört?«

»Wer weiß«, sagte Mustafa und schrieb sich das Kennzeichen auf.

29 ... Unzähligen von Hinweisen waren sie inzwischen nachgegangen – alle ohne konkretes Ergebnis. Als Kripobeamter war man Kummer gewohnt. Ständig musste man mit Rückschlägen rechnen, auf eine Chance warten, um im richtigen Moment wieder zuschlagen zu können. Und nicht mal dann war man sicher, ob dieser Fingerzeig in die richtige Richtung führte und nicht wieder im Sande verlief.

So war es auch mit dem Anruf, der, während sich Özakın und Mustafa in Alanya mühten, im Istanbuler Polizeipräsidium einging. Ein gewisser Orhan Bulut war in der Leitung, der sich als Wärter der Zisterne vorstellte und Özakın sprechen wollte, der bei seinem Besuch im Yerebatan Sarayı die Visitenkarte hinterlassen hatte, nachdem er, davon schwärmte der Anrufer noch, eine zirkusreife Vorführung als Kletterkünstler geboten hatte. Da aber weder der ermittelnde Kommissar noch sein Assistent anwesend waren, hatte man den Wärter mit Durmuş verbunden.

Der Grund seines Anrufs entsprang dem Ärger über die Istanbuler Presse, die, nach dem Mord an Tanja Sonntag, einige, wie er fand, unfaire Artikel über die Zustände in der Zisterne veröffentlicht hatte. Unter anderem mit der Überschrift: »Istanbul sehen und sterben«, was bei ihm den Anschein erweckt hatte, als sei man in Istanbul seines Lebens nicht mehr sicher, als lauere hinter jeder Sehenswürdigkeit der Tod, vor allem die Zisterne sei ein höchst dubioser Ort, wo man Ausländern nach dem Leben trachtete. All das habe ihn ziemlich wütend gemacht. Schließlich lebe man vom Tourismus, und dann war ihm diese Geschichte eingefallen, die ihm im Nachhinein ziemlich suspekt vorgekommen sei, nämlich, dass ein früherer Mitarbeiter der Zisterne ihm ein paar Wochen vor der bestialischen Tat an der Deutschen einen Mann vorgestellt habe, seinen Verwandten, der sich sehr für die Örtlichkeiten interessiert habe, nicht wie es Touristen eben so tun mit Fotoapparat und so, nein, fast schon wie einer, der Böses im Schilde führt. Außerdem habe der Kerl ziemlich martialisch ausgesehen, mit einer markanten Narbe auf der Stirn. Damals habe er sich nichts dabei gedacht, aber jetzt sehe er das schon mit anderen Augen, erzählte er.

Ob etwas dran war an der Geschichte? Durmuş grübelte bis in die späten Abendstunden hinein und dachte an seine Kollegen, die mit ihren Ermittlungen in Alanya wieder ganz am Anfang standen und daran, dass sie, als er mit ihnen telefoniert hatte, nicht gerade guter Dinge gewesen waren.

Im Alanya Garden Resort hatte sich der Mord an Emre in Windeseile herumgesprochen, aber keiner schien den Toten zu vermissen. Die Show musste weitergehen und heute sogar eine ganz besondere, und zwar die Abschiedsgala.

Ein bisschen Ablenkung täte ihnen gut, meinte Mustafa, und so waren sie zum Swimmingpool gekommen, wo eine der Attraktionen des Abends stattfinden sollte. Rundherum hatte man Sitzgruppen aufgestellt, manche ganz lauschig unter Bäumen, die mit Lampions geschmückt waren, im Boden steckten Fackeln, die alles in ein geheimnisvolles Licht tauchten. Eine Formation der Hotel-Crew marschierte an ihnen vorbei. Sie lief feierlich auf den Swimmingpool zu, trennte sich genau in der Mitte, die eine Hälfte bog nach links, die andere nach rechts ab, um dann zu den Takten des Hotelsongs den Kreis zu schließen und um schließlich dem Chefanimateur den Vortritt zu lassen.

Sonay trat an den Beckenrand und ergriff betont lässig das Mikrofon. »Und schon wieder ist eine Woche wie im Fluge vergangen. Eine Woche voller unvergesslicher Momente, neuer Eindrücke und neuer Freundschaften. Und jetzt heißt es wieder Abschied nehmen ...« Er machte kurz ein betretenes Gesicht, um gleich wieder Zuversicht auszustrahlen. »Doch es ist kein Abschied für immer. Wir sehen uns spätestens nächstes Jahr wieder«, verkündete er.

»Ist wohl die Karriereleiter hochgeklettert nach Emres Tod«, meinte Mustafa.

Özakın pflichtete ihm bei, wies aber darauf hin, dass der Animateur noch viel lernen müsse. Die lockere Art fehle ihm. Aber das käme sicherlich bald. Nach einer Saison habe er die Feinheiten heraus.

Währenddessen verkündete Sonay etwas holprig die weiteren Programmpunkte des Abends, die zu guter Letzt in einem Feuerwerk gipfeln sollten. Doch zuerst war das Wasserballett an der Reihe, das, so versprach der Chefanimateur, jeden verzaubern würde.

Auf ein Zeichen hin verzogen sich die Kellner, machten Platz für ein paar gertenschlanke Grazien, die sich mit ihren Nasenklemmen am Beckenrand aufstellten, um dann eine nach der anderen delfingleich ins Wasser zu springen. Sie tauchten auf und ab und begannen mit ihren Körpern allerlei Figuren nachzuzeichnen, so auch einen Stern, indem sie Kopf an Kopf Hand in Hand auf der Wasseroberfläche trieben. Oder sie hoben sich gegenseitig hoch, um eine Pyramide aus ihren Körpern zu bauen.

Die beiden Kommissare standen inmitten einer Gruppe von Gästen, die sich in ihre schicksten Klamotten geworfen hatten, und bestaunten gerade die Wassernixen, als sich ihnen der Koch näherte.

»Die rumänische Nationalmannschaft«, warf er ein, während er mit dem Kinn in Richtung Swimmingpool deutete. »Waren letztens zweite bei der Olympiade. Die sind froh, wenn sie hier ein paar Euro dazuverdienen können«, meinte er weiter, als Özakın nicht sofort reagierte. »Aber nur kein Mitleid«, fügte er noch hinzu, »die sind noch vor den Türken in der EU. Rumänien ist nämlich schon fit für Europa – angeblich. Aber anscheinend doch nicht *so* fit, dass das Land seine Sportler ernähren könnte, sodass sie zu uns in die Türkei kommen müssen«, stellte er fest und lachte zynisch.

»Bald brauchen sie die Türkei gar nicht mehr«, meinte Mustafa beiläufig. »Wenn sie in der EU sind, dann geht's gleich ab nach Deutschland zum Arbeiten.«

Der Koch gab ihm recht, denn da hatte er bei ihm offene Türen eingerannt. Er nickte ihnen noch freundlich zu und tauchte mit einem »Man sieht sich« in der Menge ab.

»Irgendwie gehen mir die Leute hier langsam auf die Nerven«, meinte Özakın, nachdem der Koch gegangen war.

»Mir reicht's auch«, überlegte Mustafa. »Sonne, Strand und gutes Essen hin oder her.«

Inzwischen war die Performance des rumänischen Wasserballetts zu Ende, und die Traube um den Swimmingpool löste sich auf. Die einen zog es, dem Herdentrieb folgend, zu den bereitstehenden Getränken, die anderen, darunter Özakın und Mustafa, in Richtung Tanzfläche, wo der DJ Platten aus den 70ern und 80ern auflegte.

Özakın steuerte auf einen der Stehtische am Rande der Tanzfläche zu, wo es nicht so laut war und von wo aus er die Szenerie gut im Blick hatte. Falls etwas aufsehenerregendes passieren sollte, dachte Özakın. Aber danach sah es wirklich nicht aus. Özakın spielte mit dem Gedanken, bereits morgen die Zelte abzubrechen, wollte das aber noch mal in Ruhe mit Mustafa besprechen, der zwar manchmal einen etwas nachlässigen Eindruck machte, aber in entscheidenden Momenten den richtigen Riecher besaß.

Özakın holte eine Zigarette aus der Schachtel

und zündete sie mit der Kerze an, weil er sein Feuerzeug nicht finden konnte, während Mustafa zwei Efes holen ging.

Irgendetwas stimmt nicht mit den Familien Kurtoğlu und Somuncu, überlegte Özakın. Das war aber nicht die einzige Ungereimtheit.

Er blickte sich gelangweilt um und entdeckte ein bekanntes Gesicht – Anne, die Handfetischistin, die sich beim Jachtausflug der einsamen Herzen verzweifelt an ihn geklammert hatte. Sie saß mit einem jungen Animateur an einem kleinen Tisch, weit abseits unter einem Baum, und wie es aussah, flogen auch schon Amors Pfeile. Er kraulte ihr etwas schütteres Haar, während sie seine Hände tätschelte. Wahrscheinlich litt sie an den Folgen eines tief sitzenden Beziehungstraumas. Jetzt, so schien es, war sie dabei, sich langsam davon zu erholen.

Auch die schwäbischen Hausfrauen, die sie an ihrem ersten Tag in der Sunshine-Bar getroffen hatten, ließen es krachen. Auf der Tanzfläche hatten sie einen Kreis um einen der Kellner gebildet und klatschten euphorisch in die Hände. Der Hahn im Korb drehte und wand sich und rollte die Hüften.

»Wer jetzt keine abbekommt, der muss auf die nächste Reisegruppe warten«, bemerkte Mustafa, als habe er Özakıns Gedanken erraten. Er stellte das Bier auf den Tisch und beobachtete ebenfalls die Tanzenden.

Da stockte ihnen der Atem, als mit einem Male Monika wie eine Fata-Morgana vor ihnen stand. Sie hatte sich mächtig aufgebrezelt, trug ihre rot-blonden Haare offen, hatte ihre Katzenaugen geschminkt und sah in ihrem grünen Neckholder-Kleid einfach umwerfend aus.

Zum Glück brach sie das Eis, indem sie auf Anne deutete und meinte: »Liebe im Urlaub, ob das wohl gut geht?« Dabei verzog sie ihren Mund zu einem ironischen Lächeln, als bezweifle sie das.

Özakın zog verlegen an seiner Zigarette, doch bevor er antworten konnte, wollte Mustafa wissen, was sie denn gerne trinken würde.

Sie wollte den Abend mit einem »Mojito« starten, spitzte aber die Ohren, als sie die Musik aus den Lautsprechern vernahm. Ohne zu überlegen, schnappte sie Özakıns Hand und zerrte den Verdutzten unter den spöttischen Blicken seines Assistenten hinter sich her. Der konnte einfach nicht verstehen, warum sich Özakın so zierte. Ihn hätte man nicht lange bitten müssen.

»Shakira«, jubilierte sie, während sie sich, den widerspenstigen Özakın im Schlepptau, den Weg auf die Tanzfläche bahnte.

Ihm blieb nichts anderes übrig, als sich ihr anzuschließen. Langsam fasste er sich wieder und wurde lockerer, vor allem als er sah, wie Monika beim Tanz aus sich herausgehen konnte, obwohl sie sich kaum kannten. Bald machte es ihm sogar Spaß, unbeschwert herumzuwirbeln, alles um sich herum zu vergessen und nur auf die Musik und seinen Körper zu hören, bis zum Schluss.

Danach verharrten sie eine Weile auf der Tanzfläche, etwas unbeholfen, wie es denn nun weitergehen würde, als sich angesichts des einsetzenden Schmusesongs ihre Blicke begegneten – Blicke, die eine seltsame Melancholie verströmten, sodass sie nicht umhinkonnten, sich sanft aneinanderzuschmiegen.

Zwar waren Özakıns Fähigkeiten auf diesem Gebiet stark veraltet, doch er gab sich Mühe, das frühere Wissen um die ersten Blickkontakte und die verschüttete Begeisterung für Flirts wieder abzurufen. Er schloss die Augen und genoss das Kribbeln auf seiner Haut, ihre weichen Brüste, die ihn berührten, spürte ihren heißen Atem an seinem Hals. Ein wohliges Gefühl durchströmte seinen Körper, kalt und heiß zugleich, als sie seine Wange mit ihren Lippen streifte. Özakın war es, als würden seine Beine unter ihm wegsacken – ihn hatte es erwischt.

»The first cut is the deepest von Cheryl Crow«, hauchte Monika ihm ins Ohr, und ihre Stimme vibrierte. »Ursprünglich stammt das Lied von *Jusuf Islam*.«

»Ich weiß, damals hieß er noch *Cat Stevens*«, stöhnte Özakın wie von einem fiebrigen Schüttelfrost erfasst, und drückte sie noch fester an sich. Sie hob den Kopf, als hätte sie der Blitz getroffen, schaute ihm fast fürsorglich in die Augen und lächelte vielsagend, während ihre Körper miteinander verschmolzen. Jetzt überließen sie sich ganz ihren Gefühlen. Wie weit sie die Emotionen treiben würden, war noch unklar, aber alles war möglich, das spürten beide, als sie unvermittelt Özakıns Handy aus ihren wildromantischen Träumen riss und sie in die banale Realität zurückholte.

Mist, ausgerechnet jetzt, dachte Özakın. Benommen wie er war, löste er sich mit einer entschuldigenden Geste aus Monikas Armen und hoffte, seine Frau möge nicht dran sein.

»Sag jetzt nicht, lass uns Freunde bleiben«, überspielte Monika die Situation, bevor sie davonschlenderte.

Voller Bedauern blickte er ihr hinterher und war verärgert, als er Durmuş' Stimme hörte. »Was ist denn so wichtig, dass du mich gerade jetzt anrufen musst?«

Durmuş wunderte sich zwar ein wenig über Özakıns harsche Reaktion, ließ sich aber nicht aus dem Konzept bringen und antwortete mit geschäftsmäßigem Ton in der Stimme: »Der Wärter hat anscheinend doch jemanden bemerkt, der sich in der Zisterne herumgetrieben hat.«

»Ach ja?«, fragte Özakın nicht sonderlich interessiert, weil er mit den Gedanken woanders war.

»Der Typ soll ein Verwandter eines früheren Bediensteten gewesen sein. Du weißt schon, das ist der, der in der Zisterne gekündigt hatte und den du mal in der Blauen Moschee vernommen hast, Yavuz Balcı, erinnerst du dich noch?«

»Stimmt«, sagte Özakın, der immer noch nicht klar denken konnte.

»Der hat ihm die Zisterne gezeigt.«

»Wer hat wem was gezeigt?«

»Der frühere Mitarbeiter der Zisterne seinem Verwandten.«

»Der kam mir auch sehr suspekt vor«, murmelte Özakın abwesend.

»Wer jetzt?«

Özakıns Kopf fühlte sich an, als wäre er von einem Hammer getroffen worden. Um Konzentration bemüht, sagte er: »Der Kerl von der Blauen Moschee.«

»Und sein Verwandter erst. Der soll sich die Örtlichkeiten genauestens angesehen haben. Meinst du, der hat Dreck am Stecken?«

Lange kam keine Antwort.

»Bist du noch dran?«, fragte Durmuş besorgt.

»Ja, ja, natürlich. Ich denke nur nach«, sagte Özakın schnell. »Am besten, du knöpfst ihn dir morgen vor. Bleib dran«, ermunterte er ihn, weil er das Gespräch beenden wollte.

Die Stimmung ist dahin, ärgerte er sich. Monikas Duft in der Nase, ging er sie suchen, konnte sie aber nirgends finden. Er bemerkte Schweiß. Wahrscheinlich die Hormone, die verrücktspielen, dachte er. Jetzt hatte der DJ auch noch einen Song von *Chicago* aufgelegt, als wolle er ihm absichtlich den Rest geben: »*If you leave me now. You'll take away the biggest part of me.*« Verdammt, das Ganze ist so schmalzig, dachte er, während die Menge in den Refrain einfiel und dann aus Dutzenden Kehlen ein »*Oohoohoohoohooh, no baby please don't go*« ertönte, das sein angeschlagenes Herz noch mehr leiden ließ. Voll dieses bitteren Nachgeschmacks lief er Mustafa in die Arme.

»So ein Interruptus kann einen ganz schön fertigmachen«, lachte der, als er seinen verwirrten Kollegen kommen sah. Anscheinend hatte Mustafa alles mitbekommen.

Doch Özakın schüttelte nur den Kopf, was sein wortloses Unverständnis für seine heikle Lage – einer Mischung aus Bedauern über die entgangene Chance und Erleichterung, dass sein Testosteronspiegel sank – ausdrücken sollte. Dann trank er das Bierglas, das vor ihm stand, in einem Zug leer.

30... Oh nein, dachte er, als er am nächsten Morgen Monika auf sie zustürzen sah. Özakın konnte ihr nicht mehr in die Augen schauen, nach dem, was sich gestern zwischen ihnen abgespielt hatte. Die Peinlichkeit stand ihm ins Gesicht geschrieben. Nur wusste er nicht, was schlimmer gewesen war, dass sie sich nähergekommen waren oder dass er sie dann – ganz plötzlich – hatte stehen lassen, um sich den angeblich wichtigeren Dingen zu widmen. Andererseits hatte ihn der Anruf von Durmuş vielleicht vor einer Dummheit bewahrt. Seine Frau hätte dies sicherlich herausbekommen. Wer weiß, was dann passiert wäre, überlegte er.

»Guten Morgen«, sagte sie gut gelaunt und hatte wieder diesen unwiderstehlich verschmitzten Ausdruck im Gesicht. »Gut gefrühstückt?«

Die beiden nickten etwas verlegen.

»Ich hab übrigens gestern Nacht noch einen Anruf bekommen ...«

Von ihrem Freund sicherlich, dachte Özakın.

»... und zwar von den beiden Alten in Istanbul. Sie wissen schon, die aus Tanja Sonntags Haus.«

Mustafa, der die ganze Zeit abwartend neben Özakın gestanden hatte, konnte sich ein Grinsen nicht verkneifen. »Wieder herumspioniert, was? Das sollten Sie doch nicht.«

»Die haben doch mich angerufen. Übrigens, ich dachte, wir duzen uns alle.«

Özakın lächelte und fragte: »Das alte Ehepaar, diese Halb-Kriminellen, die mit der fingierten Mietanzeige?«

»Genau die«, sagte Monika strahlend.

»Scheinst dich ja mit ihnen angefreundet zu haben. Was wollten die denn, fragen, ob du ihnen ein kleines Souvenir aus Alanya mitbringen kannst?«, fragte Özakın.

»Nicht ganz«, meinte Monika, »aber sie haben ein verdächtiges Auto beobachtet. Der Fahrer hatte in der Nähe des Hauses geparkt und stieg dann zu Tanja Sonntags Wohnung hoch. Leider konnten sie den Typ nur annähernd beschreiben. Jung und eher kräftig soll er gewesen sein. Na, was sagt ihr jetzt?«

»Ob man denen glauben kann?«, zweifelte Mustafa. »Altersdemenz sollte man nicht unterschätzen.«

»Das hab ich auch zuerst gedacht. Aber das Auskundschaften der Gegend scheint ein Hobby von ihnen zu sein. Soll das beste Mittel gegen die Langeweile sein, die aufkommt, wenn man fünfzig Jahre verheiratet ist, haben sie mir erzählt.« Sie schmunzelte. »Die Oma checkt die Passanten ab, der Opa die Fahrzeuge. Eine kluge Arbeitsteilung, wenn ihr mich fragt. Und da hat der gute Mann auch dieses silberfarbene Auto gesehen.«

»Das fällt ihm aber sehr spät ein«, warf Özakın ein. »Welche Marke soll das Fahrzeug denn gehabt haben, und konnte er sich das Kennzeichen merken?«

»Nur Teile davon, aber besser als gar nichts. Hier, ich hab's aufgeschrieben«, sagte Monika und reichte Mustafa einen Zettel hinüber.

Er warf einen Blick darauf, kramte in seinen Taschen und verglich die Angaben darauf. Schließlich meinte er verwundert: »Es ist auf jeden Fall ein Fahrzeug aus Alanya, und die Fragmente stimmen mit dem Kennzeichen des Renaults überein, der vor dem Haus am Forellenfluss geparkt war.«

»Das ist nicht dein Ernst«, meinte Özakın und riss ihm die Zettel aus der Hand. »Und die Farbe stimmt auch überein«, sagte er. »Die beiden Alten sind ja doch zu etwas zu gebrauchen.«

»Na, konnte ich helfen?«, fragte Monika und blickte ihm liebevoll in die Augen, als sie Özakıns euphorischen Gesichtsausdruck sah.

Er nickte, wagte aber nicht, seinen Verdacht auszusprechen. »Und sonst?«, fragte er stattdessen, während Mustafa schon mit seinem Handy beschäftigt war.

»Alles bestens«, antwortete sie. »Meinen Artikel über Deutsche in Alanya habe ich heute der Zeitung gemailt. Waren sehr angetan, fragten, ob ich nicht noch 'ne Story hätte aus diesem Milieu. Muss mich erst von Alanya erholen, hab ich gesagt. Deswegen fahr ich auch heute zurück. Mir reicht diese künstliche Touristenwelt langsam. Ich brauch wieder normale Menschen um mich.« Sie seufzte.

Er hätte sie gerne zum Abschied in den Arm genommen und ihr ein nettes Wort gesagt, aber sie waren nicht alleine.

Als sein Assistent an ihn herantrat und ihm mit strahlender Miene den Namen des Fahrzeughalters verkündete, so, als seien sie kurz vor der Lösung ihres Falles, blieb Özakın nichts anderes übrig, als Monika höflich die Hand zum Abschied hinzuhalten. Es jagte ihm einen Stich ins Herz. Obwohl zwischen ihnen nicht viel passiert war, kam es ihm vor, als würde eine enge Freundin, eine Vertraute von ihm gehen.

3I ... Nach seinem Anruf bei einem, wie er fand, ziemlich verstörten Özakın, war Durmuş bis tief in die Nacht im Büro geblieben, hatte hin und her überlegt, wie es nun mal seine penible Art war. Schließlich hatte er sich dazu durchgerungen, diesem früheren Bediensteten der Zisterne, Yavuz Balcı, auf den Zahn zu fühlen. Özakın hatte ihn zwar schon vor Wochen an der Blauen Moschee befragt, aber damals hatten sie noch am Anfang ihrer Ermittlungen gestanden.

Nach dem Hinweis des Wärters, Balcı habe seinen Verwandten in der Zisterne herumgeführt, sah die Lage jetzt ein bisschen anders aus.

Oktay, mit dem er sich das Büro teilte, war längst nach Hause gegangen, da ihn aber niemand erwartete, seine Frau mit dem Kind in die Sommerlaube am Marmara-Meer gefahren war, klickte er sich ungestört in das Personenregister ein.

Wer war nur dieser vermeintliche Verwandte?, fragte er sich. Balcı wollte er noch nicht kontaktieren – er sollte sich noch in Sicherheit wiegen, bis er wirklich etwas gegen ihn in der Hand hätte. Wie es aussah, konnte er sich über eine weit verzweigte Verwandtschaft freuen. Die Mitglieder dieser Großfamilie waren über das ganze Land verstreut. All diese Personen zu überprüfen war ein Ding der Unmöglichkeit. Also grenzte Durmuş den Personenkreis ein, versuchte über Alter, Geschlecht oder Vorstrafen auszusortieren. Einige Namen nahm er in die engere Wahl. Da er aber nicht zufrieden war mit der Ausbeute, forschte er erneut nach. Er dachte, er habe etwas übersehen und tauchte deshalb noch tiefer in die Materie ein, erweiterte den Personenkreis.

Ich muss verrückt sein, mir diese Sisyphusarbeit aufzubürden, dachte er, aber er konnte nicht anders. Da war wieder der Drang, es allen beweisen zu müssen.

Er überprüfte nun alle Personen, die nicht Balcı mit Nachnamen hießen, aber trotzdem mit ihm verwandt waren, sei es noch so entfernt.

Nach Stunden der Recherche schien es, als sei er auf einer Spur. Er hatte einen Cousin dritten Grades ausfindig gemacht, der den Mädchennamen von Balcıs Mutter trug. Interessanterweise wohnte der in Alanya. Das klang verheißungsvoll, nur war der Cousin über sechzig und nicht, wie von dem Wärter beschrieben, jung und kräftig. Trotzdem druckte Durmuş sein Foto aus.

Am nächsten Morgen machte sich Durmuş erneut auf den Weg in das Hotel in Sultanahmet.

Das letzte Mal, als er dort gewesen war, hatten sie noch Emre im Visier gehabt, aber keiner hatte sich an den Animateur erinnern können. Wahrscheinlich zu Recht, dachte Durmuş, weil nicht er es gewesen war, der Tanja Sonntag kurz vor ihrem Tod aus der Hotellobby angerufen hatte.

Im Hotel versuchte er sein Glück zuerst an der Rezeption. Doch überall, wo er das Bild des Cousins vorzeigte, rief es nur Achselzucken hervor.

Verzweifelt und missmutig schlurfte er Richtung Ausgang, als ihn ein Mann in einer bunten, folkloristisch angehauchten Weste und weiten türkischen Hosen ansprach. Durmuş' Schuhe könnten dringend Pflege gebrauchen, meinte er und machte eine Kopfbewegung in Richtung eines imposanten Schuhputzkastens aus Messing, der sich rechts vom Eingang befand.

Durmuş blickte an sich herunter. Seine Schuhe sahen tatsächlich so aus, als wären sie monatelang nicht geputzt worden, und da er nicht wusste, wie er weiter vorgehen sollte, ließ er sich mit einem Schwung auf dem hohen Hocker des Schuhputzers nieder. Nicht ohne Vorbehalte, weil es so eine Sache war mit der Schuhpflege auf den Istanbuler Straßen – ähnlich Don Quijotes Kampf gegen die Windmühlen. Denn meist sahen die geputzten Schuhe bereits nach ein oder zwei Stunden so dreckig aus wie eh und je.

Der Mann setzte sich schweigend auf seinen Schemel und begann, den Kopf vornübergebeugt, die Schuhe mit einer Bürste vom gröbsten Dreck zu befreien. »Gute europäische Qualität«, bemerkte er einsilbig, während er eine Cremedose öffnete und einen kleinen Schwamm hineintauchte.

Durmuş lächelte. Sein Vater, der Gouverneur, hatte ihm die Schuhe aus Italien mitgebracht.

Nun massierte der Mann die schwarze Farbe in das Leder. Er wartete eine Weile, bevor er den Schuhen eine Zwischenpolitur gönnte. »Sehen jetzt wie neu aus«, sagte er ohne aufzublicken. Durmuş konnte nur die grauen Haare des Mannes und die lichte Stelle an seinem Hinterkopf erkennen.

An der Rezeption tummelte sich eine größere Reisegruppe. Ein geschäftiges Hin und Her war zu beobachten, das in Chaos auszuarten drohte, weil, wie es aussah, mehr Zimmer gebucht worden waren als vorhanden. Der Hotelmanager, ein quirliger Kerl, telefonierte aufgeregt herum und versuchte, die wartende Menge zu beruhigen, man werde das Problem schon lösen. Ganz in der Nähe gäbe es eine kleine, aber feine Pension.

Durmuş ließ seinen Blick weiter durch die Lobby wandern. Es gab eine kleine Bar mit Kellnern, die herumschwirrten und Bestellungen aufnahmen, mehrere Sitzgruppen mit großen Glastischen davor, Poster mit Abbildungen der Tuffsteinhöhlen von Kappadokien oder der idyllisch gelegenen Bucht von »Ölüdeniz« sowie die eine oder andere orientalische Besonderheit, in diesem Fall war es der türkische Schuhputzer, der den Touristen seine Dienste anbot.

»Wie läuft das Geschäft?«, fragte Durmuş beiläufig.

»Könnte besser sein«, antwortete der Mann, indem er kurz zu ihm hochblickte. »Fünf bis sechs Kunden pro Tag ... Die überlegen es sich zweimal, ob sich die Geldausgabe rentiert. Dabei sind's nur drei Euro. Vor allem die Deutschen sind Schuhputzer nicht gewohnt«, meinte er, während er sich umdrehte und auf die Füße der Touristen deutete.

»Weil sie keinen Wert auf geputzte Schuhe legen?«, wollte Durmuş wissen.

Der Mann zuckte die Achseln. »Weil die sowieso nur Sandalen mit Socken tragen. Bei Italienern und Amerikanern ist das etwas anderes«, schwärmte er. »Für die ist es normal, dass sie sich die Schuhe putzen lassen.«

Jetzt holte er aus seinem Putzkasten einen weiteren Tiegel hervor, diesmal eine Creme für den Glanz. Er hielt inne und fragte neugierig: »Sie sind doch Polizist. Hab Sie vorhin mit einem Foto in der Hand gesehen. Was ist mit dem Typ?«

»Wenn wir das so genau wüssten«, antwortete Durmuş. »Wir haben nur eine vage Vermutung. Es geht um den Tod einer Deutschen …«

»Ach, die Geschichte«, warf der Mann ein. »Die Tote aus der Zisterne. Das stand doch in der Hürriyet.«

»Genau«, bemerkte Durmuş. »Der letzte Anruf vor ihrem Tod kam von hier. Und der Mann auf dem Bild könnte eventuell der Anrufer sein.« Er holte die Fotokopie aus seiner Jackeninnentasche, um sie dem Schuhputzer zu zeigen, obwohl er sich keine großen Hoffnungen machte, dass er den Mann erkennen würde. Und wie er es vermutet hatte, winkte der Schuhputzer ab. »Einen Jüngeren hab ich mal hier gesehen«, sprach er geheimnisvoll. »Der streifte ziellos durch die Lobby und tat so, als erwarte er jemanden. Mir fiel er gleich auf, weil er sich seltsam benahm. Häng schließlich die meiste Zeit nur herum, hab Zeit für meine Menschenstudien.« Er nahm einen schwarzen Samtlappen und verpasste den Schuhen eine letzte Politur, bevor er fortfuhr: »Das war vor ungefähr drei Wochen ... Der Kerl ging zum Telefon rüber ... Da drüben steht es ...«, erzählte er, reckte den Kopf zur Seite und deutete auf einen Sekretär gleich links vom Eingang, auf dem ein altmodisches Telefon stand.

»Das muss ja nicht unser Mann gewesen sein«, seufzte Durmuş und betrachtete seine blank polierten Schuhe. Die glänzten so sehr, dass er sich in ihnen spiegeln konnte.

»Vielleicht doch! Erstens hatte der junge Mann hier nichts zu suchen, und zweitens hab ich einige Wortfetzen aufgeschnappt ... Es ging um die Zisterne, und dass man sich dort treffen könne.«

Durmuş hielt jetzt nichts mehr auf seinem Hocker. »Tatsächlich? Wie sah er denn aus?«

»Kräftig gebaut, insgesamt etwas grobschlächtig, und irgendetwas stimmte nicht mit seinem Gesicht«, überlegte der Schuhputzer.

»Hatte er zufällig eine Narbe auf der Stirn?«, fragte Durmuş, weil ihm plötzlich etwas eingefallen war.

»Und was für eine ...«, sagte der Mann, während er begann, seine Cremedosen zuzuschrauben, um sie dann wieder ordentlich in seinem Putzkasten zu verstauen.

Durmuş hoffte, dass der Hinweis des Mannes der

Wahrheit entsprach, denn nicht selten kam es vor, dass die Menschen irgendwelche Geschichten erfanden, um sich wichtig zu machen. Aber diesmal, das spürte er, schien etwas dran zu sein. So zückte er sein Portemonnaie und entnahm ihm einen größeren Liraschein, den er ihm als Belohnung überreichte.

Die Wohnung der Balcıs befand sich im Stadtteil Sirkeci, unweit von Sultanahmet.

Da Balcı um diese Zeit seiner Arbeit in der Blauen Moschee nachging, konnte sich Durmuş ungestört bei der Nachbarschaft umhören. Denn die besten Hinweise bekam man häufig von geschwätzigen Nachbarn.

Zuerst steuerte er das schäbige Elektrogeschäft über der im Souterrain gelegenen Wohnung von Balcı an. *Erwerb und Reparatur von Elektrogeräten* stand über dem Eingang. Er wollte nicht gleich mit der Tür ins Haus fallen, also tat er erst einmal so, als interessiere er sich für einen elektrischen Tischgrill und kam dann allmählich mit dem Ladenbesitzer ins Gespräch.

Zu seiner Überraschung musste er nicht lange bohren, es sprudelte nur so aus dem Mann heraus. So erzählte er, dass sich der Nachbar aus dem Souterrain in letzter Zeit so benähme, als sei er etwas Besseres. Dabei käme er doch, wie er selbst, aus ärmlichen Verhältnissen. Man munkle, er habe im Lotto gewonnen. Jedenfalls habe er auch die gesamte Summe für den neuen Fernseher gleich auf einmal bezahlt, eigentlich sei eine Ratenzahlung vereinbart gewesen.

Ob denn der Nachbar irgendwann Besuch aus Alanya bekommen habe, wollte nun Durmuş wissen, von einem seiner Verwandten zum Beispiel. Da musste der Ladenbesitzer passen. Dafür wusste er genau Bescheid über die Lebensumstände der Familie: Dass Balcıs Frau in letzter Zeit teuer gekleidet war und dass die Familie neuerdings zum Essen ins Restaurant ging. Er sei ja nicht neidisch, aber …

Der Metzger von gegenüber hingegen wusste nur Gutes über seinen Nachbarn zu erzählen. Man spiele jede Woche Karten miteinander, während die Frauen kochten oder sich um die Kinder kümmerten. Die Familie, vor allem aber Frau Balcı, blühe in letzter Zeit richtig auf, nachdem ein Verwandter seinen Lottogewinn mit ihnen geteilt habe.

Durmuş hörte sich noch dies und das an, wobei man wie immer vom Hundertsten ins Tausendste kam. Er hörte viele Klagen und Beschwerden über die aktuelle Politik, aber vor allem über die schlechte wirtschaftliche Lage – ein Lieblingsthema der Türken –, dass das Geld vorne und hinten nicht ausreiche und man demnächst, wenn es so weiterginge, zu Bettlern werden würde und dem anschließenden Fazit, dass man ja doch nichts ändern könne. Dann machte sich Durmuş wieder auf den Weg ins Büro.

Was er von Balcıs Nachbarn gehört hatte, genügte für eine Vorladung.

32... »Na, war die Polizei wieder bei dir?«

»Ach, du schon wieder!« Dem Mann war die Enttäuschung anzuhören. »Die Polizei?«, fragte er langsam nach, als ob seine Zunge zu träge wäre, um mit dem Gesagten Schritt halten zu können. »Was hab ich denn damit zu tun? Bin völlig unschuldig. Hast *du* die Deutsche umgebracht oder *ich*?«

»Träum weiter. Und wer hat mir dabei geholfen?«, herrschte ihn der Anrufer an.

Dieser Kerl ist unberechenbar, mit dem ist nicht gut Kirschen essen, dachte der andere und riss sich zusammen. »Wie geht's der Familie?«, wechselte er das Thema, um gute Stimmung zu machen.

»Gut, gut. Hast du das Geld nun bekommen?«

»Ja, danke. Auch meine Frau bedankt sich herzlich bei dir. Wenn die nur wüsste, warum du so spendabel warst ... ich habe gesagt, du hättest im Lotto gewonnen.«

Der Anrufer lachte laut in den Hörer hinein. »Die Ärmste, glaubt es auch noch«, spottete der Mann, bevor er nüchtern erklärte: »Emre musste jetzt auch dran glauben.« Aus seinem Mund klang das wie eine Lappalie.

»Was?«, schrie sein Gesprächspartner entsetzt auf.

»Bist du jetzt unter die Samariter gegangen, oder was? Hör mir bloß auf mit diesem Hurensohn. Ich dachte, er würde endlich wie ein richtiger Mann handeln, nach dem Tod der Deutschen. Aber denkste! Der hatte gar nicht die Absicht, auf sein frivoles Leben zu verzichten.«

»Ich weiß, aber ...«

»Was, aber? Auf welcher Seite stehst du eigentlich? Emre war die Pest, genau wie seine ganze Familie. Jetzt möcht ich mal sehen, wie die über die Runden kommen, nachdem ihre Geldesel unter der Erde sind.«

Dem anderen blieb vor so viel Zynismus fast die Spucke weg.

»Ich kann doch nicht seelenruhig zusehen, wie unsere Familienehre in den Schmutz gezogen wird«, verteidigte sich der Anrufer.

»Ja, ja, die Ehre, die ist in der Tat wichtig«, murmelte der andere etwas abwesend, weil er sich vor den Wutausbrüchen seines Verwandten fürchtete.

»Ich hab ihn einfach über den Haufen gefahren«, prahlte der jetzt. »Genau wie in dem amerikanischen Kinofilm letztens. Hättest mal sehen sollen, wie der durch die Luft flog.«

»Du bist ja total übergeschnappt«, schrie der Mann, weil er sich jetzt nicht mehr beherrschen konnte. »Was bist du nur für ein blutrünstiges Schwein!«

»Du hältst lieber den Mund«, sagte sein Verwandter, und seine Stimme überschlug sich. »Sonst bist du auch bald dran, du Versager.«

»Ist schon gut«, besänftigte der andere ihn, weil er ihm alles zutraute. »Aber zwei Morde hintereinander ...«

»Was sollte ich denn tun? Hab auf beide eingeredet. Das ging zu einem Ohr hinein und zum anderen wieder hinaus. Ich war sogar bei dieser Tanja. Wollte die Sache friedlich klären. Sie sollte sich Emre verdammt noch mal aus dem Kopf schlagen, ihn endlich seine Verlobte heiraten lassen. Da hat sie getobt und geschrien. Unsere Ehre interessiere sie einen Dreck. Ganz schön dreist von ihr, was?«

»Du hast recht ...«

»Sag ich doch. Erst als alles Zureden nichts mehr half, hab ich sie angerufen und mich mit ihr in der Zisterne verabredet«, fuhr er fort. »Ich hätte gute Nachrichten für sie ... Du weißt doch, wie scharf die auf Emre war. Da war sie ganz aus dem Häuschen, hat sich Hoffnungen gemacht. Die Ausländer glauben einfach alles, was man ihnen erzählt. Den Rest kennst du ja bereits.«

Der Mann am anderen Ende der Leitung seufzte. »Ich hoffe, die erwischen dich nicht.«

»Das glaubst du doch allen Ernstes nicht. Seit wann reißt sich unsere Polizei den Arsch auf?«

»Das perfekte Verbrechen gibt's nur im Film.«

»Na wenn schon. Mein Leben ist wie ein Film«, bemerkte der Anrufer, bevor er mit einem jähen Lachanfall auflegte.

33 ...   »Ich weiß gar nicht, was ich hier soll?«,
fragte Balcı unwirsch, bevor er sich widerwillig
setzte. »Aber ich kann es mir schon denken: Die
Großen lässt man laufen, die Kleinen hängt man.
Ich hab bereits am Telefon gesagt, dass Sie mit mir
Ihre Zeit verschwenden.«

»Wir sammeln nur Fakten«, lenkte Durmuş ein
und schlug vor, mit dem Verhör zu beginnen. »Kannten Sie eigentlich die Tote?«

»Woher denn? Was habe ich mit einer deutschen
Frau zu tun?«, empörte Balcı sich, so als habe man
ihn bezichtigt, Pornos angeschaut zu haben.

»War nur eine Frage«, sagte Durmuş und blinzel-
te Oktay zu, der sich hinter dem Mann aufgebaut
hatte. »Stimmt es, dass Sie Ihrem Verwandten die
Zisterne gezeigt haben?«

Da läge ein Irrtum vor, meinte Balcı. Es handle
sich auf keinen Fall um seinen Verwandten. Ob es
denn verboten sei, jemandem aus der Provinz seinen
Arbeitsplatz in der Stadt zu zeigen. Der Freund sei
nun mal Hobbyarchäologe und interessiere sich für
römische Geschichte.

»Ein Freund?«, fragte Oktay ein bisschen amüsiert. »Sie sollen die Person aber ausdrücklich als
Ihren Verwandten vorgestellt haben«, insistierte er.

»Das behauptet doch bestimmt dieser Wärter«, sagte Balcı. »Sie glauben ihm doch nicht etwa?«

»Der ist sich aber ganz sicher«, warf Durmuş ein.

Der Mann seufzte ein bisschen genervt. »Dieser Wärter ... Der hatte mich schon immer auf dem Kieker. Er war übrigens auch der Grund, warum ich gekündigt habe. Konnte den Typ nicht mehr ertragen. Ständig hat er mir in die Arbeit reingeredet, herumgemäkelt, bis ich's nicht mehr aushielt.«

»Und wir dachten, Ihre Kündigung hätte eher gesundheitliche Gründe gehabt«, sagte Durmuş, der sich Özakıns Protokoll der früheren Befragung genau durchgelesen hatte.

»Ja, auch«, gab Balcı kleinlaut zu. Er habe Rheuma. Das habe er im Übrigen bereits einem gewissen Özakın erzählt, als er ihn an der Blauen Moschee besucht habe.

»Und finanziell? Wie geht es Ihnen da in Ihrem neuen Job?«, fragte nun Oktay.

Balcı schüttelte hilflos den Kopf und meinte nur: »Bin ja kein Beamter, sondern nur ein einfacher Gelegenheitsarbeiter.« Mit drei Kindern und einer schwer kranken Frau käme er gerade so über die Runden.

Durmuş massierte seine Stirn – ein Zeichen, dass er nachdachte. »Was hat sie denn, die Ärmste?«

»Danke der Nachfrage – schweres Asthma. Die macht es nicht mehr lange«, meinte Balcı sichtlich um Mitleid bemüht.

»Komisch, wir haben aber gehört, dass sie putzmunter sein soll«, wunderte sich Durmuş. »Außerdem soll bei Ihnen der Reichtum ausgebrochen sein.«

»Wer sagt denn so was?«

»Wir haben unsere Quellen.«

»Also gut«, ließ sich der Mann breitschlagen. »Hab was geerbt.«

»Wer ist denn gestorben?«, wollte Oktay wissen, der sich über Balcıs wirre Geschichten ärgerte, es aber nicht zeigte.

»Ein Onkel«, kam es blitzschnell, als wolle er das Verhör schnell hinter sich bringen.

Doch damit ließen sich die beiden anderen nicht abspeisen. »Ihre Nachbarn sagen aber etwas anderes. Sie erzählten von einem Lottogewinn. Sie müssen sich schon festlegen«, drohte ihm Durmuş. »Kommen wir noch einmal auf Ihren Freund oder besser gesagt auf Ihren Verwandten zurück. Er holte den Ausdruck mit dem Bild aus dem Personenregister. »Das ist doch ein entfernter Verwandter aus Alanya. Ein Cousin dritten Grades ...«

Balcı nickte, weil er beschlossen hatte, sich so pflegeleicht wie möglich zu geben, fragte aber dennoch: »Was ist mit ihm?«

»Wir überlegen, ob wir ihn vorladen ...«

»Bloß nicht! Er ist alt und herzkrank ...«

Schon wieder ein Krankheitsfall, dachte Oktay. Er schüttelte belustigt den Kopf.

»Lassen Sie ihn bloß in Ruhe, das würde er nicht überleben ...«, meinte Balcı nun mit sorgenvoller Miene.

»Wir haben ihn aber bereits kontaktiert«, bluffte

Durmuş und blickte verschwörerisch zu Oktay, der grinsend fortfuhr: »Er hat uns übrigens interessante Dinge über Sie erzählt. Besser gesagt, er hat Sie schwer belastet. Demnach sollen Sie Tanja Sonntag getötet haben.«

»Was?«, schrie der Mann entsetzt auf, weil er merkte, dass er in der Patsche saß.

»Als exzellenter Kenner der Zisterne, ist das ja auch ein Kinderspiel für Sie gewesen«, nahm Durmuş den Faden wieder auf. »Fragt sich nur, warum Sie das getan haben. Wahrscheinlich aus Geldgier«, stellte er fest. »Ihre arme, kranke Frau ... das wird ihr jetzt sicherlich das Herz brechen. Was hatte sie noch einmal?«

Der Mann schluckte. »Ein ... ein schweres Krebsleiden«, murmelte er abwesend.

»Jetzt reicht's«, schrie ihn Oktay wutentbrannt an, indem er ihn von hinten an den Schultern packte. »Das genügt, um Sie vorläufig festzunehmen. Jetzt sitzen Sie in der Klemme.«

»Er war's«, schrie der Mann plötzlich.

Die beiden schauten ihn fragend, aber mit entspannten Gesichtern an, woraufhin Balcı auf das Bild auf dem Tisch zeigte, indem er seinen Zeigefinger in das Papier bohrte. »Sein Sohn.« Das Gesicht des Mannes war totenbleich, der Ausdruck – eine Mischung aus Abscheu und Angst.

»Sein Sohn?« Wortlos begab sich Oktay nun an den Computer, und nach einer Weile hatte er gefunden, wonach er gesucht hatte. »Der Mann hier auf diesem Bild hat zwei Töchter und einen Sohn mit dem Namen Serdar.« Er klatschte den Ausdruck aus dem Personenregister mitten auf den Tisch und fragte harsch: »War er's? War es Serdar Somuncu? Vierundzwanzig Jahre alt, wohnhaft in Alanya?«

»Jaaa«, schrie Balcı wie von Sinnen und starrte dann wie gelähmt auf das Bild des jungen Mannes, dessen Stirn eine etwa fünf Zentimeter lange Narbe zierte. »Der Kerl hat mich gezwungen mitzumachen. Ich musste ihm alles zeigen … Wo er die Leiche ablegen und wie er unbemerkt über die Belüftungsanlage verschwinden konnte. Ich hab sie nicht getötet. Die wollen mir das in die Schuhe schieben«, wimmerte er.

»Das ist mir ja eine feine Verwandtschaft«, stellte Durmuş nüchtern fest.

Jetzt flehte Balcı, man möge ihn vor dieser Bestie schützen. »Dieses Monster hat gedroht, auch mich umzubringen. So wie er es mit Tanja gemacht hat und mit …«

Oktay spitzte die Ohren. »Mit wem?«

»… mit Emre, ihrem Freund«, schluchzte Balcı und vergrub das Gesicht in den Händen.

34... »Kopf hoch«, tröstete Mustafa, weil ihm Özakıns bedrückte Stimmung nicht entgangen war. »Sei froh, dass das mit Monika noch so glimpflich abgegangen ist. Oder wolltest du sie etwa für deine Frau verlassen?«

»Aha, der souveräne Mustafa, den nichts umhauen kann«, bemerkte Özakın spitz. »Ich will jetzt aber nicht mehr darüber reden. Beeil dich lieber.«

Nach einer Weile des Schweigens, sie fuhren durch die Innenstadt in Richtung Küstenstraße, fragte Mustafa: »Der Halter des silbernen Renaults, dieser Serdar Somuncu, glaubst du, er hat etwas mit dem Mord an Tanja Sonntag zu tun?«

»Kann natürlich ein banaler Zufall sein«, antwortete Özakın, »aber was hatte dieser Typ vor ihrem Haus zu suchen?«

»Vielleicht gehörte er ja auch zu ihrer Liebhabertruppe!«, witzelte Mustafa.

»Ja, klar«, schmunzelte Özakın. »Ich hab schon Schwierigkeiten, zwei Frauen zu händeln, und die schafft es locker, auf mehreren Hochzeiten gleichzeitig zu tanzen.«

»Ein Motiv, sie umzubringen, hätte er ja«, überlegte Mustafa laut. »Der liebevolle Bruder Serdar räumt für seine verschmähte Schwester Kadriye die Deutsche aus dem Weg.«

»Schließlich waren Emre und sie lange verlobt, aber er hat die Heirat immer wieder aufgeschoben«, ergänzte Özakın. »In diesen Kreisen ist das eine massive Ehrverletzung.«

»Nach Emres Tod hat sie auch nichts mehr davon«, bemerkte Mustafa nüchtern, als sie, ungefähr in der Höhe von Tanjas Bierstube, ein Handyklingeln aus ihrem Gespräch riss.

»Durmuş«, freute sich Özakın, während Mustafa stutzte, weil etwas am rechten Straßenrand seine Aufmerksamkeit erregt hatte. Er trat hart auf die Bremse, sodass die Sachen im Auto herumwirbelten, bevor der Wagen abrupt zum Stehen kam.

Özakın verzog verärgert das Gesicht, weil er gegen das Armaturenbrett geschleudert worden war. Er bedeutete Mustafa, dass das Gespräch wichtig sei und Mustafa einen Moment warten solle, aber da war sein widerspenstiger Assistent längst ausgestiegen.

»Ist das nicht der gesuchte Wagen? So ein Zufall«, murmelte Mustafa, während er sich dem silbernen Renault näherte. Er lief um das Fahrzeug herum und stellte fest, dass die Windschutzscheibe beschädigt war. Vorsichtig um sich blickend, versuchte er den Kofferraum zu öffnen. Er war unverschlossen. Mustafa wunderte sich über das große Durcheinander und entdeckte dann in der hintersten Ecke eine große Plastiktüte mit einer zusammengeknüllten Jacke darin. Von Eifer gepackt, griff

er in die Taschen und zog einen einzelnen Handschuh aus derbem Wildleder mit auffälliger Schnalle
heraus. »Volltreffer.« Hatte nicht Özakın so einen
Handschuh im Belüftungsschacht der Zisterne gefunden?

Gerade als er Özakın, der immer noch telefonierte, Bescheid sagen wollte, wurde er brutal wegge-
stoßen. Kaum hatte er begriffen, was geschehen war,
sah er nur noch, wie sich der Wagen mit durchdre-
henden Reifen davonmachte.

»Na warte«, raunte Mustafa dem Mann hinterher und rannte zu seinem Auto zurück. »Das ist unser Mann!«, rief er Özakın zu.

»Ich weiß«, maulte Özakın. Es missfiel ihm, dass
sich sein Assistent wieder selbständig gemacht und
sich dabei erneut in Gefahr begeben hatte. »Sein
Mittäter, dieser Balcı, hat alles ausgeplaudert«, sagte er schließlich und hielt sich am Türgriff fest, weil
Mustafa einen Blitzstart hingelegt hatte.

Mustafa drückte das Gaspedal bis zum Anschlag
durch und meinte aufgekratzt: »Den schnappen wir
uns.«

»Er soll übrigens auch Emre über den Haufen gefahren haben«, verkündete nun Özakın trocken, als
hätte ihn das nicht allzu sehr überrascht.

Mustafa nickte. »Das hab ich mir schon gedacht.
Seine Windschutzscheibe wies Risse von einem Aufprall auf.«

»Und alles wegen der Familienehre, wegen eines
nicht eingehaltenen Eheversprechens.« Özakın schüttelte nachdenklich den Kopf. Die archaischen Nor-

men und Werte galten immer noch. Und das, obwohl sich der gesellschaftliche Wandel in der Türkei so rasch vollzog, das Verhältnis von Mann und Frau sich veränderte, viele alte Moralvorstellungen an Bedeutung verloren hatten. Doch da gab es immer noch Menschen, die sich dem entgegenstellten, die es nicht ertragen konnten, dass die Macht der Familie bröckelte und mit ihr die alten Ehrvorstellungen.

»Tja«, bemerkte Mustafa. »Die Rettung der Ehre ist wohl noch immer das ungeschriebene Recht der Familie, sie entscheidet über Leben und Tod.«

»Die Leute sind so was von bekloppt«, sagte Özakın und holte seine Waffe hervor.

»Am besten, wir fordern Verstärkung an, und in der Zwischenzeit werd ich unserem *Ehrenmann* so richtig einheizen.« Er beugte sich aus dem Seitenfenster und versuchte, auf die Reifen des Fluchtautos zu schießen, was nicht einfach war, denn es befanden sich Passanten, Straßenhändler und Touristen auf der Straße.

Ärgerlich steckte Özakın die Pistole wieder ein, damit am Ende nicht noch ein Querschläger jemanden verletzte.

Inzwischen hatte es Mustafa geschafft, sich direkt hinter den Flüchtenden zu schieben, da tippelte eine Gruppe kleinwüchsiger, schmaler Gestalten mit Strohhüten, aus denen pechschwarze Haare hervorschauten, und mit Digitalkameras und Camcordern behangen, auf die Fahrbahn.

»Verdammt! Diese Japaner sind ja überall«, fluchte Mustafa und musste scharf abbremsen, sodass sein türkisches Auge gegen den bösen Blick am Vorderspiegel gegen die Scheibe knallte.

Die Reisegruppe bedankte sich höflich, einer sogar mit einer Verbeugung, bevor Mustafa, der den Kopf über diese guten Manieren, die das Land der aufgehenden Sonne seinen Bürgern angedeihen ließ, schüttelte, die Verfolgungsjagd endlich fortsetzen konnte.

»Scheiße! Ich hab ihn aus den Augen verloren«, schimpfte er wutentbrannt und deutete achselzuckend auf die Autos, die ihm den Weg versperrten. Er schlug verzweifelt auf die Hupe, um freie Bahn zu bekommen.

»Hoffen wir mal, dass er nirgends abgebogen ist«, sagte Özakın.

Jetzt hatte Mustafa, nachdem er ein halbes Dutzend Fahrzeuge überholt hatte, wieder aufgeholt, und sie erblickten erneut den Renault. Mustafa holte alles aus seiner Kiste heraus, war wieder knapp hinter dem Fahrzeug, als plötzlich ein Händler vor dem Fluchtwagen die Straße kreuzte – beladen mit Tomaten. Mit vor Panik weit aufgerissenen Augen ließ der Händler seine Ware zurück, um sich mit einem Hechtsprung auf den Gehsteig in Sicherheit zu bringen. Somuncus Renault erfasste den Karren an der Seite, bevor er mit Vollgas davonschoss.

Mustafa aber konnte nicht mehr ausweichen und prallte mit einem lauten Krachen auf den Bretterkarren, sodass das Gemüse durch die Luft flog und auf die Windschutzscheibe klatschte.

»Mach mal den Ketchup da weg«, meinte Özakın, weil die Tomaten die Sicht behinderten.

Mustafa betätigte die Scheibenwischer, setzte schnell zurück und umkurvte dann die Reste des Karrens. »Dahinten ist der Typ. Er fährt Richtung Hafen«, rief er und beeilte sich voranzukommen.

»Hier gibt's kein Entrinnen mehr für ihn«, freute sich Özakın, als sie das Hafengelände erreicht hatten, zweifelte aber angesichts der vielen Touristen, die das Gelände bevölkerten und ihnen den Weg versperrten, sogleich an seiner Aussage.

»Er steigt aus, aber wir haben ihn gleich«, rief Mustafa zuversichtlich, obwohl der Täter einen Vorsprung von knapp einhundertfünfzig Metern hatte. Er machte eine Vollbremsung, und die Kommissare stürmten hinaus.

»Da läuft er.« Mustafa zeigte auf den Kai.

»Wir versuchen, ihn einzukreisen«, beschloss Özakın und sprintete hinterher. Doch schon nach ein paar Metern war er außer Atem und verfluchte seine schlechte Kondition.

Von Weitem konnte er sehen, wie der Täter an einem Sportboot stoppte und hastig das Tau vom Ring an der Kaimauer löste.

Währenddessen hatte Özakın aufgeholt. Als er nur noch fünfzehn Meter von ihm entfernt war, hielt er die Waffe in die Luft und gab einen Warnschuss ab. Ein scharfer Knall hallte durch das Hafenbecken. »Hände übern Kopf und auf die Knie«, brüllte er, so wie er es beim Militär gelernt hatte. »Langsam, ganz langsam.«

Doch Somuncu dachte nicht daran, auf Özakıns Forderung einzugehen.

»Bleib stehen«, raunte ihm Özakın zu und zielte auf seine Beine.

Der Kerl hörte nicht und grinste nur. Die hässliche Narbe in seinem Gesicht zeichnete sich klar in der Mittagssonne ab.

Özakın sah keine andere Möglichkeit, als zu schießen. Er traf Somuncu am rechten Unterschenkel.

Der Verletzte ließ sich in ein Boot fallen, drückte den Starterknopf und fuhr mit Vollgas Richtung Hafenausfahrt.

»Verdammt, wenn man sie einmal braucht, dann ist sie nicht da«, fluchte Özakın. »Wo bleibt denn die Küstenwache?« Ratlos blickte er sich um. Dann entdeckte er ein Sportboot, eines von der schnelleren Sorte, das gerade betankt wurde. Er riss den Schlauch aus der Tanköffnung und sprang mit einem Satz auf das Boot. Mustafa kam gleich hinterher. Özakın hielt dem überrumpelten Besitzer, Typ älterer Geschäftsmann, kahlköpfig und etwas unsportlich wirkend, seine Dienstmarke vors Gesicht und rief: »Hinterher, schnell!«

Etwas unschlüssig stellte sich der dickbäuchige Freizeitsportler hinters Steuer. Es schien, als habe er den Ernst der Lage noch nicht begriffen. Bis Özakın ihn erneut aufforderte, endlich Gas zu geben.

»Bin wohl ein bisschen aus der Übung«, entschuldigte sich der Mann. Ihm war anzusehen, dass seine Tage an der türkischen Riviera üblicherweise etwas beschaulicher verliefen. Er habe zwar ein schnelles Boot, sei aber noch nie schneller als 30 km/h gefahren, meinte er. Allein der Gedanke, er könne durchstarten, wenn er wolle, habe ihm bisher gereicht. Ob denn nicht einer der Polizisten ans Steuer wolle.

Somuncu raste inzwischen direkt auf die offene See hinaus, sich immer wieder mit gehetztem Gesichtsausdruck nach seinen Verfolgern umblickend.

»Kann die Plastikschüssel denn nicht schneller!«, schrie nun auch Mustafa.

Ihrem Steuermann blieb nichts anderes übrig, als hinterherzurasen, der Gischtspur des Flüchtenden zu folgen, sodass das Wasser auf beiden Seiten des Bugs nur so aufspritzte.

Keine Spur von der hiesigen Polizei, dachte Özakın und schaute hoch, ob ein Hubschrauber im Anflug war.

»Wie gut kennen Sie diese Gegend?«, fragte er den Bootsbesitzer, der inzwischen die Höchstgeschwindigkeit erreicht hatte.

»Ganz gut«, schrie der Mann gegen den Lärm an. »Wir befinden uns knapp sechs Seemeilen westlich von Alanya, kurz vor Konaklı. Ein markanter Punkt sind die vorgelagerten Felsen.«

Sie hatten stark aufgeholt, das Boot des Täters hatte an Geschwindigkeit verloren, und sie standen mit ihm fast auf gleicher Höhe. Somuncus Gesicht war wiederzuerkennen. Er hatte offenkundig Schmerzen und beugte sich hinunter, um seine Wunde zu versorgen.

»Anhalten«, brüllte Özakın nun ein letztes Mal, bevor er die Pistole anlegte.

»Die Felsen …«, sprach in diesem Moment der Bootsbesitzer wie zu sich selbst. Urplötzlich hing Somuncus Boot wie auf einer Rampe seltsam schief in der Luft, drohte umzukippen, obwohl dieser noch versuchte, gegenzusteuern. Dabei verlor er das Gleichgewicht und fiel kopfüber in die Fluten. Das Boot schoss weiter und kam irgendwo vor einem anderen Hindernis zum Stehen.

Özakın steckte kopfschüttelnd seine Waffe ein. »Endstation«, bemerkte er, als er sah, wie der Täter sich im Wasser abstrampelte, um nicht unterzugehen.

»Näher ranfahren und die Bordleiter hinablassen«, dirigierte nun Mustafa den Bootsbesitzer, der sofort reagierte.

Widerwillig beugte sich Özakın über die Reling und packte Somuncu am Arm, um ihn ins Boot zu hieven. Er verspürte den Wunsch, ihn im Wasser einfach sich selbst zu überlassen. Mit seiner Schusswunde im Bein würde er es kaum bis ans nächste Ufer schaffen.

»Sie stehen in dringendem Tatverdacht, zwei Morde begangen zu haben«, sagte er schließlich zu Somuncu, der röchelnd bäuchlings auf Deck lag.

Özakın wandte sich angewidert ab und überließ alles Weitere Mustafa.

»Deine Rechte tragen wir dir ein anderes Mal vor, du Abschaum«, schleuderte der ihm entgegen